非虚构文学　　－想 象 一 个 真 实 的 世 界－

VILLA KÉRYLOS

Adrien Goetz

翠鸟别墅

[法] 阿德里安·戈茨　著

刘成富　陈玥　房美　译

中国社会科学出版社

图字：01-2019-6889号

图书在版编目（CIP）数据

翠鸟别墅 / （法）阿德里安·戈茨著；刘成富等译. — 北京：中国
社会科学出版社，2021.5
ISBN 978-7-5203-7048-6

Ⅰ. ①翠… Ⅱ. ①阿… ②刘… Ⅲ. ①长篇小说－法国－现代
Ⅳ. ①I565.45

中国版本图书馆CIP数据核字（2020）第158728号

Originally published in France as:
Villa Kérylos by Adrien Goetz © Editions Grasset & Fasquelle, 2017.
Current Chinese translation rights arranged through Divas International, Paris 巴
黎迪法国际.
Simplified Chinese translation copyright © 2021 by China Social Sciences Press.
All rights reserved.

出 版 人	赵剑英	
项目统筹	侯苗苗	
责任编辑	侯苗苗	高雪雯
责任校对	韩天炜	
责任印制	王 超	

出 版	中国社会科学出版社	
社 址	北京鼓楼西大街甲 158 号	
邮 编	100720	
网 址	http://www.csspw.cn	
发 行 部	010-84083685	
门 市 部	010-84029450	
经 销	新华书店及其他书店	

印刷装订	北京君升印刷有限公司
版 次	2021 年 5 月第 1 版
印 次	2021 年 5 月第 1 次印刷

开 本	880×1230	1/32
印 张	10.125	
字 数	200 千字	
定 价	59.00 元	

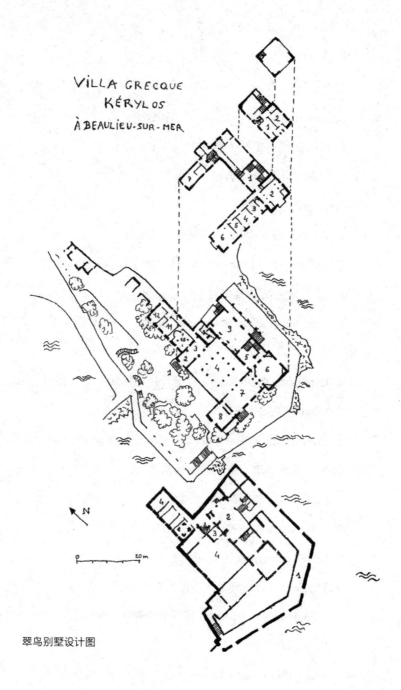

VILLA GRECQUE
KÉRYLOS
À BEAULIEU-SUR-MER

N

0   20 m

翠鸟别墅设计图

露台

Second étage 三楼

1. Dédale 代达罗斯（客房）

2. Icare 伊卡洛斯（客房）

Premier étage 二楼

1. Vestibule d'Hermès 海尔梅斯的前厅

2. Ornithès (Les Oiseaux, chambre de Fanny Reinach) 奥妮特斯（飞鸟，法妮·雷纳赫的房间）

3. Ampélos (La Vigne, salle de bains) 安珀罗斯（葡萄之神，浴室）

4. Triptolème (petit salon) 特里普托勒摩斯（小会客室）

5. Nikai 尼凯（浴室）

6. Érotès (Les Amours, chambre de Théodore Reinach) 厄洛忒斯（爱神，戴奥多尔·雷纳赫的房间）

7. Euormos 尤奥莫斯 (宾客套房)

Rez-de-chaussée 一楼

1. Entrée principale 正门

2. Thyrôreion (vestibule) 蒂霍莱庸（玄关）

3. Proauleion (avant-cour) 普罗奥莱翁（前院）

4. Péristyle 柱廊

5. Amphithyros (antichambre) 安菲希罗斯（侯见室）

6. Triklinos (salle à manger) 特里克林诺斯（餐厅）

7. Andrôn (salle de réception) 安德隆（会客厅）

8. Oikos (salon de musique) 欧依蔻斯（音乐室）

9. Bibliothèque 书房

10. Naiadès (bains) 那伊阿得斯（浴室）

11 和 12. Philémon et Baucis (chambres des hôtes) 菲利门和巴乌希斯（宾客房）

Sous-sol 地下室

1. Galerie basse 底层走廊

2. Grande cuisine 大厨房

3. Ballon d'eau chaude 热水箱

4. Pièces de service 佣仆房

| 目　录 |

| 第一部分 |
《青岩》

希腊人寻得了荣光、觅得了至美，他们既为这项壮举注入无限欢愉，还赋予其丰盈的生命力，以至两三千年光阴流转后，他们的宏伟巨著依然能促成青春的传承……

——戴奥多尔·雷纳赫

1. 翠鸟别墅的露台

　　我一直留着翠鸟别墅的一串钥匙。往昔的夏日里，我曾独自溜来此地，正如今天一样。我的身影隐匿在书房背后柱廊的阴影里，这样门外的人就察觉不到我。四周有嘤嘤鸟啼。我早已决定，这将是我最后一次到访，我再也不会重回翠鸟别墅。在过往的若干年里，我时不时便会难以自持地不请自来，偷偷潜入其中，继而摸一摸这里的青铜雕像，看一看室内的家具画作，听一听院子里的喷泉淙淙，再透过敞开的窗扇远眺大海。但这一次，我并不为赏景而来。我只想拿回属于我的东西。现在时机已到。

　　翠鸟别墅，这栋希腊风格的建筑，早已声名远扬。它被印于明信片上，在滨海博利厄市的烟草店里进行销售。我买了五六张这样的明信片，还拿了一些杂志画报并将其塞进我的摄影机包袋里。算起来，我已经大约有十年没回来过了。在这些明信片中，我翻到了这样的一张：上面印着翠鸟别墅中与米诺陶诺斯有关的一幅镶嵌画，画中忒修斯在迷宫里斩首这位人身牛头怪，他拽着后者的一只犄角，呈小块状嵌入其中的红褐色碎石则意指米诺陶诺斯身上流淌出的鲜血。上周，我收到了一张类似的明信片：我的地址被打字机印在正文处，卡片上是一幅稍显拙嫩的线条勾勒图，画着一顶古老的桂冠，但没有寄件人的落款。桂冠的饰物并非象征凯撒大帝的凯旋，上面只有若干片树叶，枝干间点缀着果实。这顶冠冕来自古希腊王室，它是亚历山大大帝的金冠，全世界的考古学者都梦想着将其发掘。这便是驱使我重回此地的动因。至少我现在知道这张明信片购于何处。它是由某个或许我曾见过的人从这里寄给我的吗？有人自战争开始后就保有寄匿名信的习惯么？其实，我在尼斯的地址并不难查找。明信片上印有简洁的一行字：夏日骄阳中的古希腊式翠鸟别墅——位于会客厅的一幅镶嵌画。

翠鸟别墅依然是外人无法拜访的神秘处所，很久以来，它的主人没再举办过任何宴会。在我 20 岁时，这栋别墅于我是一种至宝。如今，我仍在思忖为什么我会觉得它如此美好。在这个上午，我看到别墅内画作的颜料成鳞片状脱落，恍若褪色的红妆，窗帘被磨损变旧，院里的树木都已枯萎。喷泉的管道应该是坏了，不再涌出水来。如果我第一次见到这座建筑时是这番光景，我兴许会认为它是不足挂齿的，就像在学校里读过旋即又被抛之脑后的诗页。

成年后，我一直隔着遥远的距离继续怀抱对这栋别墅的爱，它就像我笔下的画作，有许多几何体，也有不装点饰品的墙。在屋内，我只需要有用的日常物品。所有这些我曾凝视过、沉迷过、赞叹过的装饰，都已失去了它们的魅力。倘若我未曾逃离，这里很可能便是我的牢狱，我又该如何生活在这样的装潢里？我想，只有雷纳赫家族的后人才会在夏日来此居住几周，这是一种习惯。他们之间依然保有这种传统，离开时，他们把各种防晒霜瓶罐和床垫留在这里。这一切被颠倒了，事实上，在我年少时，雷纳赫家来此暂住的"季节"是冬日。

一跨过门槛，我便寻回了昔日的感觉，只要踏进这座我年少时的居所，似乎我就有义务要变得年轻一样。我爬了两楼——然后停下来喘气，我的身体比四周的墙体都更加衰竭——终于来到了最高处的露台，这是属于我的露台，它位于主楼顶端。在这里，我可以拍摄蓝色海岸的全景：博利厄海湾、罗斯柴尔德花园别墅的粉色外墙和异域树群、对岸闻名遐迩的瑞瑟夫酒店、埃兹小镇的峭壁（它美得就像德尔斐阿波罗神庙里的石柱）、巨富扎堆的海滨小村圣让卡普费拉，一一尽收眼底。我没有带上相机支架，否则拍摄时我的手不会这般颤抖，我想给孩子们留下一些影像。世上最幸福的群体都会羡慕我，在这里，我曾比他们更为幸福——并且，我及时抽身离开了。附近建起了一些新的宅邸，但在这块延伸入海的岬角尽头，就算我不再记得这栋别墅，我也知道自己身处一座希腊风情的岛屿。今日，我依然能一眼认出犬首山和卡普戴尔，我甚至能猜到摩纳哥正处在欢庆之中。倘若我在此停留到夜晚，还能看到摩纳哥公国的焰火——但这并不会发生。在日落时分，我就将离开，在那之前，我一定能找到那件东西。

　　我戴上墨镜平躺在镶嵌画地砖上。我曾亲眼见证匠人们参照图纸将其安装：小块的镶嵌地砖组成了一条条航路，东西南北的方位基点是老式航海地图上那种，各种风名用希腊字母拼写。我望着天空，时而闭眼小憩，时而重新睁眼。横梁似乎需要涂饰一番。我还注意到扶栏的一两处青铜装饰有些脱落，若再来几场龙卷风，它们就将彻底坠于岩壁之下。我寻思着再也不会有人来修复它们了。我不愿相信这座别墅在将来的某一天会化为废墟，而这却是它相对更好的归宿。在往昔某个盛怒的日子里，我曾想把这里付之一炬。我忍住了。如若我在这里度过我的一生，也许我会形同软禁般被困至死，也压根儿不会成为艺术家，我将一直都是那个对所见所闻心生爱慕的乖巧小男孩。楼梯有一级已经被踩弯了，需要修缮。要是在四十年前，我会把整个楼梯都翻新一遍，还会在暖气间找出一个漂亮的彩罐。我母亲因而也会为她的阿喀琉斯——那个被她带到这个钟鸣鼎食之家的乖巧男孩——感到万分自豪。至于我自己么，我应该也会很高兴，至少我会装作如此。如今，我对被压弯的台阶视若无睹，尽管想要将其修复的冲动还是不可避免地浮现在脑际。我可不能留下任何能表明我在这个下午到访这里的痕迹。

　　屋顶下有两间房，分别叫作"代达罗斯"和"伊卡洛斯"——这里的所有房间都有自己的名字。我打开了其中一间。我早就忘了每一个门锁被精工打磨到了何种程度，它的形状是颇具古老东方色彩的棕榈叶图案，精雕细琢，显得锃亮，偏绿的色泽也与木门的暖色调十分相谐。卧房里的成对单人床被换成了大的双人床，阳光慵懒地洒在绣有狮身人面像的赭石色被套上。随着时光流逝，这些已经褪色、磨损的织物也终将支离破碎，化为腐布。我闻到了一股异域香料的味道，并伸手抚摸屋内的各类镶嵌工艺品和饰品，还把头伸进一个空箱内嗅了嗅，那股淡香跟当初首批十来件家具被送来时没有区别。那天我也在场，所有人都欢呼雀跃。而我的童年也结束在这里，一想到此，一股厌恶之情难以自抑。

　　在底楼的各处房间流连时，我注意到在各把椅子间跃动的光影，地面像打了蜡一样发亮。这是谁的功劳呢？试试将蜡打在大理石地砖上来回摩擦吧！石料也需要呼吸，如果继续这种操作，它们将会失去生命力，所有大理石地砖都会开裂、脱落，继而泛黄。二十年后，翠鸟别墅会彻底归于死寂。一座新的建筑会取代它，在此拔地而起。而它只能成为纪念册里那些老式明信片上的画面。曾经参与修建蒙特卡洛海洋博物馆的工人们历时好几个月在此铺设地砖。他们的工作曾深深吸引着我，我靠临摹他们的画作自娱自乐。

　　他们在饭厅地面上用地砖创作了一只十分有趣的巨眼章鱼，

这可是我的幸运动物。我在本子上也画过这只章鱼，之后更是把它文到了自己的胳膊上。这个文身总能吸引路人的目光，他们会开口询问我是不是一名水手，但不敢问我是否进过监狱。我是在1914年一战爆发前夕去萨洛尼卡港口一位文身老师傅那里文的，文完还疼了两天。它是我在翠鸟别墅之外的旅行中于希腊国土上留下的特别印记，我很高兴能一直保留它，它也将陪伴我终身——但我却浑然忘了文身的灵感依然来自翠鸟别墅。铺设地砖的匠人们在离开时留下了清洗地砖的秘方。我是最后一位知道此事的人。被写在几张纸页上的秘方应该是被德军抢掠走了。戴奥多尔·雷纳赫曾嘱托，在他去世后也要费心费力来打理这栋别墅。可这本写有秘方的黑皮封面小册子又去向何处了呢？

　　如果我不用笔把这些记下来，就再也没人知道每年十二月的夜晚，在这里，巨型玻璃窗隔绝了室外的寒气，地暖又送来阵阵热意，这些都使得这座宅邸像一间怡人的温室，但我们并不庆祝圣诞节，即便每个人都备好了礼物；也再没人会评价阿道夫·雷纳赫和我是"小淘气鬼"，我们会在回家时间过点之后攀爬屋外的岩壁和地下通道偷偷潜入屋内；更没人会记得我们的探险计划、读过的几百本书，以及充实又混乱的生活——这种生活就像我们早已在伯里克利时代的雅典卫城之上或是阿尔西比亚德斯时代西西里岛的群山与神庙之间体验过了一样，任何人都无法对我的人生和我的感情生活再有分毫了解。

　　这座白色与赭石色相间的别墅，我见证过它的修筑过程，也曾在此居住，在此工作，还曾在此与人交欢。我熟知这里的每一个房间，就像了解我尼斯公寓里的每间房一样。一置身于这四堵故墙之中，我便情不自禁地如置身旧居，这种情感比大部分在这里拥有专属房间且如今都已辞世的人要更加强烈。

　　当我第一次孤身一人待在这里时，我在别墅主人的浴缸内泡了个澡：就像牧羊人帕里斯挑衅斯巴达国王墨涅拉俄斯。我并不想引诱他的妻子，当我在泡沫环绕中哼唱着歌剧《美丽的海伦》中我最爱的选段时，我并没想到法妮·雷纳赫。不过，我正占领着他的宫殿，仿佛这是我父亲和先辈们留下的祖产，似乎配备着铠甲、脚蹬和盾牌——上面刻以传奇故事的场景——的马车在殿外候着我，又像我寻获了自己的合法宅邸那般。这座别墅也是一台阳光吸收器、一座适合幽思冥想的庇护所、一艘航行在时光之海上的船舶、一幅妄想症患者的杰作——我曾背离它，但它也深深触动了我，这里的装饰是我自孩提时代起就畅想过的各种故事，我也曾在此处，与我的人生挚爱初遇。这些都是我人生的镶嵌画，各色碎石般的片段构成了我的幸福过往。我也为此重回这里，并不是经常，好使我自己不那么痛苦。

　　我们本不该相遇，她比我稍微年长一点，已经成婚，我当时是个穷小子。那位家缠万贯的雷纳赫先生在经历一连串无人能预料的波折之后请来了一位建筑师，要为她修建一座度假屋。机缘巧合下，我与她四目交汇了，我得知她叫阿丽亚娜，我们就这样注视着彼此。这是一个如今看来有些奇怪的名字，毕竟1956年的漂亮小姑娘们起名妮可或者马蒂娜的居多。迷宫里的阿丽亚娜、被抛弃的阿丽亚娜、费德尔的姐姐阿丽亚娜、纳克索斯岛上的阿丽亚娜……可这些阿丽亚娜与我毫无关系，我的阿丽亚娜脚穿一双鹿皮鞋，头戴白色棉帽，骑着自行车，于我而言，眼前的她是一个鲜活的人，而不是从某本书里走出来的虚构角色。我的名字是阿喀琉斯，我出生于一个除我以外的其他亲人都从未听说过特洛伊战争的家庭。

我生于1887年，对那个年代的男性来说，我们的名字通常是为了纪念逝者：儒勒、安托南、奥诺雷、保罗、西梅昂、达米安、马利尤斯……我在博利厄的朋友们都是如此，我时常与他们见面，我也记得当初是如何与他们每一个人相识的。翠鸟别墅的主人——那位盛名在外的戴奥多尔·雷纳赫——没有教给我的那部分学识由阿丽亚娜带给了我。雷纳赫先生只和我谈论古希腊文化、音乐以及他喜爱的诗歌。年轻时，我经常站在博利厄的岩壁上诵读《恶之花》里面的诗句："然而，古时巴尔米拉遗失的宝石 / 无人知晓的金属 / 深海里的珍珠……"这本诗集是红色封面的精装版，阿道夫为我找到了它。他是戴奥多尔·雷纳赫的侄儿，也是我最好的朋友，那时我俩都15岁。这本诗集最后几页被黏合上了，那些"违禁段落"被人用手抄写在这几页的空白处，我俩读了都脸上一红。阿道夫个子比我矮些，也更瘦弱，但却自带一股贵气，一种骑士阶层的优雅，当他收起认真的神态转而倏忽一笑时，他那原本一闪而过的专注就格外招人喜欢。波德莱尔诗中提到的那些珍宝，我曾希冀在沙堆里、在大海深处、在沙漠尽头的城堡中、在亚特兰蒂斯的密箱里，为阿丽亚娜找寻到它们的踪迹。我也曾渴望亲眼见到这些镶金的珍珠项链垂置在她的双肩与胸口，然后伸手给予她爱抚。我已经厌倦了爱慕那些冰冷的雕像。这段改变了我一生的罗曼史以如此形式被讲述出来，仿佛一则逸闻趣事，但我们的故事从未真正结束。我的孩子们，当然，还有他们的母亲，都不知道这段往事——每当谈及翠鸟别墅时，除了今晨我前来准备取回的东西，这段旧情也是我留给他们的遗产。为什么我的孩子们对我此次的冒险之举都一无所知呢？这栋虽不属于我但让我魂牵梦萦的别墅，这幢在我眼里早已变得光怪陆离的猎奇迷宫，这座终将不得善终的宅邸，我想要将所有发生于此的往事都一一告诉他们，毕竟，这里有我人生的漫长印迹。

　　今天早上，摩纳哥亲王迎娶了格蕾丝·凯莉。当我起床时，海浪已被朝阳镀上了金光，海面上百舸争流——就像我翻译的《伊利亚特》中的著名页章——从邮轮到单帆渔舟，所有船只都争先恐后地拉响鸣笛。我的博利厄成了一座空城。我心里思量，应该可以悄悄前往翠鸟别墅且不为人所知。我琢磨着门卫夫妇 7 点左右也许就将从摩纳哥公国返回。但我也不确信他们是不是如今我唯二还认识的人，答案或许是否定的。他们应该年事已高，但无论如何，今天风和日丽。他们也许会待在自己位于岬角入口处的小屋，那里曾被称为"小帐篷"，当时许多人都为能拥有这么一处落脚地而心满意足。总而言之，我不愿冒被人察觉的风险。

我有时间去找到我想找的东西，虽谈不上充裕，但至少我知道该去哪间房里找。戴奥多尔·雷纳赫在世时，应该留下了某种没人能破解的符号或标记。别墅里曾堆放着各种箱子和橱柜，里面塞满信件、图纸、相册、学术书刊草稿和练习册。纳粹曾在这里翻箱倒柜，大肆洗劫，许多东西都被他们抢掠走了。我一直在思考，他们是否能从抢劫一栋"犹太"宅邸中找到快乐，又或者他们是否找到了某些贵重物品——我的意思是，他们是否也曾在此找寻我来此希冀寻获的胜利之冠。

雷纳赫家族的相关文稿资料倘若没有在 1944 年的柏林于烈焰中化为灰烬，现在也许就存于莫斯科档案馆的密封箱里，再也不会让人提起半分兴趣。我会详述其中的来龙去脉，我太了解曾居住在此的那些人了，那个家族、那三兄弟、他们各自的妻子、各自的孩子。我知道他们的所思所想——尤其是戴奥多尔，他是整个家族的人中龙凤，是翠鸟别墅的缔造者。我不敢称他为"我的恩人"，他并不是只施舍恩惠予我。如今，我对他也不再怨恨，我很想念他。若他还在，他也早该雪鬓霜鬓，他依然还是那位智者，能够讲述世间所有的故事，以及我们的历险和旅途，就像年迈的荷马或希罗多德。

　　我惯来都是走通往小巷的那道门，再穿过宽阔的厨房——那里能呼吸新鲜的流通空气。1902 年在我 15 岁时，我第一次来到翠鸟别墅也是经由这间厨房。当年这里是刚刚才动土的工地入口。面对着挖掘出来的遍地坑洞，甚至猜不准地基的位置，我也不知道"奠基石"是否已经被安置。工地上的人会在不同的岩壁间跳来跳去，也保留了一些已有的树种，还会种上新的。我与那些手艺人、工匠、装修师傅在这座建筑里生活了六年，而在之后的另一个六年里，我度过了最为幸福的时光，能时常独身一人尽情徜徉在这座希腊式别墅里，一如今天。再往后，战争爆发。一切都沉沦了。我也成年了。过了 1918 年，战后重新开始的生活带给我们更多的是对从前的追忆而不是对未来的设想。我开始做别的事。我选择了远离，我再也无法容忍自己对古希腊的这种荒诞的爱。我成了一名画家，我想要活在当下，我四处展览我的画作，也会毁掉其他一些不满意的作品，我喜欢表现纯粹的形式，还曾是立体派的拥趸，我并未选择最简单的生活。

2. 博利厄的风言风语

博利厄本地居民远远地看着围墙拔地而起，便开始谈论"雷纳赫城堡"；而雷纳赫家族则称其为"别墅""公馆"或者直呼其名"翠鸟"。在小车站里，热衷于卖弄学识的乳品店老板娘与心不在焉的邮差对修建古希腊风格宅邸的计划议论纷纷，邮差还说自己曾见过其他一些类似的建筑。公证人为戴奥多尔·雷纳赫先生担保，称他为"巴黎的伟人"，说他挑选的是最优秀的建筑师，后者曾在希腊的古建筑遗迹现场工作过。这又是一个新的谜团，竟然有建筑师"在遗迹"上提升自己的职业技能。

外面有些人知道埃马纽埃尔·蓬特雷莫利是尼斯犹太教士的孙儿。当他戴着一顶巴拿马草帽坐在咖啡馆里，打开手中的图纸时，有人注意到他了。他的手指十分修长，胡须下垂，身着浅色上衣。他只要一开口讲话，旁人就知道他是建筑师：他遣词造句前要斟酌良久，以至于听者都想"学舌"，可随即便意识到自己已经忘了他刚刚说了些什么。每当有漂亮女士从他面前走过时，他那双因为忙于工作而疲惫不堪的双眼都会闪过一丝亮光。年迈的公证人则截然相反，他为人阴险，戴着一副圆框眼镜，总是一板一眼地说着陈词滥调来证明相关文书，对建筑师说的话语一无所知。雷纳赫家族拥有"巨大的财富"与"重要的地位"，凭借"家缠万贯"，他们能实现一切目标，那座"城堡"将远远胜过这里所有独具匠心的小型宫舍、摩尔人的宅邸、粉色大理石铸就的特里亚农宫式建筑（尽管它很像浴室），以及用塔楼取代海滨小屋的哥特式宫堡。每个人都断言，雷纳赫家会选择1900年的建筑风格，其"疯狂程度"更甚于其他艺术类型，譬如拥有清真寺尖塔的让蒂别墅——它是让蒂先生转手了一些艺术品后出资修建的，譬如有着环形面的纳维热府邸——它的主人是甘必大与瓦尔德克·卢梭的某位共同朋友，又如圣让城堡——这是一位意籍德裔银行家的心血来潮之作，再比如和摩纳哥王宫同等规模的帕克别墅——其所有者是一位人称佩雷特米尔先生的前泥瓦匠。在步行道上，路人都在交头接耳：有人已经见过这位雷纳赫先生了，他外表谈不上英俊，但人们更想了解他的太太和另外两个兄弟，传闻说她有不少祖母绿宝石，而那两兄弟则影形不离、密不可分。

　　第一批大理石被运抵时就在本地人中引发了议论。它们洁白剔透，将阳光反射到来来往往的路人身上。几个月后的第二阶段，搭建饭厅的彩色石板与堆砌浴池——是真的浴池！——的斑纹大理石也被运来了。而那些高大雄伟的圆柱抵达火车站时，人群无不发出惊呼，当工人们用推车装载着它们，想要小心翼翼地将其运卸至工地时，推车都差点被压垮。这些圆柱最终"乘船"到达码头，随后它们就像乘客一样坐上小火车，终于抵达目的地。蓬特雷莫利在卡拉拉时就已选择从事自米开朗琪罗起就不曾改变的职业，这份职业将打磨出最为精细的石块。外人曾设想过这里会修筑起一栋色彩斑斓的别墅，但他们失望了。乳品店老板娘倒是了然于心：古希腊神庙由红、蓝、黄三色组成，雕像的着色则五花八门。她很早就有着收藏《风景画报年鉴》的习惯，那个年代还有不少古希腊神庙的雕刻遗迹，她将在刊物上读到的相关知识科普给其他人。可以这么说，她有一座专属的私人小型图书馆，那些书都包裹着一层黄油纸封皮。这就是为什么无论聊到哪个话题她都如此博学。总之，她就像一位逻辑清晰、有条有理的图书管理员，又带有一丝混合着怨念的忧伤，她本应在另一家店里将不同的刊物书籍摆进橱窗，而现实却是，她只能待在自家店里对各种奶壶进行分门别类。

由于雷纳赫家在建的工地门禁森严，工人们又报酬丰厚，因而不会在咖啡馆里对东家的事说三道四，便没有外人能确切得知修建的进度和状态。所有人都在猜想里面会安装银质浴缸，在会客厅里摆满丰乳肥臀的雕像——比博物馆里那些更加"不正经"。邮差说，以前画作里的臀部，总是"模棱两可"的。他更喜欢弗拉戈纳尔和布歇，或者华托的画作。譬如华托的《登陆基西拉岛》

就更合他意。一栋古希腊风格的别墅将成为一个壮丽的奇观，里面有密集的三角拱顶和扶梯，本区神甫却忘了基督的慈悲之心，声称"当住在里面的人破产后这座建筑也将变成一堆废墟"。"废墟"，这个词在人们的口中反反复复出现。毕竟一提到"古希腊建筑"，除了"废墟"也不大可能想到别的东西。工地的告示牌已经挂了出来，上书一句"当心落石"。诽谤者倒是乐于有新谈资：这不过是一栋仿建的尼姆四方形神殿，配有胡乱涂鸦的剧院配饰，像墓地装修风格下柱体残破、拱梁坍塌、只仿其皮毛的复制品，也像一尊矗立在海边但失去摆锤的巨型钟摆。因为没有安装百叶窗，海风带来的盐分将腐蚀这里的一切。这栋建筑就在这些纷纷扰扰的流言中逐步成形，随后，外人能够远远地看到墙壁与露台的轮廓，又过了些时日，随着各式家具箱柜像巨浪莅临一样被运抵工地，外头的流言也随之渐渐散去并归于沉寂。糕点店老板娘是乳品店老板娘的死对头，但没读过那么多书，她本来对古风剧院的合唱团——鞋匠或布里斯托酒店的洗衣女工有时也是合唱团成员——最为尖酸刻薄，经常表现得怒气冲冲。可不久后，她就找不到什么新素材来反复絮叨了。她一脸沉闷，安静地拿着裱花袋在一排排奶油果饼上用力挤花。

戴奥多尔·雷纳赫先生留着山羊胡，总是身着衬衣、西服、西裤这三件套。当他沿着博利厄的海滩，在高大的橄榄树林掩映下散步时，他会额外戴上一顶有宽大边沿的灰帽，西装口袋里再放上一张白底蓝点的装饰手绢。人们第一次在城里看到他时，他只有 42 岁，但所有人都坚信他起码有 60 岁了。他的山羊胡已经花白，额发非常稀少。小孩们都嘲讽他：如果他想生活在古代，他必须每天洗澡，在外裸奔，头戴桂冠，投掷铅球和标枪。这位男士个子不高、身形偏胖、脸上布满皱纹、眼睛周围长了黑眼圈，好似已经连续几天通宵达旦看书写作似的，他看起来跟那些古希腊雕塑毫无相似之处。其外貌没有半点希腊人的特征，低筒靴的鞋尖锃亮发光，但本地的大人物似乎无人敢取笑他。凭着巨额财富与博闻强识，他给他们都留下了深刻印象。他养的狗总是跟在他身后，随后他又养了一只，这两只狗性情迥异，温和安静从不乱吠的名为塞伯拉斯，而较为凶狠的那只名为巴赛勒斯——这个名字来自希腊语，意指"国王"，就像维克多·雨果将他在根西岛养的狗称为塞纳 [1] 一样。当雷纳赫先生对着他的爱犬称呼巴赛勒斯时，外人能从他的嗓音中感到一股共和国的威严。他总是亲自照管这两只狗：被驯养得听话顺从的犬类能让它们的主人放心地外出溜达。

鱼贩说要想在"那里面"表现出正宗希腊风，就该身着白裙，脚穿绒球鞋，还能讲一口古希腊语，但本地神甫认为这并不容易。在第三共和国时期，古希腊语有着举重若轻的地位，就如路易

---

[1] Sénat，意为元老院、参议院。

十四统治时期一样。有的人的确会说这门语言，另外一些人嘛——鉴于所有人都或多或少地懂一点拉丁语……人人都能随口引用莫里哀的作品，并且取笑有才学的女性。希腊语听起来是惹人发笑的，尤其还混合着法国南部口音："希腊语，哦天哪，希腊语，我的姐姐会一些希腊语！／啊，我的侄女，会希腊语！——希腊语！太美妙了！／什么，先生您会希腊语？啊，请允许我赞美您／先生，看在希腊语的份儿上，让我抱抱您。"乳品店老板娘与糕点店老板娘拥抱在一起，她们共有的这点小心思时不时会暂时化解两人之间的龃龉。

　　戴奥多尔有时会接待哥哥所罗门，而招待另一个哥哥约瑟夫的次数又要更少一些，聚会时他们都戴夹鼻眼镜和帽子。兄弟仨第一次聚齐时，不到一小时，消息就传遍全城。所有人都来围观，连邮差都中断了自己的工作。兄弟三人是如此相似。身高近乎一样，胡须相仿，甚至夹鼻眼镜都是同款。所罗门的发量是最多的，约瑟夫块头最大，戴奥多尔则是唯一一个面带微笑的。对博利厄居民来说，这三杰在瑞瑟夫海边围桌而坐、齐聚一堂的盛景几乎一年才能见到一次。服务生说他总能听到兄弟三人的争执，听到他们说话的音量迅速提高，但他也说不上来他们究竟是围绕着哪个话题在吵。而摩纳哥女佣玛丽奈特则证实雷纳赫家族的这三位先生总是意见一致，她了解这些是因为她负责给他们的衬衣上浆。玛丽奈特总是特别谨慎，生怕将三人的衣服弄混，但她有自己的独家窍门：通过衬衣上绣的名字首字母来加以区分。本区神甫曾说——其他人老是转述他这番话——"那三兄弟就像米诺斯、埃阿科斯和拉达曼提斯"。他们是冥界三大判官。不过，神甫也含沙射影地补充道："除非他们更想成为闪、含和雅弗"（《创世记》中诺亚那三个不幸的儿子）。糕点店老板娘听闻后，发出尖细刺耳的笑声。

没有人质疑瑞瑟夫海盆是整个海岸最优质的甲壳类动物养殖基地。"法国的里维埃拉"见证了龙虾、扇贝、蜘蛛蟹，以及各类海螯虾被运抵这里，流亡的国王、化身贵妇的风尘女、身着便服的红衣主教与一袭戎装的法国军官、戒毒期的美国作家与身着淡紫裙衫的俄国女郎，这些人纷至沓来——就是没有太多学者，如果把尼斯天文台（这家机构受比斯绍夫桑先生的慷慨资助）的工作人员排除在外的话。此外，还有摩纳哥公国的海洋学家，他们总是奔波于南北极的探险活动。天文学与海洋生物学都是非常特别的学科，即使你听不明白那些专有名词，也能很快明白它们究竟研究的是什么。戴奥多尔·雷纳赫对任何领域的事都很精通。当他在的时候，其他人都不敢开口卖弄。一开始，大家以为他仅仅只是熟知古希腊相关的知识，但很快就发现他能够阅读用不同语言撰写的涉及方方面面的书籍，他会把厚厚的一叠书放到躺椅旁边，玛丽奈特则会把这些书搬到楼上他的房间里，仿佛这些都是福音书一样。作为考古学者，他把闲暇时间都用来钻研化学、几何、音乐以及卡特琳娜·塞古哈内的传奇故事，中世纪末，这位英勇的女性曾在土耳其军队围攻尼斯时参与击退敌人，并抓起敌军遗落的旗帜朝他们做了一个擦屁股的羞辱动作。此举使得军队士气大挫。

雷纳赫先生的羊绒西装加了红丝绸衬里、手杖柄上有个银质圆球，所有人都说他看起来过得很幸福，就像是阳光和风都会细心呵护的温室花朵。他不再搞研究，而是开始作曲。这是他人生中第一次做除了读写以外的其他事。这位新晋音乐人定好主题，创作变奏，全身心沉浸在一段乐章之中，紧接着又开始创作另一乐章，并加入新的乐器合奏以完成终章。我坐在石堆上一边侧耳倾听，一边飞掷石块打水漂。我四处张望，吹着口琴怡然自得。我在打发时光。在这栋建筑的工地上，十几位操作工、挖土工、绘图员以及测绘员正热火朝天地忙碌着。这里曾被称为"群蚁海角"，很快它就会旧貌换新颜，被力所能及地打造成为最美的艺术品。

3. 考古学者与工程师

我已经决定越过这些石堆去跟雷纳赫先生聊一聊,我不太擅长与人交流,知识面也不广。我做过调查,也参与大家的讨论,我曾是这样的一个男孩——时不时会给邮差搭把手,给神甫帮下忙,乳品店老板娘吻过我的左脸,糕点店老板娘亲过我的右脸——总之,我挺招人喜欢的,大家都觉得我是个有用的人。我跟鞋匠来往的次数最多,我总是心情愉悦,这曾是我的主要天赋。

至于这位戴奥多尔·雷纳赫先生,我从未与他打过照面,只有一次在我走进一家酒店时,曾远远地看到过他。其实,我并不怕他,反而一边观察一边静候绝佳时机。在我母亲面前,我对这个计划守口如瓶:我特别担心她知道后会不顾形象地跳起来,然后大声叫嚷这是个妙计,她的天才儿子理所应当要被那位大人物注意到。我不喜欢她总是当着其他佣人的面想方设法让我拔尖儿这种行事方式,好像她把我当成一件商品在市场上吆喝叫卖:由于无法把我引荐给比我——也就是比她自己——更为尊贵的群体,她就让我在熨衣女工、女佣以及来帮忙修剪花园的短工面前背诵拉封丹寓言。在海滩上，我总是害怕她会脱掉我的衣服来向众人展示她把我养育得何等健壮。

在弥撒结束后的教堂门口，在学校大门前，当地人互相询问、议论纷纷。小学教员提出了有关古希腊的问题：那栋建筑会修成帕特农神庙的样子吗？还是更像厄瑞克忒翁神庙？乳品店老板娘一脸魅惑地将这个问题细化：那栋建筑会有女像柱、圣灵像和动物祭献吗？鞋匠见市场已开业，就照着一本百科全书——这本书上有神甫不会告诉信众的东西——描摹鞋的样式，他开口补充道：住在里面的人会穿古希腊那种系带式长筒靴吗？身形瘦削、面容憔悴的糕点店老板娘确信自己曾听说过希腊人不会实施儿童祭祀，读过福楼拜作品的邮局局长向其解释说她把希腊人与迦太基人弄混了，并且，她也没在地图上准确标出迦太基的位置。邮差在一旁洗耳恭听，脸上挂着一副"我都懂"的神情。他热衷于扮演博学者，还知道博利厄居民被称作贝尔鲁甘，这是 16 世纪的航海图所标注的海怪真名。本地神甫曾找人为圣龛上的微缩城市描绘徽章：上面有太阳和一棵橄榄树，还有一句拉丁文箴言 "Pax in pulchritudine" ——也许神甫本人就是这句话的作者。这句箴言意为"阳光普照下的平和"，让人能够面朝大海，静静沉醉在无边美梦里，全然不顾其他所有人都把时间消耗在无休止的争论与雄辩中。乳品店老板娘没有翻到她的《家庭博物馆》杂志，便起身去找她那份大的图册，那是《风景画报年鉴》当年额外赠送给订阅者的。法国在公立学校实施免费的义务教育是件功在千秋的好事。整整一代人从中获益，学到许多知识，并且燃起了求知欲想要懂得更多，家长们便把家里的字典和语法书拿给自己的孩子。我想，在我们这些海滨小城里，现在的人通常爱读《电影世界》，当提到米诺陶诺斯时，所有人大概都认为这是群星云集的瑞昂莱潘爵士舞厅。

神甫的光头像一盏白灯在教堂里发出光亮，他开口道："希腊语是我们的语言，《福音书》就是用这门语言书写的。"他旋即补充说并非人人都能或者都该读懂希腊语文本——这与新教推行的理念相悖——但神甫也没有解释得特别清楚。我对希腊语一无所知，说实话，我甚至压根儿不在意这门语言。在神甫看来，耶柔米早就把《圣经》的所有内容译成了拉丁语，这个译本更加可信。我寻思着尽管自己不懂希腊语，但还是认为原文更好。东正教信徒都讨厌拉丁语，何况我身上还保留着某些我祖籍所在地的特质——对来自古罗马或跟古罗马人有关的一切东西都怀有一股没来由的成见：我的家族来自希腊，之后移居科西嘉岛，我从小就反复听人说起这段家族史。对我来说，这是一种在过往岁月里遗失的高贵血统。我告诉在港口认识的朋友，"我是希腊人"这个句子真真切切地比其他任何语句都更触动我。13 岁那年，我开始反抗自己的母亲。我再也无法忍受她拽着我去参加尼斯大教堂举行的一场场漫长又煎熬的弥撒。我对她说："我不去。"那天，我挨了人生中第一记耳光。我对东正教神甫、他们的脏胡子、他们的满口奉承和催眠般的圣歌都憎恶至极。哪怕当着旁人的面，我也毫不掩饰自己的这种"与众不同"并引以为傲。我父亲跟我说法语和科西嘉方言，我母亲除了这两种语言以外，还加上了希腊语，所以我是在三语环境中长大的，但这是一种压根儿没什么用的才能。公证人一口咬定现代希腊语一无是处，勉强算是门方言，而《福音书》里的希腊语是提比里亚湖渔民曾使用的语言，也没那么盛名在外。至于雅典雄辩家的演说，这完全是另外一回事。如今，当我向自己的孙辈们讲述昔年里每个晚上我坐在橄榄树下的绿色长椅上与人讨论的这些内容时，孩子们都认为我疯了，在他们看来，我跟他们讲的是凯瑟琳·德·美第奇的时代以及当时出入宫廷的人文巨匠或恭顺的占星师。但真不是，我所讲的就是自己的青春岁月！

在那些每天与我打照面的人里，有一位是我特别敬仰的，我甚至认为他比这位闻名遐迩的雷纳赫先生都更为卓越。我父母都为这位妙人工作。我之后才得知，他是雷纳赫家族为数不多的几位至交之一。在镇里，他名气很大，威望极高。在人前他是一位衣冠楚楚的老绅士，神情狡黠又透着一丝悲悯，留着一小撮山羊胡，八字胡已斑白，总是担心卷发或发绺上的发油味道会腻在他周围无法散开。他代表着富有与成功，成日里却总在自怨自艾，向我反复絮叨他的不幸。我也说不上为什么，一直以来似乎"大人们"都会跟我聊天，对我充满信任。不管是每晚跟我妈妈一起买彩票的那帮佣人，还是公证人或邮差周围那些严厉的朋友，我都很喜欢他们：我跟所有人都能聊到一块儿，我喜欢笑，他们不在我眼前时我就会调侃他们，博利厄所有这些人就像是我的家人。但刚刚提到的那位先生却与众不同。

这位共和国的天才住在街角最漂亮的房子里——这栋房子修得像个保险柜。他待我很热络，总跟我提起他这一生是一场败局：他曾让每个人都心怀希望，是整个 20 世纪的象征，虽然当时 19 世纪都还未结束；他们全家人都曾想拥有一座宏伟的复古式住宅，用华丽的巨石和砖块建成，还有古香古色的拱廊。在雷纳赫家族出手之前，他就选定了这块风水宝地，也是他向雷纳赫家族建议可以在群蚁海角上修建一座精致的宅邸。这是我永远都无法确切知道的事。戴奥多尔·雷纳赫后来特别滑稽地为我模仿过几次这位大人物的独白，一边说一边用他的手杖击打地面和着节拍，像一位在听众面前全身心投入的乐队指挥。之后，乳品店老板娘才勉强张口告诉我这位大人物的名字：居斯塔夫·埃菲尔先生。

每个夜晚，他一边摩挲着粗拙的表链（那只表日间会在阳光下闪闪发光）一边跟我絮叨，他曾梦到有人打着无用论的旗号去摧毁他的杰作："我问过我非常敬重的雷纳赫先生，鉴于他是世上研究古代史最优秀的专家之一，我请他告诉我，古代那些宏伟的建筑是否都有各自的用途呢。譬如，亚历山大灯塔，是的，我完全同意，它有专门的用处，但金字塔呢？还有奥林匹亚的宙斯神庙，它究竟用来做啥呢？你瞧，他们的别墅将成为古希腊风格的奇观，不过，等他们将来住进去后相当于每天都要使用它。至于我的铁塔……你早就去巴黎见过它了吧？见过我可怜的铁塔了吧？没去过啊？你真该去巴黎看看的，你呀，就像晴天一样朝气蓬勃。我当初是为了大革命纪念日才设计这个的，我曾想修1789级阶梯呢……当时的名流巨匠们都写了请愿书，从莫泊桑到古诺，再到夏尔·加尼埃这位巧克力大师，我与他同时在尼斯天文台工作过。我回应过，面对过，但这事的确让我刻骨铭心。如果我的铁塔在1870年就修好了，那普鲁士军队围攻巴黎时，我们的士兵就能在塔楼上观察到对方的一举一动，我们也许就能击退他们了，也不用遭受耻辱与战败，更不用割让我们的领土。之后，在1900年世博会上，再没有人谈及铁塔，但它一直在那里，人们当时关注芙尚斯·贝维涅的挖掘机能否开凿隧道，也关心那些听起来糟透了的地铁与人来人往的人行道。然而，一座铁塔竟然比一条人行道更让人心生爱慕！唉，比自己的杰作还活得长并且活到一定的年岁看着自身跟不上时代节奏真是太可怕了。今后谁会记得埃菲尔铁塔呢？我用铁材建起了它。将来，你会看到的，我在想是否它会被归为希腊艺术……”

说话尖酸的乳品店老板娘时常夸我敏慧，与此相反，我其实很无知，但这并没有成为雷纳赫家族雇用我的障碍。工程师埃菲尔让我对考古学日渐着迷。我既没有读过柏拉图，也没读过亚里士多德抑或任何一位古代历史学者的大作，我甚至不知道他们的名字，但我不会一直都与他们失之交臂。初来雷纳赫家时，我可以说是一无所知。我只拥有唯一一项撒手锏：很多年轻人来埃菲尔家请教时总会认真做笔记或仔细绘图。在我 10 岁时，埃菲尔先生给了我不少厚厚的笔记本，还有若干支铅笔。他教我用中心消失点画透视图，还教我画示意图和横截面视图，他相信我能变得更加优秀，便给了我不少纸张和画册让我进行练习。

我第一次见到雷纳赫先生时，手里正拿着一本意大利式开本册，平日闲暇时，我在上面描绘附近每一栋新修的别墅。他接过去全神贯注地翻阅我的每幅画作。因此，我一出现在埃菲尔家的花园里，本在如火如荼进行的聊天便戛然而止。我谦卑地在一旁静默，思索着所有人都转头去看我的画自然没法再一心二用。许多年后，我才恍然大悟个中缘由，也许当日在我到场之前，他们就已说好了不在我面前谈及私密话题。今天，所有的回忆都在我脑海中叠映，因为这是我最后一次到访翠鸟别墅。那本画册里囊括了我的回忆、我此生挚爱与故去旧友的名字，以及我留下的若干标记符号——这能帮我在这栋如今空荡荡的宅邸里重新找到那件圣物，我也是唯一一个能找到它的人。这件事我已拖延太久，我原本早该了结这件事。昨天，我感到心脏随时都能跳到嗓子眼儿里——我紧张得无法呼吸——我告诉自己翌日就将是我最后一次翠鸟别墅之行。

4. 海滨别墅群速写

临海的岩石上海藻肆意生长，那栋别墅就随着半岛的形状与岩石的起伏而延展。它悠闲地沐浴着阳光，一面面白墙也透出慵懒的意态，它的墙基接缝处被漆成了红色，精致的阳台护栏用青铜打造，露台交叠。它与众不同，别致非凡，又自成一派，有着其他同类建筑不曾具备的元素相谐。海风轻拂下，它就像一艘跃然岩上的游艇。

从远处眺望，它像堆叠的积木，又如沙滩咖啡馆里叠放在茶碟上的三块方糖。长在海边的棕榈树林已经有不少年岁了。在博利厄海湾，它们可以免受密斯脱拉风的摧残。阳光穿过橄榄树林的枝叶，在翠鸟别墅上投射出斑驳的光点。它们的倒影投射在海面上，虚实相连，将岩石上的那座宅邸框成了遗世独立的神秘王国。

迈过木质大门走近翠鸟别墅的人会对它一见钟情，而那大开的木门仿佛出自伊萨基岛上的尤利西斯宫殿，正在迎接首批抵达的车辆。踏上台阶，穿过高大的朱红色木门，米诺斯的克诺索斯迷宫就矗立眼前。给访客留下第一印象的，是喷泉的潺潺水声，是扑面而来的清凉，是方正的庭院与四周攀缘着圆柱且垂向喷水池的夹竹桃，更是无处不在的柔和色调。只需被人引领着前往面朝地中海的书房，便能进一步领略楼梯、廊道与各处房间的神韵……

主楼外面的一棵五针松上，专门为鸟儿安置了一个木屋形状的鸟巢，迎着海风，它会轻微晃动。戴奥多尔·雷纳赫并不想在别墅周围修建一个真正意义上的花园，便把本来就长在那儿的最出众的几棵树保留了下来，此外，他还让人额外栽种了其他一些植物，让它们无序排布：能带来蔽荫的柏树、玫瑰、放在里屋的多肉植物，还有来自里维埃拉的棕榈树。当中零星散落着几把木质长椅，坐在上面或阅读或冥想，有种恍如置身日本的错觉。一面屋檐下，挂着一幅来自庞贝古镇的画作，外面罩着玻璃橱窗，随着岁月更迭，上面的色调逐渐褪去。这让人觉得这幅画似乎就出土于此地。画上没太多东西，只有几束精心绘制的花环。但它带来了最精妙的氛围，好似一句从别处剪切来粘贴在一部小说首页的引文。

一切都光芒四射。这一时期的其他别墅都让人惊讶，甚至令人感到压抑，各式家具把内屋挤成了逼仄的空间，小圆柱餐柜与路易十六风格的烫金软垫椅胡乱搭配一通，而后者明明就像是拼命往上流社会硬挤的社交老油条。整体配色极具侵略性，富贵金、祖母绿、醇酒红，对比度鲜明，在褐木背景映衬下极其显眼，更不用提这类背景都是全盘照搬自省政府或市政厅的装潢。部分颜色类似岩穴的暗调，主体是沉郁的金褐色，所有角落都被窸窣作响的灯罩挤占，而灯罩是半球形玻璃材质，上面绘着群鸟翱翔在稻田覆盖的岛屿之上，周围垂着一圈绦带，茶叶罐用日本漆器制成，屏风产自乌木海岸。还能看到新娘的婚纱，完全的路易十五风格，是纯粹的洁白一色，头纱上绣满璀璨的水晶，它们相互碰撞时发出清脆的响音。每当有三五成群的当地人经过时，他们的脸上总带着几分嫌弃之色。煤油灯那股特有的气味直冲脑门。连窃贼身处这样的环境里都深感焦躁，他们只偷走珠宝，对镀金制品或者彩色玻璃都十分不屑。

不同的是，一迈进翠鸟别墅，访客会不由得深吸一口气，随即开始向四处张望。清晨醒来时，阳光正投射进卧室，室内的纯白色调与屋外岩群的赭石色交相辉映，海面被金色的光影切割成若干个矩形。盐味、床单上浆之后的清爽味、橄榄油与松香葡萄酒的味道全都在空气中混合交织。置身其中，没有理由不感到幸福。

无所不知的乳品店老板娘信誓旦旦地说她知晓雷纳赫家族的所有罪行，但她越解释越混乱。她还声称埃菲尔先生也是窃贼并且被判过刑——这样看来如果说这两位巨富相处十分投缘的话，倒算不上是种巧合了。此外，她还聊到了在巴拿马发生的丑闻，这件糟心事"就像那顶帽子"，不可避免地牵扯到了费迪南德·德·雷赛布，尽管他曾在欧仁妮皇后时代主导了苏伊士运河的成功修建，但这一次，他深陷财务问题的烂泥中。那位埃菲尔先生倒是应该已经挣了几百万法郎。乳品店老板娘还提到了自杀的银行家雅克·德·雷纳赫，但她也不确定这位银行家是否与博利厄"我们认识的雷纳赫氏"出自同一族，她觉得答案应该是肯定的。她的忠实客户，教区的一位信徒，接话说这个世界真是可怕，充满了各种不道德的事，人们的眼里也只有金钱。她们与鱼店老板娘以及肉店老板娘形成了一个小圈子，类似皇后周围的女官小团体，那都是一些公爵夫人。

当那栋别墅初现雏形，它白色的外观是如此耀眼，乳品店老板娘逢人便说这更加证实了那位雷纳赫先生是个骗子，因为他压根不如她那般熟知希腊的文物古迹。邮差慢慢品着粉红葡萄酒，帮腔道他可以证实雷纳赫先生在信封上从来没有被人称为"德·雷纳赫先生"，因此这也许是同一个家族的不同分支："只有其中的个别人能承袭爵位，他们家也不例外……"

邮差加入了东家长西家短的闲聊队伍，他说到阿米西提亚城堡及其圆柱与宏伟阶梯都让他印象深刻，里面还住着一位美国外交官。任何地方都不缺戏剧场面或棘手纠纷，神甫汗流浃背地跨骑在自行车上，再一次提起德雷福斯案件，还补充说没有人能说得清这位已经被平反的上尉军官是否真的无辜。这位圣洁的神职人员在埃菲尔家受到盛情款待，可他总是喜欢信口开河。但愿埃菲尔先生能找人去翻修他的教堂吧！教堂屋顶原本有精美的横梁，但内部却被覆盖了石膏涂层。我母亲就在一旁听他们说了好几个小时的八卦。埃菲尔小姐的闺名唤作玛格丽特，她在 32 岁那年就去世了，居斯塔夫先生以某种方式一直在为此服丧，其实他有五个孩子，三女两男，也许这样能让外人觉得他们是其乐融融的一家人。在他们家，不太能听到欢声笑语，尽管居住着几位靓丽的女性。埃菲尔把他看重的品质灌输给所有人，譬如审慎、严格，以及路易十四时期的举止派头——他在巴黎的拉伯雷大街有一栋宅邸，那是一座带有沙龙的真正意义上的宫殿，就像凡尔赛宫的镜厅一样，他在那座豪宅里所推行的就是这种做派。那座著名的铁塔倒是没啥值得看的，神甫曾经去参观过一次——为了去讨要自己的圣诞奖金——他对那次巴黎之旅保有童话般的回忆，在王宫里他见到了支撑起花边天盖的铆接钢架、针脚细密的波斯地毯，以及雕刻得宛如巴黎圣母院中主祭坛一样的壁炉。

尤其让神甫啧啧称奇的是埃菲尔先生年纪尚轻时就成就满满：26 岁时，他设计修建了波尔多的铁道桥项目。对于那些聪明且"精干"的人来说，等上整整五十年才被人慧眼识珠没有任何意义。神甫对邮差解释说这就叫作进步。

5. 野蛮暴行波及翠鸟别墅

　　我当初应该离开翠鸟别墅前往国立美术学院参加选拔考试，蓬特雷莫利一直鼓励我去做这件事，在那里学生可以学到"权威的建筑学"，这也是他自己一直从事的行业。这样的话，我就能更早成为艺术家，在任何情况下，我都该是自由的。我当初应该带走我的一生挚爱，而不是把她拱手留给别人，我应该带着别人给我的以及我在希腊亲手发掘的宝物一起离开，这样的话，我如今就该是著名考古学家了。我应该毫无愧疚地离开，不怀有任何一丝对雷纳赫家族的感激之情，当我无法带走挚友的遗体时，我就该离开，我早该离开了，且不用对他们道谢。早在我像甘迪德那样被赶出森特·登·脱龙克男爵府之前，我就该快刀斩乱麻火速走人。但我选择了留下，就像被卡利普索囚禁在岩洞中的尤利西斯，来到淮阿喀亚人国土的尤利西斯，被瑟茜下药的尤利西斯，无法从特洛伊木马的马腹中逃离的蠢笨的尤利西斯。但今天，迈着小步重回这里的人，是我。

　　这座圣地在战争期间遭到了摧残与亵渎。1914 年后，我认为自己已经见证过人间至暗。战时，我感到自己险些就要与那帮摧毁文明的魔鬼狭路相逢，他们的所作所为与我在雷纳赫家族所接受的教育完全相悖：当德国人放火焚烧兰斯大教堂时，我本以为那已经是他们恐怖行径的顶峰了。我的朋友安德烈·佩扎德告诉我，有好几个月，他像鼹鼠一样在沃屈瓦山丘的地道中东躲西藏，在老鼠成群的腐尸堆里匍匐前行，就是为了能在德军挖掘的军事坑道下方埋布地雷。在那整整好几个月的时间里，他一次也未见过蓝天，终日里呼吸的都是死亡的气息。但他福大命大，总算是熬过来了。之后，他在意大利生活至今，只对美好的事物感兴趣，他靠着翻译中世纪的诗歌为生，并不愿过多提及他的过往经历。

　　我不曾料到近三十年后，我将再次见证野蛮群体的逆行倒施，也未曾料想，我将亲眼见到我熟知并深爱的那些人以难以言喻、无法描述的方式死去，之后，所有人都对此保持缄默。这种沉默在今天终于有了冰消雪融的迹象，有那么一丝苗头，但还没能破除坚冰。

　　刚才，我在爬楼梯时，注意到了一个我此前从未耗费过心思的细节："会客厅"是所有房间里最漂亮的一间，在其尽头有一座祭台，当阳光投射在上面时，过往的人便能一眼看到被精挑细选后雕刻在上面的铭文：致未知的神。我想，这或许也是翠鸟别墅的献辞。我以自己的方式来解读它：于我而言，上帝一直是未知的。我偶尔也向其祷告，乞求他让我与阿丽亚娜重逢，尽管我已永远失去了她——或许是因为在精神世界里，我太过简单与贫瘠，他从未听到我的祈祷，他对我的痛苦放任不管。

我获悉的关于雷纳赫兄弟的第一件事便是他们三人十分和睦团结，并且，有一个记住他们名字的简便方法：约瑟夫、所罗门、戴奥多尔，把三人名字的首字母挑出来可以组成一句口号"Je Sais Tout"（我无所不知）。他们象征着科学、艺术、文学、政治——在那个时代，这些都是缔造法国的根基。

约瑟夫担任国会议员，经常在报纸上发表文章。只要他有相关意向，他本来还可以成为教授、发明家、卢浮宫博物馆馆长。哪怕是共和国总统，或者议会主席，这些职位也没有超出他的能力范围。所罗门和戴奥多尔都是法兰西学院院士，他们身穿绿色制服，隶属于其中的法兰西铭文与美文学院，外人谈论他们时通常一句话里能出现两次"尊敬的大师"。

至于我呢，我母亲是厨娘兼女佣，父亲是园丁，但不是园丁头，我很快得知自柯尔贝尔——这个人我倒是知道，小学老师曾讲过——时代以来，法国就拥有了这类精英荟萃的学术机构。公证人替我迅速草拟好一份院士名单，上面唯一一个我在学校时就听过其大名的是商博良，但对我来说这足够了。此外，戴奥多尔当时也是众议员。

神甫面带微笑，总是将住在那栋别墅里的人戏称为"'我无所不知'三兄弟"，继而发出尖利的笑声并转身离开。在接下来的若干年里，我也听说了所有那些能够料想得到的玩笑："雷纳赫三兄弟什么都知道，但他们对别的又一无所知""那仨博学机灵得就像三只泼猴""这是 Orang，那是 Outang，紧跟着他们的小矮个是Orang-Outang""那就是一群猴子，不骗你，博学的猴子，他们娶了同样博学的母山羊""每天晚上，他们都会被塞进搁板上的三个广口瓶里"……这些嘲讽他们的话在巴黎蒙马特的酒馆里传得到处都是。伴随着流言，他们的名气也越来越大。我曾见过一些讽刺漫画，还有那种丑化玩偶，把我亲爱的雷纳赫先生刻画成了一只猴子，脖子上挂了幅标语牌"睡觉的戴奥"，第一眼看到时我并没有马上反应过来，因为这与翠鸟别墅某个谜团有关，戴奥多尔本人曾画了个类似睡帽的东西，上面写着他的大名"戴奥多尔"[1]。这一家人遭人嫉恨，其实不在于他们的博学、权势或各方面的天赋，仅仅因为他们继承了大笔财富。如果他们生得蠢笨一些，继承财产这件事或许也不会那么招人眼红。我得承认，当时这些调侃的确有逗乐我，但我也觉得没啥大不了的。现在想来，我才是那个有些蠢笨的人吧。

"我无所不知"——这是一种羞辱，但在当时我并没有意识到。就像所有那些真正的天才一样，雷纳赫家族的三位先生也写

---

[1] 与"睡觉的戴奥"法语读音相同。

了很多声明，宣称自己懂的东西不多，也承认自身存在缺点。我找到过戴奥多尔对历史学家弗拉维奥·约瑟夫斯作品的评论："我收回前言，今天我还是重拾自己最初的判断……"在他们的论述里，类似这样的语段不胜枚举，这甚至是戴奥多尔曾教会我的其中一课：把"我无所不知"挂在嘴边的人并非真正的智者。我已记不清有多少次，我听到他用这样的句子来作为当天教学的结束语："我只知道一件事，那就是我一无所知。"在他们尚年轻时，尝试着去了解一切也许是可能的，可是，在人类已经登上月球的今天，再也不存在真正全知全能的人。之后，我明白了"我无所不知"这个绰号究竟意味着什么，它暗含着恶毒、羞辱和轻蔑。在接触到雷纳赫家族之前，我对德雷福斯案件全无所闻。约瑟夫的儿子阿道夫·雷纳赫与我年纪相仿，就差几天，他对政治充满兴趣，我与他成了好友。他曾试着为我详述这起案件，一边说一边在厚厚的册子上勾画出各个涉事人物。15岁那年，我终于像其他所有人一样，大致听说了这起轰动的事件，而一切喧嚣都早已尘埃落定。我甚至不知道"谁是犹太人"这句话在当时有何意指，我不敢断言如今的我对此事的认知是否有些许长进，但我能肯定的是，当年那些调侃再也无法让我笑起来。

　　那些嘲弄、讽刺漫画，除了播撒仇恨的种子，压根儿一无是处。对德雷福斯上尉展现出的憎恨也会蔓延到各个领域，乃至无处不在。有的人压低嗓音，一边诽谤他们，一边恭维他们，说这些人是天才，是善人，是风雅才俊，同时又说这些人是窃贼，是伪君子，是造假者，是"异乡人"。在巴黎发生过的一起丑闻曾波及他们。我感觉没有人能告诉我全部的真相，便去问我的母亲，她宽慰我："这里的老好人们什么都不知道。我自己去打听了一下，再没有比那家人更好的了。孩子，你就去为他们家干活吧，我什么都不会说。"

翠鸟别墅，我也猜不透它对我——并且对他们——而言，是否真的位于人间与地狱的交界处，我来到此地，是因为我早就决定要征服这里。岩石就在我的眼皮底下，我也没耗费多少时间来翻越栅栏。我依然是个孩子，但我也同样是一个有些许自满的小大人。在刚开始修建的头几个月里，雷纳赫先生经常来此视察进展，并下榻在一家名为"盎格鲁宫"的酒店，这家酒店的名字用大写字母拼写，位于火车站前方，偶尔有几次，他也住在大都会酒店或布里斯托酒店。他会让人提前预订酒店整个一层的房间，入住的时候，陪着他一起的有他的妻儿、孩子们的英语和德语家教、近身女佣、管家，以及提在篮子里的猫狗。今天的人们似乎无法想象这一盛况。雷纳赫先生当时比电影明星都还更出名。在那些冬日里——毕竟这里四季都温暖如夏——前来蓝色海岸住上几个星期的名流中，媒体会专门报道他，这对于参与别墅修建的穷人和工人来说是件好事。据说他的六个孩子每人都有一位单独的贴身男仆，且各自都有一位辅导教师，约瑟夫、所罗门和戴奥多尔这三兄弟当年升入高中念书之前也都是如此。当"雷纳赫先生"辅导我落下的功课时，我都是用他们当年的笔记本进行学习：有人会专门为他们提供已经梳理成文的课堂笔记，他们照着这些笔记单独学习便可，之后老师们会再花几小时与他们面对面沟通讲解以确保他们把所有内容都理解消化了。三兄弟的父亲创造了这种反向教育方式，让孩子们拥有更多的自由空间，同时也能让他更好地监督这天才般的三兄弟。因此可以想象1902年我在自由城——这里是我母亲都看不上的渔民聚集地——旁边一座挤进了许多天潢贵胄、痴女名伶的村镇里所接受的教育。并不是居住在这里的所有村民都会每周去趟尼斯，他们在大型宅邸或是酒店里工作，形成了一拨物质贫穷、热衷于飞短流长且又喜爱附庸风雅的小圈子。我母亲说过，十年内鱼贩子就能将鲂鲱和鳎鱼的价格翻上三倍。

我见证了别墅的修建全程，一直到1908年的落成典礼。那天，没有优雅的法妮·雷纳赫手持金质小剪刀举行的剪彩仪式，不见任何摄影师受邀前来，尼斯的犹太教士也没在正门前方祷告祈福，更没有一个人唱起波塞冬赞歌。若干衣橱尚未被搬进各间卧房，打包的数座书箱还没来得及开箱整理，窗帘也没有被挂上，但雷纳赫家族已经前来入住：这意味着翠鸟别墅正式投入使用。

我当时是个自视甚高但又知之甚少的人，幸运的是，我意识到了这个问题，便学着往好的方向改变，并对此谨记于心。年复一年，我累积创作了几百幅画，并将里面的绝大多数寄到了雷纳赫家族位于巴黎的宅邸，我自己只保留了很少一部分。图上绘有建筑基底、碎石堆中用柳条围起林木的护树工程、运抵工地的岩块与梁柱、油漆工和纤维灰浆粉刷工的作业、交付的织物……在我成为不可或缺的人才之前，这是他们给我的命题作业，也是我成为有用之人的开端。"萨瓦省众议员""法兰西学院的戴奥多尔·雷纳赫先生"并未使我感到胆怯。以博利厄当地人的眼光来看，这位先生个子不高、身穿大衣、留着山羊胡、身形有些许佝偻、衣袋里总是露出一本书，他不是凡人，而是一位大人物。当我看到他住在自己雇人修建的那栋别墅里时，我仅仅只把他看成是一个普通男人。我一开始就非常喜欢他。

翠鸟别墅成了这座城市的主要吸睛点。我尊重它，将其视为居家之所，尽管雷纳赫家族与我没有血缘亲情。而后，我经历了两场战争，见证了若干朋友因此殒命，也见证了炮火硝烟催生出的伤员和英雄。在这座用古老文明装点的建筑里，我还见证了野蛮人如何劣币驱逐良币。德军对摩纳哥也并未手下留情，据说他们洗劫了自由城最富丽堂皇的盖尔别墅，还抢掠了另外两三处供他们安营扎寨的宅邸。于连·雷纳赫是戴奥多尔的儿子，我自童年就与他相识，当纳粹前来拘捕他时，我也在场。他比我年轻五岁，总是来看我的画展，我下定决心要成为一名艺术家时，他给了我极大的鼓励。如今，他的声音依然回荡在我耳畔："阿喀琉斯，你这是要从健身达人转向立体画派了吗？我觉得这是一种进步。"

于连一向神情严肃，因而在他 25 岁时，他看起来比我都年长。在那段艰苦时期，戴奥多尔到死都不愿再见到我，他却继续和我来往，与我亲如弟兄。他担任最高行政法院委员，将毕生都献给了法律与"比较法学"研究。当他抽出一点时间来跟我们聊他的研读领域时，那着实非常有趣。他在 1940 年被任命为最高行政法院委员，也是在这一年，他被"事实上"解除了公职，仅仅因为当年十月颁布的《犹太人法案》。在那不久之前，我们曾聊过，当时，他用他极具辨识度的嗓音斟字酌句地对我说："你瞧，我经过激烈竞争走入这个体系已经二十年了，我曾是最高行政法院一名年轻的助理办案员，那时我对共和国满怀赤诚，你也知道，按照工龄，他们必须任命我为委员，之后，他们却让我直接担任名誉委员，这可不是我信口胡诌。"

之后的某一天，当他在图书馆里翻译古罗马法学家盖乌斯的著作时，他被带走了。他曾于第一次世界大战期间获得的十字军功章并没能保护他免受法国警察的拘捕。

他被关押在德朗西。他的妻子丽塔亲自去找当局要求与丈夫团聚。难道她不知道这么做会让他们夫妻俩都没命吗？就像她丈夫的兄弟莱昂与其妻比阿特丽斯的遭遇一样，尽管莱昂的作曲家生涯才开始没多久……

于连告诉我他在德朗西曾见过蓬特雷莫利的某个儿子——这

位建筑师的两个儿子都在 1944 年罹难。他们见面时聊过什么呢？应该有谈到翠鸟别墅以及各自那些幸福时光吧。最高行政法院是这个国家级别最高的机构之一，所有在那里拥有一席之地的工作人员都需为全体公民保障法治的完善——当于连·雷纳赫说到"公民"一词时，我想到了雅典，或许他也是。最高行政法院的工作人员大多佩戴黄星标志，他们是法国公民，也受法国人的监督。于连被秘密安置，随后被装在一辆牲畜车中运抵了伯根·贝尔森集中营。他奇迹般地幸存了下来。在被盟军解救出来后，他带着严谨的态度满怀赤诚地重操旧业。从表面上看，似乎一切都未曾发生过。

6. 初遇

　　"阿喀琉斯，赶快来帮我一把！"我听到后极不情愿地走过去。我母亲身着白色围裙干活时，我其实并不喜欢去给她搭把手，但那一天我永生难忘，那是我一生中最重要的日子，也意味着我孩提时光的终结。我母亲知道自己在做什么，但仍提高了音量继续叫喊："阿喀琉斯！阿喀琉斯！"我怕她把我当成一只圈养在马戏团里的猴子那般供她向人炫耀，我熟知这些时候她会有怎样的目光。即便在埃菲尔一家面前，她也希望别人能开口夸我："他可真俊呀""莱恰夫人，您真的有让他背诵《拉封丹寓言》吗？"

　　这都是因为我的名字，何况我是"希腊裔"——实际上我感觉自己更像是科西嘉人，每当我听别人说我是"货真价实的科西嘉小捣蛋"时，我都感到十分愉悦——再者，雷纳赫先生当初选中了我。说来我一直都这么称呼他，从未料想将来某一天我会直呼其名"戴奥多尔"。倘若我的母亲没有一边挽起自己的发髻一边告诉我那是个"千载难逢的机会"，我绝不可能抓住这个契机。我也许会成为尼斯或阿雅克肖某家酒店的领班、橘贩，或者马塞纳高中的体育教师。我早就决定要见一见雷纳赫先生，但计划尚未实行。我母亲其实也有相同的想法，但她并没有当面向我提起过，这让我非常生气；我依然处在对自己的母亲言听计从的年龄——只要别让我全程站着用斯洛文尼亚语唱整整三小时的复活节弥撒曲……

我母亲居住的房间位于埃菲尔别墅佣人区的二楼，朝向群蚁海角。我的房间就在她隔壁，但面积更小，我们的两扇窗户也并排紧邻，其中我的那扇窗都是尽可能地敞开着。直到现在，我依然保持就着海浪声入眠的习惯。我时常出门溜达，散步时会穿过各个修建工地，这座十五年前人口不到五百人的小小村落到处都在大兴土木。我借了神甫那辆他不怎么用的自行车，在接近午夜零点时骑到了尼斯。我在港口附近的加里波第广场上闲逛，我贪婪地注视着一切，但没让自己成为小偷或是浪荡子。我只是喜欢享受这份自由，不用取决于任何人。成日里跟女佣打交道让我感到窒息，我只想接触一下其他人，跟他们说说话，体验一把不同的生活。我幻想自己是名海军上将，统领着一支舰队，我把自己视为设计师，我想成为拯救法国的将军，想开一家鱼铺，想驾驶火车，想娶一位西班牙舞娘，我把时间都用来给自己编造逸事。如今，这片依然供园丁居住的佣人区拥有最得天独厚的位置，从这里直接就可以下到青岩环绕的海里游泳，而当埃菲尔家族居住在此时，主人的卧房正好位于大花园的中心。在那个年代，将宅邸建在紧靠海域的地方算不上什么考究之举。

在这块已成为园林的地段，埃菲尔安装了若干雨量器、气压计、温度计、地震仪，还有一台坎贝尔日光仪、一台风速记录仪，它们隐蔽在仿建的罗马拱廊以及柱顶的美第奇盆饰后方。对我而言，这些都是带有指针标有数据的玩具。他在花园里设计的点缀性小建筑都极具"科研性"。埃菲尔先生自己会记录仪表上的相关数据，再将其与其他几座气象观测站的检测结果进行比对，那几座观测站都是他修建的，我印象中分别位于波尔多和默东……他一边挥动着图表，一边向自己麾下的所有人论证在座诸位都明白的一个事实：博利厄得益于有利的小气候。生活在这里的人凭借优良的气候状况，能够不怎么费劲儿地活到一百来岁——我母亲听到此处便盯着我看，示意我应该对她表达谢意。当我认识埃菲尔先生时，他的年岁已经无法让他像过去那样骑到马上了，但他一直在彰显自己对运动的热爱，组织了一系列击剑比赛。《小尼斯人》报道过这些赛事，他的朋友们也会靠在蓝白条纹相间的"躺椅"上热情洋溢地观看。我非常喜欢他那艘名为"拉伊达"的船，他悄悄地带着一屋所有人，乘船去郊区野餐。我们在船上小声哼着威尔第歌剧中的凯旋进行曲。

我母亲的厨艺逐步得到认可，最终成为厨房的掌舵人：她擅长统领协调，偏爱菜式的多样性，还创造了不同于巴黎风格的各种烹饪技巧，深得他人敬服。她推行的新鲜食材摄入法深得埃菲尔先生的欢心，因为医生建议后者戒掉浓油赤酱与难消化的餐食。在我母亲的推荐下，他爱上了科西嘉海角的枸橼。他还种植了野草莓、香桃木，以及欧石楠。童年时，我喜欢采摘那些质地坚硬且口感苦涩的枸橼，捧在手里沉甸甸的一大把，带回去后，接下来的一周把它们浸泡在一个巨大的洗碗石槽中，捞起来后再用沸水煮开，连续加入八杯糖水，将其做成糖渍水果。我母亲会塞一点给当天钓到的鲜鱼做饵料：以前还从未有人尝过它的滋味呢！也许亚历山大大帝是个例外——这是雷纳赫先生某一天说的——当他率领大军抵达喜马拉雅山系时一定会感叹："莱恰夫人的糖渍枸橼比里海的鱼子酱要珍贵多了！"我母亲听闻此等赞美后并不会脸红，她知道这可是大实话。

我们房间的四壁都用石灰刷成了白色，几年之后我到访过的希腊北部的修道院也有着这样纯白的墙。相较之下，我觉得埃菲尔别墅内部就像一座货真价实的宫殿：威尼斯吊灯、佛兰德斯挂毯、哥特式衣柜、士麦那地毯、堆满整套塞夫勒瓷器的亨利二世式餐桌、随处可见的盛满鲜花的斑岩花盘、藻井平顶、英式城堡风格的木建。一张简易橱式大床上方，悬挂着一柄布勒亲自打造的鳞饰巨型挂钟，这吸引了我的注意。桌布是刺绣的，都上过浆，餐巾雅致地统一叠放。这里的任何东西都不会让人想起这是一座海滨宅邸，也没有任何东西昭示着这里是埃菲尔铁塔那位天才设计师的家。我母亲在埃菲尔家已经变得不可或缺,我在这一时期也一直在接受教育;我在尼斯一家小型高中念书,埃菲尔先生出资买了一辆套车每天早上拉镇上的孩子们去上学……我还没有自己的自行车,我一直梦想着能有一辆,还想要一根我在自由城橱窗里看到过的钓鱼竿。有一天我手里拿着零钱包走进那家店,店员意识到我得知价格后去瞅那根最漂亮的鱼竿旁边所标注的长度,便大声笑了起来。其实,自10岁起,我就爱上了铅制玩具兵。埃菲尔先生是这方面的大收藏家,当他没有其他访客时,他会让我打开铅制玩具兵的盒子,把一个个小人儿拿出来摆放在餐厅的桌子上,除此之外,他还给我买了不少。我沉浸其中,让圣女贞德的同袍与拿破仑的精兵一决雌雄,我有二十位马其顿方阵的兵士,这是我的精英部队。许多个夜晚,我都靠摆弄这些小人儿来打发时光:我让亚历山大大帝的士兵去抓捕圣女贞德,让奈伊元帅冲向大会客厅里的广州花瓶——上面描绘着滑铁卢的农场,我还用口琴吹奏《马赛曲》。我本不该在主人房里玩耍,但我还是在这里寻到了自己的一方天地,埃菲尔先生借用维克多·雨果的话对我说:"你这小可怜,站在神勇之士面前,静候法兰西军队的子弹,但我只希望你别弄坏我的大瓷花瓶。"对于我能够待在会客厅玩耍这一点,我母亲感到很骄傲,她时不时会专程从厅前经过,手里托着银盘,而我呢,也装作没有看到她。

像许多科西嘉人一样,我们称呼她莱恰,她是家里的小女儿,其实，她真正的姓氏是斯特法诺波利，我母亲从未忘记。在这个值得铭记的日子，在埃菲尔家的花园里，午饭快结束时，她突发奇想地站在篱笆旁用她悦耳的嗓音喊出了我的大名。雷纳赫先生闻声抬起头："在座诸位中有人叫阿喀琉斯吗？我看，他行事有点慢吞吞，这位阿喀琉斯是一只龟吧。"

我在自身的龟甲下露出了鼻尖。他说了一句当天我没能听懂的话："歌唱吧，女神！歌唱裴琉斯之子阿喀琉斯的愤怒，他的暴怒招致了这场凶险的灾祸，给阿开亚人带来了受之不尽的苦难，将许多豪杰强健的魂魄打入了哀地斯……"他吸了一口雪茄，补充道："我亲爱的居斯塔夫，你应该记得，这是勒贡特·德·李勒的陈旧译本，其实这一段用希腊文念起来要好听多了！"随即，他说了一长串希腊语。我之后才明白这是《荷马史诗》中描写阿喀琉斯之怒的头几句。我当时一边听他说话一边发呆；他看着我，似乎在等候我能挤出一个微笑或露出一丝蹙眉。"居斯塔夫，看来这位阿喀琉斯不懂希腊语，他想要学习这门真正属于他的语言，不是吗？我都看出来了！我马上就能给他开课，去我新家的橄榄树林吧，我们在那儿有蚁群作伴，正好也喝杯咖啡。"

我感到自尊心受到伤害，当即用希腊语回答"我懂"。我母亲的脸庞瞬间绽放如春天。她并没有故作惊讶地摔碎手里的甜点盘，而是像一个老戏骨那般继续着她手头的工作。戴奥多尔与他即将建成的新别墅所需要的，正是一个会说现代希腊语的年轻男孩。

这也是如今 70 岁高龄的我能够切身感受到的。正如我这个年龄的所有人一样，我见证过种种惨烈的暴行与卑劣的行径，也目睹了无数的弹坑和死亡；我的朋友当中，有的人因参加抵抗运动而遭到残忍折磨，而我的一些高中旧识却加入了服务纳粹的保安队；还有我母亲的离世，她死于家里配给票的耗尽。今天的我拥有着与当年年迈的荷马同样多的回忆。于我而言，遇见戴奥多尔的那天，依然清晰如昨。

第一次见到戴奥多尔·雷纳赫时，我并未太过害羞。我的懵懂无知反倒成了我的庇护伞。我模糊地知道存在着另外一个世界，那里聚集着已仙逝的作家、不再有信徒的神祇，以及非凡的英雄。只要能走向他们就能让我心满意足，我甚至坚信，在遇到这个独特的王国之前，我对他们就抱有朦胧的憧憬。在这之前，我只读过儒勒·凡尔纳的小说，还有几本适合青少年阅读的拿破仑生平介绍，那是我在科西嘉岛就读于市镇小学时收到的读物，上面还绘有插图：德阿科莱桥、皇帝加冕礼、滑铁卢战役。我父亲曾花钱买过一些书，之后将这些书连同我的吉祥物口琴一起给了我。8 岁那年，我离开了科西嘉岛。在随后定居下来的群蚁海角，我感到这里有着某种混合了神秘岛屿与圣赫勒拿的独特气质，即将落成的那座别墅更是我梦寐以求的圣殿。

外人说我性子机敏、行事狡黠、风趣幽默，那块在建的工地是我的乐园。只有为数不多的几个人有资格入内监工、视察、散步，我就是其中之一，仿佛我也是家庭成员一般。我被要求创作一些相关的画作，于是观察一切就成了我的任务，我在乳品店老板娘、邮差、神甫和整个古典合唱团面前大声说出这座在建别墅的真名"Kérylos"，在希腊语中，它指的是翠鸟。这种鸟会展翅飞翔在海浪之上，它们被视为悲伤之鸟，在文人的诗篇中婉转低泣。

事实上，翠鸟同样也是鱼虎的学名，这是一种独特的飞禽，它们发出的叫声初听起来似乎尖利又自满，而后会变为清脆悦耳的鸣响。雷纳赫家族的三兄弟约瑟夫、所罗门与戴奥多尔依次相差两岁，有着极其规律的年龄差。他们临海修建这座宅邸，就像翠鸟搏击海浪觅食，靠着一根根细枝修筑起自己的窝巢并在此生息繁衍。人们都说这三兄弟虽其貌不扬，却都娶了比他们更加富裕的如花娇妻。我一直认为戴奥多尔·雷纳赫很有头脑，翘鼻赋予了他几分苏格拉底般的气质，双目明亮有神——这也是我母亲的特点，写到这里时我想到了她。戴奥多尔讲话简洁易懂，我能立刻领悟到其中要点。他还跟我做了一笔交易：我一周向他寄送两次我的画作，便于他在巴黎也能及时了解别墅的修建进度。

我的第一堂古希腊语课就开始于那天，我还记得周遭的蜂群在一簇簇迷迭香间嗡嗡作响。我母亲借着倒咖啡的由头来看看我的学习情况，埃菲尔一家则在一个角落里闲聊，埃菲尔先生头戴草帽，迈着大步来回跑以测量别墅的宽度。植被已经过修剪，青草的味道扑面而来。塞伯拉斯平日里较安静，但看到主人回来也活跃了起来。我坐在一块岩石上，雷纳赫先生则坐在皮质折椅上，恍如一位占卜者。他的护腿套、袖口和帽子上都沾染了灰尘，白衬衣已经脏得反把黑外衣衬成了浅色。授课时，他并没有上来就讲语法让我打退堂鼓，而是选择了两个词，"民主"与"煽动"，为我讲解它们的区别，还旁征博引，提到了国民议会、选举以及政客的演讲，一下子就抓住了我的兴趣。我已经是大人了。我总是观察阳光、苍穹与群鸟，或是眺望地平线。十五年后的1917年，我在一辆救护车里与一位负伤的德国士兵用希腊语交谈，他曾在海德堡研究过阿里斯托芬的希腊语喜剧，我们一起背诵了两只青蛙间的滑稽对话，这段对话里充满了各种拟声词，我们还约定待到某天和平降临时再一起朗诵全篇。他把自己随身的小刀给了我，直到今天我都保留着它。这个约定似乎有些天真。要知道就在我俩旁边，有人被锯断了双腿，病毒会随着空气传播，伤口腐烂后那股难以言喻的味道弥漫其中，我们已经目睹过太多次各自战友的死亡。正因为他躺在破旧的担架上还能随口引用阿里斯托芬的著作，我就不忍心在缺水时扔下他再放任他死去，就像对待其他那些德国佬一样。多年后，当我把这件往事告诉孩子们，他们都略带嘲讽地盯着我。我的小孙儿抬头望着天空，脸上有着几分刁蛮的神色，他小声嘀咕："再也不会有战争！"

在我的记忆里，那一天，我沐浴着阳光，看到了好多扇还未建成的窗。为了画工地上的门、拱孔和窗洞，我把自己的画册放在了竹制小桌上的咖啡杯旁边，雷纳赫先生拿起这本画册看了看，开口谈起他计划好的各扇窗：这一扇最大，那一扇简单得像个枪眼，这一处应该是楼梯的位置，这间房里他想开三扇天窗，灯笼式的那种。

他提到的这些窗，在我的见证下于之后的几个月内逐一问世。我每天的任务便是将它们画下来。直到今天，我都还记得如何沿着垂直标尺用带固定把手的滑槽开凿窗户，可以从下到上或从上到下，再把长插销嵌入窗框接头，最终的成品极具现代风格，同时也失了古典韵味。埃菲尔先生看到机器内一个小齿轮的转动——这应该是阿基米德的发明——都会赞叹不已。雷纳赫先生与蓬特雷莫利先生已经连续讨论了好几个小时的技术类问题。那一年，我时常看到他们整日里都站在图纸面前讨论：毕竟公元前5世纪时并没有那么大规格的窗，但为了这座彰显古希腊气息的现代建筑还是可以适量增加些原创因素。不过，要在窗户长插销上设计几只海豚图案或狮身人面像是绝对不可能的！无论是在现代风格的窗户上镶装希腊纹饰，还是完全照搬古代封闭式大理石窗户，这两种选择的可行性都不大。然而，让窗户既具备古希腊风格又能正常开启以晒太阳或眺望大海是一种能让大家都接受的折中方案。这种细微的差别让我着迷。当大家都在工地上时，都乐于自己设计餐具。克里斯托弗宅邸就把罗斯柴尔德男爵馈赠的仿卢浮宫藏品的博斯科雷亚莱珍品重新改成了银色。雷纳赫先生买下了其中符合时兴潮流的几件。但古希腊时代的家庭不会成日里都使用这些满是雕刻的酒杯：在餐叉被发明出来之前，他们需要的是具有类似功能的那个时代的"餐叉"。我觉得这一点非常有意思。这便是我的行文语法，我很喜欢。戴奥多尔·雷纳赫与蓬特雷莫利都是这栋别墅的建筑师，他们思虑周全，方方面面都想到了。和我一样，这两位先生也经常打开装铅制玩具兵的盒子以打发时光。头两年的工期结束时，让我震惊的只有一桩显而易见的事实：我看到过的那些地中海沿岸建筑，无论是在阿尔及利亚、摩洛哥还是希腊，都不像翠鸟别墅那样有那么多扇窗，而且，它们的窗户也只会朝着内院方向。戴奥多尔想要处处开窗，这就是他的"古希腊式别墅"与古希腊建筑的主要区别。他并不是一味模仿，而是以古希腊风格去创作去构建一个绝对崭新的蓝本。

他的每一扇窗都是一处风景的画框。我也由此意识到我自认为熟知已久的海岸竟是如此绮丽，明白了建筑师的巧夺天工可以把大自然绣成画卷。待在翠鸟别墅那些年，每当我和同龄好友阿道夫·雷纳赫一起干活儿时，我会把所有窗户大大地敞开；还会在最顶层的房间"代达罗斯"或"伊卡洛斯"的内阳台上坐着看云，度过一小时的自在时光。我把别墅的这些窗都画成红色的百叶窗。我有一套自创的水彩画法，类似克洛德·莫奈，根据每天的时辰和四季更迭，把万物幻化为纸上的长条光影。在离开这里之前，我一直都想要打开房间"菲利门"的窗、会客厅的窗，还有书房的其中某扇窗……如果我未曾回到这里，那我永远都不会在我的画册上第十次写下"窗"这个字。今天，我带着自己的最新款柯达摄像机，在这里取景、拍摄、定影，我想最后一次看看我的天地变成了什么样子。我偏好拍固定的场景，正如在自己家一样，其次，我还喜欢广角拍摄流云。

最让我意外的是我母亲竟然反对以这种方式夺走她的儿子——雷纳赫先生在见到我的第一天就宣布，在施工结束之前，只要有了能住人的地方，我就马上搬来翠鸟别墅住下——我本以为她会对这个提议十分满意。她暴跳如雷。难道她没有能力抚养好自己的儿子吗？科西嘉女性绝对不会抛弃自己的孩子。何况等她上了年纪，她也需要自己的长子侍奉在侧。这些巴黎来的先生们有何权利带走她心爱的孩子呢？我怕她生气，没敢明着顶撞她。明明是她自己把我推向戴奥多尔·雷纳赫的，她几次三番地跟我说过她喜欢这一家人与这栋新别墅，他们也喜欢我的画作。她觉得"戴奥多尔先生"付给我画画的那点报酬与我花在上面的时间并不相配。我暗中思忖她是否真的在指责他有些吝啬：在科西嘉的时候，我母亲并不认识任何犹太家庭。她还跟尖酸的乳品店老板娘讲了一些让我深感羞愧的话，她摆出一副狡黠的神态，说雷纳赫这一家人"贪得无厌"，这番话点燃了我的怒火，我立刻为自己的恩人进行了辩护。我母亲最终明白我主意已定，不可转圜。

一天早上，她指着我放在床脚的一堆书问我，"这些玩意儿都是你那位雷纳赫先生给你的吗？你的房间越来越像一处狗窝"。随即她把这些书扔了出去。我当时已不再是逆来顺受的年龄。最终埃菲尔先生介入了这场争吵将我和母亲分开。他对我说我不该在我母亲面前高声叫嚷，同时，他也单独找她聊了聊，接下来的半个月里，她没有再对我说半个字。一年半以后，她终于放手，让我带着自己的画册和铅制玩具兵离开，这些让我引以为傲的玩具兵是埃菲尔先生给我的，来补充我"统率"的维钦托利高卢部队。那座别墅还无法住人，但我成了第一个在此有房间的人，就位于佣人区底楼的走廊尽头。我的全部家当就是一张行军床、我的绘图用具以及自己手洗的几件衣物。我就像待在一座观察站，每天可以去为工人搭把手，给做饭的厨子帮帮忙，也可以四处查看，监督楼层的施工进展。我本以为得耗费十年的时间才能完工，但事实上，修建的进度很快：当油漆工开始粉刷底层的各间房时，高层都还没有建好。图纸是那样详尽和精准，工人们只需按部就班按图索骥去做，甚至不存在犯错的空间。置身屋内，我感觉像身处一艘船的内舱，又或是虚浮在主桅顶端的一颗泡沫里。有若干个冬日，海浪汹涌，岩礁充当了民居的庇护伞，我会花上很多个白天来清洗沾染了海盐颗粒的玻璃窗。我感到精疲力竭。我母亲每天都会吩咐我做一些埃菲尔家的活儿，譬如擦拭银器、给皮鞋擦油，她有一套自己信奉的原则，即孩子们都是上帝派来人间供父母差遣的，一旦她叫我做事而我行动不快时，她就会冷冷地瞪着我。我的第一条长裤是雷纳赫夫人——不是我母亲——在位于尼斯的"巴黎铃兰"门店给我买的，她选的那一条材质轻软又保暖，我都不敢把它带给博利厄的小伙伴们看。在翠鸟别墅这个"独立小王国"里，我可以穿得如王子般四处晃悠，我很高兴，终于有一家人能像对待成年人一样对待。居斯塔夫·埃菲尔也许是头一个意识到我待在雷纳赫家做零活儿的这段日子有助于我身心健康的人，我很有天赋，他也会指导我进行基础性学习。此外，他还给了我一些铜器和鞋膏。我母亲因为我而格外长脸，她总是跟我絮叨："埃菲尔先生已经告诉我了，这位雷纳赫先生学识渊博。"她心情愉悦，会把"渊博"二字的发音拖得很长："学识渊——博——，儿子，我就知道，你早晚会出人头地，成为某个……大人物……"由于她说不出究竟是怎么样的大人物，我便笑话她，她也会跟着我笑成一片。

15 岁那年，让我感到好奇的是这位风趣热忱的戴奥多尔·雷纳赫究竟为什么会被称作窃贼。他到底抢掠了谁？为什么公证人和神甫把他视作骗子？他是受雇于敌人的奸细吗？在其他人嘴里流传着一个没人敢讲给我听的故事。我挺倔强的，觉得自己一步步走近这个家庭后，会明白他们为什么、如何、从何时起变得如此富有；我自己进行了一番调查——我只看到了一位热情真诚的绅士，他与我谈论那些遥远的国度：俄罗斯帝国的江河纵横、锡兰的巍峨群峰、爪哇的王朝更迭、法兰西共和国的风云岁月、贯穿阿拉伯地区的沙漠商队、神祇间的爱恨纠葛，以及那位独裁者。他迫切想要教给我许多东西，让我自己去发现这个世界。我欣然接受。每个周六，我回到母亲身边，帮她干点活儿，为了让她高兴，我还同意时不时陪她前往尼斯的俄式教堂参加周日弥撒。复活节那天，在她面前我可以穿那条略微浮夸的裤子，以及阿道夫·雷纳赫不要的那件偏短的上衣。我会在上衣口袋里放一条折好的手绢做装饰用，再别上一根借来的领针。她站在一旁，用让我不寒而栗的目光扫我一眼——我已决意要迎难而上——然后过来抱抱我。

　　学习古希腊语意味着要掌握大量语法规则。对我而言，这是一种煎熬。我待在自己的房间里，能不间断地学上五六个小时，并誊写接下来要学的文本，再独自一人试着背诵。夜里，我会梦到那些长着各种小尾巴的希腊语单词，它们沿着我的枕头列队爬行。我记得那些让雷纳赫一家都倍感震惊的碎片式画面，但我从未体会过学习一门语言时感到自己跨过了那条界线的瞬间：障碍消失，这门语言的逻辑和美好，一切的一切都变得自然且简单。柏拉图的古希腊语对我来说是一片崎岖的原野，我行走于其中，双脚鲜血淋漓。但我绝不放弃。我想得到他人的慎重以待。沉浸在书本中好几天后，我又禁不住外出了几次，我特别想沿着一栋栋海滨建筑去看看这座城市和路旁成排的树。我有了一辆属于自己的自行车，那是一辆德迪翁布东，我用自己挣的钱买的。虽没有任何人监视我，但当我骑着它在夜色中的尼斯畅行时，想要逃离的愿望油然而生。每蹬一脚，我就继续背希腊语的性数变化，或吟诵诗句，还试着感受重音。我没在书本上读过德摩斯梯尼的演讲，于是偷偷作弊，去找了译本，我知道没人帮得了我，所以我要拼尽全力保住自己在雷纳赫家的一席之地。我犯错时会引得他们发笑，这使我感到愤怒，但戴奥多尔总是很和善。他感到了我的不悦，就给我上了几节历史课，我很喜欢听他讲述斯巴达勇士的反抗、马其顿的菲利普发动的战争、大流士大帝的功败垂成。我也会向他提出种种问题，关于舰队、舵手、三层桨战船，我迫切想知道这些小船如何装得下那么多士兵。当时的人就有此等智慧吗？我抚摸着塞伯拉斯思考这个问题。萨拉米斯海战曾发生于"如阴郁脸庞的黑夜中"，后来的人又是如何得知当时参战船只是什么样呢？我清楚地记得，当年的我可以用希腊语复述战况。无数次惊涛拍岸后，一切都烟消云散，就像我脑海中一袭长浪呼啸而来之后归于平寂，今时今日的我再也无法回忆起18岁那年的所知所记。工人们已经打好了地基。我也现场画了地下层的房间和过道：因此我确信地下并不存在任何暗室或密间。这也为我今天这次回访省下了不少时间。蓬特雷莫利先生就像我后来迷恋的好莱坞大片中那些服务于法老的建筑师一样三缄其口。但我早就把所有图纸拿在手里看过了。这个早上，它们通通都浮现在了我的脑海里。

　　每当雷纳赫先生给我开历史小讲堂，讲述犹太民族的曲折历程时，我都能理解他。如若他会拍电影，那他一定会是电影诞生之初的伟大导演之一，会在维克托里娜的摄影棚里创作出若干部法式历史长片。他给我看书本上的铸币图片，和我谈论所罗门的神庙、七支烛台、装有《摩西十诫》的约柜——柜子上还立有两尊纯金打造的天使塑像。他给我描述铜海，希伯来人在里面沐浴。他手舞足蹈地为我模仿萨巴女王，聊到犹太人被囚禁于巴比伦或金牛犊神像，他更是会情绪激动地站起来。他还向我解释克利斯提尼——这是个多么古怪的名字——时代雅典的改革以及帕埃斯图姆的古希腊神庙建筑，我由此获知：最壮丽宏伟的古希腊神庙都位于如今的意大利境内，《旧约全书》讲到了希伯来人，犹太人在别处焚香而不在圣像面前。我听闻会震惊两分钟，随后反应过来我也可以把这些新知识拿去唬一唬我母亲和乳品店老板娘。

　　在高中预备班，我很快就成了班级前几名，母亲向来自信满满，对此并不感到意外，也没有奖励我任何东西。她只是摆出一副女管家的高冷面孔，轻描淡写地说："这倒是不错，继续努力。"我感到这不公平：所有人都赞美她的厨艺，她闻言会骄傲地昂首，像一只得到糖块的小动物。我觉得自己并不喜欢这种时刻的她，我也取得了进步，可她却对此一声不吭。一天，她出门拜访法妮·雷纳赫，力图向后者解释她把儿子借给了他们家，也许他们该付一笔钱给她。雷纳赫夫人只是看着我母亲，并没有做出任何答复。我母亲扯着嗓子气急败坏地把此事告诉了我。我感到羞愧。但她也有自己的苦衷，我站在她的立场上换位思考了一下，我们娘俩的处境的确非常诡异。我母亲大肆控诉戴奥多尔和法妮的贪婪，还去向神甫诉苦。我害怕这些风言风语传到翠鸟别墅之后我会被解雇。她告诉我，我父亲有个兄弟在省政府当园丁，他可以为我找到一些短工零活儿并拿到报酬，她让我去投奔这位叔叔。我伤心地哭了。其实我也明白，自己的希腊语和历史水平还没有好到可以留在雷纳赫家的地步。接下去那段时间，我经常梦魇。

7. 用敌方语言进行的谈话

博利厄本地居民不太会发"allemand"[1]这个词的音：肉店老板和铁匠都操着浓重的口音念成"Reinacheu"。一般而言，说"Rail-Narre"的人都不太喜欢犹太人。这里的居民也不喜欢德国人，总是不厌其烦地絮叨德国佬在1870年击败过我们，夺取了我们的阿尔萨斯和洛林。对科西嘉人而言，这些地方都离得太远，但是，这个东边国家伸来的铁蹄，的确就像有人扯掉了拿破仑外衣的一小角，宣告了这个伟大帝国破碎的终章。我母亲无论如何都不肯原谅德国人。

一个冬日的早上，我惊恐地听到戴奥多尔·雷纳赫牵着塞伯拉斯，跟居斯塔夫·埃菲尔站在海堤上用德语聊天，但我压根儿听不懂他们的谈话内容。

我感到害怕，我开始反思自己是否处于危险境地，离开母亲

——————————
[1] 指"德语"。

是否理智得当，是否应该回到科西嘉岛再在阿雅克肖重新找份工作。镇子里其实也有一些散居的德国人，譬如利弗西别墅，是英国铁路的一位绅士工程师修建的，这座宅邸曾接待过詹姆士·戈登·贝内特，在 1905 年被卖给亚历山大·德·霍恩洛厄·希灵斯菲斯特亲王——他也是上阿尔萨斯省的省长。没有人跟他或是他的仆从讲过话，但所有人都记住了这个复杂绕口的名字。在博利厄，大家都很钦慕埃菲尔，但没有人会说"埃菲尔别墅"，大家更喜欢把他的住处称作"萨勒宅邸"，因为所有信封上都这么写。邮差自认为知道内幕，他说真正的房主是埃菲尔先生的女婿阿道夫·萨勒——他娶了埃菲尔的长女克莱尔，他还说这位天才工程师不想太张扬，也不愿给自己的姓氏打广告，毕竟，对南法人来说，他的姓氏听着并不顺耳。他怕会遭到偷袭吗？之后我找到了答案。为什么雷纳赫和埃菲尔要说德语呢？难道我和我母亲都分别受雇于两家间谍吗？我并不愿她出去继续嚼舌根，所以没把这件事告诉任何人，而是将其藏在心底，假装它只是我在苦学希腊语时需要额外关注的一种焦虑。在我埋头学习时，法妮·雷纳赫会为我拿来蛋糕，她朝我微笑，能安抚我焦躁的内心。

第二天，不知雷纳赫先生是否已发现我撞破了他的秘密谈话，我听到他爽朗的声音响起："你瞧，学德语是因为这是我们敌人的语言，我们与他们迟早会再有一战，重新开战已无可避免。学英语是为了与英军并肩战斗，也意味着想要战争发生，只要愿意，甚至可以顺便做点军火生意。学习任何一门尚有活力的语言，都需考虑到捍卫边疆、攻克某地、入侵某处。学希腊语的群体却可以学会思考与热爱，也能在全世界结识志同道合的好友，通过这门语言分享智慧、提升分寸感并推进自我认知。"

事实上，当天他并没有把所有这些话一次性全告诉我，是我归纳整合的。在别墅修建的前六年，他让我逐步理解了这些。会一些希腊语或在青少年时期学过希腊语的人，会更多地结交有识之士，这类人通常热爱戏剧、建筑、历史，能感知雕塑之美，具备细腻的情感——望着手里的铸币会猜想过往的几个世纪以来它究竟被谁握于掌中，他们会沉迷于那些美丽且无用、沉闷且愉悦、悲怆又哀婉、滑稽又凄凉的事物，并不在意它们究竟来自德国、意大利、英国，还是……总而言之，学习希腊语，便学会了一门全人类通用的语言，就像音乐那般。

彼时的我还没能完全意识到这些。再没有任何人能讲荷马的希腊语。我相信自己已经敏锐地察觉到雷纳赫先生并不打算将我培养成学者。他已经发现我学起来有困难，我的进度比他的侄儿阿道夫要慢不少。所以，继续下去又有什么用呢？如果我经过不懈努力勉强提升了语法水平——在某个时期，我学会了"间接祈愿式"或"第二不定过去时"，我的历史也不能拖后腿。为了给戴奥多尔先生带来惊喜，我愿意在收养了我的这一家人面前表现自己。虽然如今，我只记得当年学过的个别词句了……几年后，戴奥多尔在我面前引用作家圣·马克·吉拉尔丹的话，他曾送过这位作家的一本书给我："我不会要求一位正人君子懂得拉丁语。他把学的拉丁文忘了我也心满意足。"此外，现在几乎没有人还记得这位圣·马克·吉拉尔丹先生。我是为数不多的例外。

我已经忘却了一切。我感到内心舒畅，就像今早吹拂在我鼻尖的清爽微风。我离开了翠鸟别墅。戴奥多尔已将我"塑造成型"，紧接着，我就能自立门户了。希腊语是一门象征和平的语言，很美，却也不真实。当我真正开窍能读懂这门语言时，让我心醉神迷的篇章只关乎于抗争、围城、战役，以及那些手起刀落，血刃仇敌，并将他们绑在马车后亵渎其尸身的英雄。雷纳赫一家都是温和的学者，他们撰写文章与德国专家唇枪舌战。战争同样也发生在不同的高校之间。雷纳赫一家时常满怀仰慕地谈到慕尼黑有位名叫富特文格勒的考古学者，他们收藏了他所有的著作，但同时，非常诡异的是，他们似乎又发自内心地憎恶他，像是积怨与钦慕的矛盾混合体。诚然，所有法国人在面对德国人时都会有这样的情绪。

在瑞瑟夫的露台上，雷纳赫全家人都围聚在一起。没有其他人敢靠近他们。大家只是远远地看着这一家子，发出万变不离其宗的评论："这家的女儿们不太好看，她们只会啃老自己的父亲，你们瞧，她们的眼睛鼓得跟蛤蟆一样，还有他们家的男孩，你们快看，一个个的都少年老成，古板迂腐！"雷纳赫一家并未携带任何奢华的物品，手杖柄上既没有纯金圆球，也不身着浮夸的裙装，总之不符合年轻侍者与八卦妇人对有钱人的定义。他们只是打着英式小阳伞，穿灰色坎肩，脚蹬一双在伦敦定制的低筒靴，这是一种最不显山露水的低调奢华。他们并不愿落人口实。当地人从未在尼斯的犹太教堂里遇到过他们，这又成了一桩谈资。虽然有着各种飞短流长，人们倒是真的宁愿他们在教堂第一排能有自己的位置。雷纳赫一家没有进入由下列人士组成的最上层社会：带着情妇的富豪、身边侍从环绕的侯爵、沉迷赌博而破产的巴黎绅士、像奥斯卡·王尔德那样抽高档烟的英国人……所有这些人都特点鲜明，描述起来极易抓住"精髓"，但三言两语说罢后，也再无其他可说。在城里，关于这一家人的闲言碎语一直都不算主流。没有任何人想要去读他们出的书。当地人找到的唯一一条有用信息，也是经常提及的一点，来自所有人的观察，但也不见得是什么真知灼见："他们都是埃菲尔先生的亲密好友，埃菲尔先生是有真才实学的，而且一点都不自负！你们真的相信他会牵扯进巴拿马那桩丑闻？我并不这样想，但话说回来，无风不起什么来着……"

有一件事从来没有人告诉过我，哪怕是乳品店老板娘也只略知一二。公证人一边擦拭他的放大镜，一边开口说："我感觉，他们曾经有过一些诈骗行为，比如为了赚钱而忽悠人为卢浮宫买书，尽管那里并不重视他们。"他用了一种不容置疑的语气，但也只说到这儿便戛然而止。随后我发现巴拿马那件事在所有报刊上传得沸沸扬扬，也为众多讽刺画作者提供了素材。话至此处，我们得回想一下那个年代在一个像我们这样的小镇里，"新闻消息"究竟是何物：公证人几乎只专注于他手头的文书，出于经济因素考虑，他也没订阅《费加罗报》，乳品店老板娘则擅长把她听到的所有消息都自行细节化，但总会曲解一小部分超出她理解范围的内容。而我呢，我成天被关在雷纳赫家族的城堡之中，一刻也不停地忙着，自然不会有人在我面前说任何可能会惹怒别墅主人的话——至少当着我的面不会。之后那几年时间，我都习惯于靠自己去理清一件事情的来龙去脉，而不是去尼斯全民图书馆——在人民战线给其改名之前，它当时还不叫这个名字——也不会托人带来几卷《费加罗报》或《时代报》，这两家媒体每日都会讲述大量社会新闻，其中不少都跟雷纳赫家族有关系。我在工地上如饥似渴地阅读别人送我的新书。15 岁或者 16 岁时，我特别偏爱一些老作家以及他们笔下曲折甚至悲惨的爱情故事，为了更好地理解内容，我会阅读三遍同样的章页，或者，为了最快得知达夫尼斯和克罗埃的感情进展，我会一目十行。我母亲之前从未料想我会这样，但随着年龄渐长，她已经愈发平和——她会借书里的主人公来提醒我："你瞧，如果所有人都像他们那样，一事无成是必然的。"

　　最重要的话题，依然是并且一直是"德雷福斯事件"，在翠鸟别墅，大家可以讨论此事到深夜。我听得入了迷。我了解最细枝末节的情节反转，甚至能够扮演正反两方进行左右互搏。德雷福斯是无辜的，阿道夫知道关于这次事件的一切，他的父亲是戴奥多尔德高望重的长兄，同时也是一家之长，就这个话题曾写过几百页的专著。德雷福斯曾被关押在恶魔岛，他们对这位不幸之人的家庭极为赞赏。约瑟夫·雷纳赫是官方认定的本事件研究者。我跟他本人还不太熟，之前只远远地看到过他，我觉得他写的书都有点长，但我还是在读，毕竟它们读起来比学希腊语语法要轻松不少。我更喜欢听阿道夫跟我讲关于艾斯特哈齐少校或是在纸篓里翻找废纸的德国大使馆法籍女佣的故事。

我尚未透彻了解这些谜团，很快又被另一个我没能立刻厘清的问题分去了注意力。实际上，这是一个我没有反思过的话题：这一家人究竟想从我身上得到什么呢？我就住在他们那里，作为唯一一个可以随意进出大厨房与所有雇员一起吃饭的人，我乐于享受他们带给我的社会地位，毕竟这里所有人都认识我母亲，我同样还能与雷纳赫家的小孩以及他们前来度假的表亲们共同进餐。没有人觉得受到了冒犯。我明白，我生活在一个自由开明、思想进步、成员和善的家庭。在英德两国的意大利裔大家族里，类似情况是不太可能出现的。

把男士套房区与女士套房区隔开的，是一处专门的房间，男男女女们可以在那里面小聚、读书、闲聊，几年后，当我经过那间房的门外，我听到雷纳赫夫人在发问："小阿喀琉斯算是我的朋友，他机敏狡黠，成日里四处钻来钻去。你打算什么时候让他担任你为他秘密筹备已久的要职？他很想离开这里，像他这个年龄的孩子，是不可能甘愿被禁锢在翠鸟别墅的。阿道夫不在的时候，你就把他当囚徒一样监禁在这里，他已经很不耐烦了，他早晚要逃离你这座监牢，现在时机已到，你相信我。"我把这些话默默记在心里。在此之前，我从未想过，也许，我来到这里并非出自偶然，或者并非只是出于一次单纯的善举。雷纳赫先生要导演一出我从未想过的戏剧，而我将是戏里的名角，他却没有当面向我吐露过半个字。

唉，没有人能预知意外的到来。悲剧的突然上演由不得任何一位创作者。在 1914 年的阿登战役 [1] 中，我目睹自己唯一的挚友阿道夫战死沙场。他没有等到儿子让·皮埃尔的降生，我也是从前线返回后才得知消息，冥冥之中，这个小家伙似乎也注定了马革裹尸的命运，他在 1942 年投身于自由法国运动，成为抵抗纳粹的成员，不久便遭到逮捕。越狱成功后他最终抵达英国，在伦敦犹太大教堂与娜奥米·德·罗斯柴尔德结为连理。他还曾与让·穆兰一起担当伞降兵。让·皮埃尔与娜奥米的女儿乔斯林在同一年诞生。她也没见过自己的父亲，因为她的父亲和她的祖父一样都为国捐躯。相同的历史再一次上演。我是如此熟悉这个家族的每一个人，也深爱着他们中的每一个人，以至于这些往事在某种程度上也成了我人生的一部分。今天的翠鸟别墅墙面脱落，除我之外空无一人，眼前的景象似乎在向我诉说：这个家族曾经

---

[1] 阿登战役：1914 年 8 月 21 日，德法双方在阿登地区发生交火，该战役为第一次世界大战西线德法边境战役的附属战役。

的梦想已变得虚幻缥缈，也许当初他们该把投入其中的巨款花到其他更有用的地方，但很遗憾，他们因缺失判断力而变得轻率，在那个大时代面前只能盲人摸象。他们豢养我，同时我又能取悦他们，我处于他们的极度控制下以至于无法反抗，约瑟夫为人自私，并未帮我进入政界或是举荐我成为内阁专员，所罗门在担任圣日耳曼昂莱博物馆馆长时本可以在那里给我谋一份工作，戴奥多尔也完全有能力让我去参加国立美术学院的选拔考试，但他们都没有帮我——对于他们，我的确有些怨恨，但无论如何，阿道夫和他的家人将永远在我心里占有神圣的一席。

我并未如我母亲最开始坚信的那般，成为雷纳赫先生的秘书。按照埃菲尔先生的建议，雷纳赫先生经常使用不同的语言口述一些充满引文的篇章，这些引文有希腊语、拉丁语、希伯来语以及科普特语，听者必须要全部懂得这些语言才能领会内里含义……几个月前，一位导演想请我参与拍摄一部关于西班牙国王的电影，我母亲拒绝了。他是在海滩上看到我的，他向我许诺会送我一件带袖衩的紧身短上衣，还说他觉得我看起来就像是宫廷里的小王子。我母亲只回了一句话："在我们家，没有人靠脸吃饭。"而我呢，其实时不时会想象一下自己在大屏幕上的样子，身着制服，戴着金链，电影海报上赫然写着我的大名……在雷纳赫家，一周里面，除了谨慎地聊天也做不了什么其他事。我在这里有自己的房间，有一份薪水，有另一个家庭——而我父母就在两步开外的隔壁，这是十分理想的状态。当与我有着巨大年龄差的弟弟西里尔出生时，戴奥多尔说："西里尔？让我们祝福他今后做事有条不紊，井然有序。"我弟弟之后成为埃菲尔各处工地上最杰出的工程师之一。居斯塔夫·埃菲尔一开始把他推荐给了自己曾就读且受到先贤祠庇护的圣巴荷布中学，之后还让我弟弟好好准备他所创办的中央工艺制造学院将举办的选拔考试。在那个时期，法兰西第三共和国的运转就像那座著名铁塔的升降电梯一样平稳有序，我们家族这两个天资聪颖的男孩都很走运，大人物们并未拒绝向他们施以援手。我弟弟更为幸运一些。他的资助者比我的那位要更有效率，办事也更务实。两次世界大战期间，我们兄弟俩曾有的际遇在其他人身上已不多见。如今，在这个战后重建起来的国家，对于像我们一样出身的山区羊倌的孙辈而言，拥有这样的人生奇遇又再度变得可能。但愿这不是昙花一现。

　　法妮·雷纳赫在她去世前不久带我踏入了一艘飞艇当中。她那时已经很虚弱了，但也无法抗拒这种乐趣。我想，孩子们成了她拖着病体坚持外出的借口。戴奥多尔并不在场。她提前安排好了一切，这是送给阿道夫和我、也是送给所有"小朋友们"——于连、莱昂、保罗、奥利维埃——的惊喜。我们都兴奋异常。飞艇在隔壁府邸的花园里缓缓奔向蓝天。从天上往下俯瞰，我们认出了翠鸟别墅。时至今日，我依然能看到法妮·雷纳赫伸出那只戴着手套的纤手，而后停在空中，做了一个再见的手势。

8. 朱门前

　　别墅尚未完工，但大门先装好了，两扇门扉都带有合页，让我觉得它更像一座单独的建筑。今天，在我即将永远离开翠鸟别墅之前，我应该用摄像机拍下这个主入口。这扇大门并不包含任何希腊元素。上面的涂漆大概产自日本。别墅的主人在巴黎最好的锁匠铺"布里卡尔商馆"定制了略带埃及风格的大门扣环。门锁体积不小，精雕细琢，我似乎从前在沙特尔或亚眠的大教堂门上，抑或维克多·雨果的《巴黎圣母院》里见到过类似的，雨果都说这些錾花铁饰"使得比斯科奈特叹服不已"，我想，后者毕竟是一位中世纪时期的建筑师，说不定巴士底狱附近的某条街就是他设计修建的。别墅的栅栏能让里面的人看到门外的访客，很像我后来到访的阿索斯山上那些修道院的围栏。而门把手呢，同样规格很大，我甚至觉得它值得被保管在古罗马皇帝的箱子里。这里大大小小的各扇门直到如今依然给予我震撼。翠鸟别墅就像一座堡垒。正门的两扇门扉刚装好，阳光就从中间投射进来。所有人站成半圆形，屏气凝神，静静地看着这一幕场景。狗从旁侧经过时，步履轻缓得像一只猫。

铺着砾石的庭院正前方，是白色的墙，上面喷洒着些许斑驳的红点，这来自我们身上的伤口。1914年仲夏的那一天又在我脑海中浮现：我们在位于巴黎的雷纳赫会客厅里站成半圆形，互相展示炫耀我们的新制服。我跟他们住在一起、待在一起，已经十二年了。我看了看自己的蓝色上装和红色长裤，继而抬头环视屋内：家具是典型的路易十五时期洛可可风格，这通常意味着主人的功成名就，居斯塔夫·莫罗的巨幅画作四周环绕着紫色帘布，沃斯家的女人们都身着裙装，觥筹交错间一杯杯香槟格外惹眼。我本以为宴会已经结束了。然而，对这个家庭来说，这才只是开头。法国的传奇人物和上层名流陆续到来，譬如卡诺家族或是卡西米尔·佩里尔家族的代表。雷纳赫家族早年已发家致富并高居庙堂，儿孙辈们也渴求荣光，这三兄弟便成了这家豪门的二代中坚力量，他们迫切想要延续这种荣耀，或许还暗自祈愿后辈中的某一位能升至国家元首——约瑟夫曾有过这等雄心壮志，但他也明智地意识到对于他们家族的历史而言，要实现这样的宏图还为时尚早——他们的姓氏还需等待一代人甚至两代人的努力才能变得如雷贯耳，就像巴斯德家族或是庞加莱家族一样。我穿着红色长裤，对当时这一切一无所知，只是看到眼前的喧嚣热闹很快就归于一片寂静，比预期的还要迅捷。雷纳赫家族的专属时间开始了，也结束了。在那个时代，富人很可能也是学者。如今，富人与学者基本上是两类群体。这种状况又持续了好些年，一直延续到接下来发生的那场战争。我将见证一切。我将目睹死亡、痛苦、消逝。我也将躲过原本会置我于死地的子弹。我将一切都归功于他们，尤其是这个瞬间：在我二十七岁那年，我真切地感知到何谓时光。我曾反复听到十几年前听过的声音。今天，在这座空荡荡的别墅里，我又看到了修建它的那些年，还想起了这幅熟悉的画面：

我 15 岁或是 16 岁时，在群蚁海角，戴奥多尔向我细数我应学的内容项目，他打趣我，还把我推到了水里。我没将我的一生用来猎捕碎石堆中的蜓蛇，我试着成为游泳健将，学习音乐，研习历史地理，抑或解读荷马，那一年，我不是 50 岁，而是 15 岁。我的双膝在岩石上磕破皮，雷纳赫先生将我重又推进水里，他在岸上模仿蛙泳的动作，手里还攥着报纸。十二月煦暖的阳光里，在他身后巍然屹立的依旧是那栋别墅，而它也将伴随我共同成长。

9.门口的镶嵌画无法预知任何未来

我听戴奥多尔讲过玄关的镶嵌画是古代真品。他说得天花乱坠，法妮听着听着就垂下了眼睛。当戴奥多尔开口说话时，有一种让人不得不相信的力量。他说他在罗马买了这幅饱含亚历山大港精致装潢风格的镶嵌画。他能够绘声绘色地描述那家古董店，能说出这件孤品来自哪里，甚至还能精准地回忆起听到明显过高的报价时，出于讨价还价的乐趣，他是如何心生一丝犹豫。戴奥多尔看着就像富人，他的风度举止无一不彰显着这一点，哪怕他的穿着打扮让他看起来像一位小收租者。别墅主入口该设计什么主题，他心中有理想的答案：一只公鸡、一只母鸡、几只雏鸡——象征家庭的极简图像。他对其进行了润色，并确信没有任何一位访客会与他意见相悖。他的确是在意大利寻得这幅镶嵌画，但它出自一位在梵蒂冈各博物馆打工的镶嵌画制作者：所以，这是一件赝品。说来也是，戴奥多尔不会堂而皇之地把一幅古代杰作留在地上，任其被访客们的长筒靴或是女士们的高跟鞋踩来踩去，一旁还搁着塞伯拉斯的食盆。但这幅镶嵌画看起来是如此逼真；这只漂亮的公鸡有着红、蓝、白三色羽毛，这就是他自己，是他的肖像，是爱德蒙·罗斯丹的剧作《尚特克雷》里描写的那只昂首打鸣的高卢雄鸡，也是法兰西。

"蒂霍莱庸"是希腊式别墅里的玄关或门房的名字。我也一直这么称呼它。对于 17 岁的我而言，这是极其正常的。我尚未意识到与雷纳赫一家人相处的每一天里，我的生活是怎样一种诡异的反常状态。我一脸沮丧地说："我把我的雨伞忘在蒂霍莱庸里了。"我全盘照搬他们的用语习惯，但保留了自己本来的口音，仅此而已。我深爱着他们这座别墅，那是一种随着一砖一石、一屋一室、一梯一层的修建日积月累慢慢叠加而成的情感。现在的我依然能理解自己当年的心情。但今早走进来时，我对它已不复曾经的狂热。身为艺术家，我惯于反其道而行之。从我创作第一幅画作开始，我都尽力抹去作品里的希腊元素。

15 岁时，我特别想让自己看起来像一位古代运动员。唯一让我感兴趣的艺术品，就是我自身。我个子长得很快，待在工地上的每一天，我从未停止体育锻炼。我学会了当时人们口中的"澳大利亚式"自由泳，也学会了蝶泳，我的教练是在布里斯托酒店开授游泳课的一位退休士官——最后一批拿破仑三世理论的信奉者。每天晚上，我都泡在海里，我想把自己的肌肉练成图画书上的赫拉克勒斯那样，这些书都是我在书房里找到的，虽然在 1910 年，书房跟运动员扯不上任何关系，后者被视作骑兵与摔跤者的杂交体。体育锻炼还是很耗时间的，我没什么其他消遣，除了胡吃海喝。我是希腊裔，我应当予以证明。而希腊的精髓，首先就是强健的体魄。那些肥胖的东正教神甫象征着希腊的极度衰败。戴奥多尔把柏拉图的对话集给了我，在我能够磕磕绊绊地解读这些作品之前，我就已经发自本能地理解了文本内容，他一直督促我尽早拿到中学毕业文凭，并保有对真理的热爱。

我是一个性子和善，但需要他费心管教的小野人。同时我也是一个好孩子。我画画、唱歌——唱的曲子由童年时的科西嘉小调逐渐过渡为歌剧（雷纳赫夫人给过我乐谱）。她早就注意到我有些天赋，我能长时间保持音准而不会声音发抖。我先是替她给乐谱翻页。两年后，她为我弹钢琴伴奏，我们反复练习《采珠人》中纳迪尔的唱段，"是的，是她，就是海之女神"，这一段由我和阿道夫进行二重唱，我俩连身体发育嗓子开始变声也是一前一后。我们一边合唱一边走向雅典娜·莱姆尼亚的塑像，这是一件模塑，专门被放置在这间有楼梯通往各处卧房的小厅内。我们都开心得哈哈大笑。在当时，并没有太多的娱乐活动。我的撒手锏是歌剧《美丽的海伦》："我是焦躁的阿喀琉斯，怒不可遏的阿喀琉斯，我很快会平息怒气，但我的脚踵不会……"我心气很高。我已经意识到要注意仪表、修饰容貌。露出黑色的大眼睛，呈现得体的微笑，打理好紧贴前额的刘海……我誓要尽可能地展现自己最好的面貌，从而取得人生的成功。我还给自己买了一副眼镜，因为我同样也意识到了自己的聪明才智。我本来是一个不修边幅的顽童。后来，我会趁阿道夫不注意时，偷打他的领带。对一个喜好读书的年轻人而言，母亲眼里的他模样英俊、卓尔不群，他也明白母亲的感知没有错，但她却很少给予儿子夸奖，还有什么会比得不到她的认可更糟呢？我美丽的阿丽亚娜有一双湛蓝色的大眼睛，当我把这件烦心事向她倾诉时，她一本正经地回答："也许，有的母亲就是嘴硬，非要对孩子说他其貌不扬……"

16 岁时，我不怎么与人来往，这倒也没什么要紧的，毕竟我本来就不怎么结交其他人——我的运气在于每天与我打交道的是雷纳赫这一大家子，他们使我变得谦逊，我对他们也心怀敬仰。运动是唯一一项我能毫不费劲就轻松超越他们的领域，但我依然倍加努力，一次又一次地赢过他们，我就想用这种方式惹他们生气，因为他们再不服气也不敢对我说这样不好。我可以在快速游泳的同时，心里还默记希腊语的性数变化、复杂动词的变位、大名鼎鼎的"mi 型动词"——这是语法上的一大难点。我上岸回到厨房，身型娇小的厨娘朱斯蒂娜与我关系亲近，她等着我帮她烤牛排，忙完后我来到花园，开始举沙袋、做俯卧撑，口头还一直念念有词，一刻不停地背诵希腊语。

我梦到过雅典娜和阿弗洛狄忒。波塞冬提议和女神们一起在海里戏水，我听得心花怒放，把尤利西斯的各种新花招付诸行动；

我给自己讲述梭伦的法令；我还创作了其他一些更合理的故事，关乎人民、军队、奴隶，也关乎于乳品店老板娘和糕点店老板娘；我做出了雅典卫城的模型；我朗声诵读青年亚历山大大帝的故事；我驯服布西发拉斯，使其转头朝向阳光；我用弓弦杀戮佩涅罗珀王后的追求者；我让人把西锡安最漂亮的女孩们都带来，想当面选出最美的那一个并为她画像；我走在船桥上横跨博斯普鲁斯海峡，在海浪里高喊"哎弗哎，哎弗哎"；我在夜间的海滩上裸身游荡，用心铭记献给冥后珀尔塞弗涅与冥王哈迪斯的祝祷；我让人用我卧房里的月桂叶香炉焚香；我与九头蛇鏖战，射杀斯廷法罗湖的怪鸟；我感到无与伦比的幸福。

我还没有恋爱。但不久之后就开始了，我没跟任何人谈起。我花时间思考过：我的爱情也诞生在这栋宅邸里。只有在翠鸟别墅，我才能遇到阿丽亚娜，荷马笔下"有着迷人卷发的"阿丽亚娜。她很像我想象中的年轻希腊女子。她喜欢着凉鞋，穿设计大师福图尼的裙子，一袭丝质披巾从她的肩头一直垂到脚踝，恍如狩猎女神阿尔忒弥斯。她也会给自己画像。我对她的情愫与我对翠鸟别墅的热爱有着共通之处：那不是一见钟情，而是在朝夕相处中萌发的爱意。区别在于，直至今天，我对阿丽亚娜的爱依然完整如往昔。

在阿丽亚娜面前，我生平第一次勾勒了一个关于我家族史的动人故事，但我没跟她提我母亲是厨娘父亲是园丁，我没有撒谎，只是想先讲一些最能吸引她的内容。我 8 岁时，父母就已经在博利厄安家了。毕竟在我们的科西嘉村镇，找工作没这里容易。卡尔热斯也许是法国唯一一个希腊裔聚居的村庄。我母亲跟我讲整个家族的历程，可以滔滔不绝说上好几个小时，就像卡尔热斯其他家庭的妈妈们一样。每个人都会想方设法对自己的版本进行美化和润色，但故事背景错不了，我们希腊人的家族史与历史事件息息相关，譬如特洛伊战争。为了吸引女生注意而把自己本不喜欢听的母亲口述的故事搬出来，这其实有些投机取巧。连我自己都知道整个故事的真实性大概也就五成。阿丽亚娜听到"我们家族的故事"后惊叹不已。16 世纪时，被奥斯曼帝国驱逐的一艘船抵达了某处未知的彼岸，那里气候干燥、风景宜人，位于群山与利亚莫内河滨之间。我也不清楚这艘挤满了东正教神甫的"五月花号"木船上究竟有多少名朝圣者，但到了 19 世纪，这个群体已经衍生到了几百人，当中有血缘关系的并不算多，因为很多人选择与科西嘉岛本地人通婚，当地不少农民有着被"科西嘉化"或"法兰西化"的希腊语姓氏名字——我可能曾想给自己取名叫斯特法纳，这也是我堂兄的名字，或者叫尼古拉、保罗、亚历山大还有阿列克谢。阿喀琉斯这个名儿有些高调了。在第三共和国时期的法国，这是一个象征底蕴和传承的名字，我这辈人里面起这个名儿的通常都会有一个叫赫克托尔或是涅斯托尔的叔叔——来到雷纳赫家后的某一天，我遇到了一位名叫索西塞纳的老公爵，他说应当成立一个俱乐部，邀请那些名字出处或多或少都与《荷马史诗》有关的人入会。老公爵有个堂弟名叫安迪德，这可真的很稀有……当我读到普鲁斯特给他笔下某个我也记不太清的角色起名帕拉梅德时，我难以自持地大笑起来。在卡尔热斯，村里两座不同的教堂相对而立，分别是天主教式与拜占庭式。我们遵从的是"希腊的"礼拜仪式，这解释起来有点复杂，因为当年先辈们下船一踏上这座岛屿，东正教的神甫们就该效忠罗马教皇，当地人认为他们应当是遵循东正教仪式的天主教徒。东正教修道院院长很机敏地担当了神甫一职，他按照宗教礼仪更换了服饰和教堂。私下里，他却与雅典、萨洛尼卡、科孚岛的东正教同行一直保持联系，他们之间通信的频率远高于院长给他的上级阿雅克肖地区主教写信的频率。我们一家后来一到尼斯，我母亲立刻飞奔去俄式东正教堂点蜡祈福。

每当翠鸟别墅的大门打开，正对着大海与礁岩时，"蒂霍莱庸"就会在朝阳里显露出淡红色。两边的墙面上都绘制有壁画，其寓意并不难解读。对初来乍到者而言，这是极具雷纳赫特色的：一侧画有喷泉承水盘，上头还栖息着几只鸟，另一侧画的是作战的盾牌。似乎戴奥多尔想要把他的呕心沥血之作呈现在和平与战争之间。如果我继续待在这里，也许我能写出《战争与和平》那种题材的鸿篇巨制，我会创作同样多的人物、逸事、争斗与爱情。说不定我笔下的这趟冒险之旅能得到全世界的认可。自拿破仑和沙皇时代以来，我们这一代人比其他任何一代人经历过更多的战争。戴奥多尔尽管身材肥胖，举止文雅，但却是一位战士。在德雷福斯事件期间，他和他的兄弟们一起对抗真正的敌人。他经历过 1870 年普法战争、巴黎围城，尽管法国没有取得最终胜利，但巴黎公社的燎原之火却为败北的屈辱带来了激动人心的曙光。戴奥多尔向我讲述在杜伊勒里宫的大火中公社运动失败的过程，被这场大火险些波及的，有卢浮宫、拿破仑三世的整个图书室、中世纪小彩画、印刷类古籍，以及历任法国国王的部分遗产。普罗斯佩·梅里美的宅邸，连同他的大型图书室与收藏的所有画作，都被付之一炬，他不愿在自己的时代忍辱偷生，他来到尼斯，不久后溘然长逝。在戴奥多尔看来，战争与和平交替构筑起了人类的历史。他能为吉尔·德·莱斯辩解，想为他重新上诉，甚至还宣称吉尔遭到了错误的指控，后人将其污名化，残暴嗜血的"蓝胡子"就是以他为原型创作的，归根结底，无非是他的巨额财富惹所有人眼红。戴奥多尔能记住圣女贞德诉讼笔录每一页的内容。他清楚地知道阿马尼亚克·勃艮第内战中哪些人做过什么事。他活在史料里，正如修道士活在经文里——他讲的时候会取笑那些不尊重内在历史的修道院，说它们只维护、只注重能被外人看得到的表面功夫，然后每天继续花时间祈祷圣保罗能改变宗教信仰或是圣奥古斯丁能推崇清心寡欲。所有这些对法兰西能否赢得战争胜利都毫无助益。

1914 年，第一次世界大战爆发，雷纳赫一家对此并不感到意外，而是感到恐惧。许多家庭陆续收到了亲人下落不明或战死沙场的噩耗。一天早上，前线传来了关于阿道夫·雷纳赫的消息：我的至交、我的战友，他再也无法走完今后的人生。我多么希望他能亲眼见证我的幸福，能出席我的第一次画展，能与我一起细读有关我画作的第一篇评论。戴奥多尔于 1928 年仙逝，他没能看到之后的另一场大战。自然，他也不用被迫佩戴黄星标志，更不用目睹他的儿孙们死在集中营的惨状。

1945 年夏天，途经巴黎时，我看了一场揭露纳粹暴行的电影。所有的一切都直观地呈现在我眼前。我一直待到最后才离开。在这之前，刚解放的那些天，我想象中的集中营仅仅是那种更严格一点的纯粹关押犯人的营地。大家纷纷祝贺死里逃生的幸存者，当我们与他们偶遇时，他们什么都不会说，我们也不愿主动去揭开他们的伤疤。但在这部漫长的电影面前，我什么都懂了，我第一次听到了这些死亡营的所在地，明白了戴奥多尔的儿子莱昂、儿媳比阿特丽斯，以及他们的两个孩子是如何命丧其中。尤其带给我冲击的是，他们并不是零星的受害个体，还有成千上万的其他遇难者。

旁白委婉地说万人坑里堆叠的遗体大部分是犹太人。我羞于承认自己之前的想法，但我应该将其都写下来，从而如实地面对自己的内心：他们的所有文化、所有科学、他们懂得的一切、他们教给我的一切，都没能保护他们免于死亡。他们的天赋和才能没有任何用武之地。很早以前，他们曾坚信自雅典时代开始，思想、美丽、热忱、智慧会一代代传承，生生不息。他们一直致力于成为这条纽带上的某一环节，确保其能延续下去。然而，所有这些宏伟蓝图都被深埋在了万人坑里。电影放映完毕，我心事重重地起身离开，我告诉自己，他们错了。在前所未有的暴行与恐惧里，他们的生命仅仅是被用来唤醒那些在他们之前就早已作古归于死寂的事物。我曾深信不疑的那些东西，也跟随他们一起，永久地烟消云散。我甚至想过，当年避开戴奥多尔、逃离翠鸟别墅、追寻自己的绘画人生，都是正确的选择，因为他们曾为我定好的那条路只能引领我走向终结。

当然，如今的我再也不会这么想了。我已经不那么悲苦了，但依然很煎熬。我也后悔过把怒气撒到受害者身上，他们已经和自己的祖辈一样承受了那么多苦难。那部电影的画面，我永远不会将其从我的脑海中擦拭掉。如果我当年没看过这部影片，我大概也不愿相信它揭示的那些血淋淋的事实。

我仍在思索，我的孩子们是否对翠鸟别墅和那些远古的历史一无所知。毕竟，我没有向他们灌输过任何相关的东西，也不愿把一门没什么实用价值的文化强加给他们，待我一走，他们大概会在第一位旧货商上门时就卖掉我所有的书，但很早很早以前，我就一五一十地告诉过他们纳粹集中营里所发生的事。戴奥多尔和法妮也有孙辈惨死其中，我跟那几个小家伙很熟。我时不时仍会梦见他们，他们就像我的亲侄儿一样。梦境里，我听到他们对我说你怎么变得这么老了。

诺曼底登陆之后的某一天，我重新找到了所罗门·雷纳赫的一篇论文，说起来，这篇文章是当年戴奥多尔给我的，他专门来告诉我，让我把一些书和册子带回家，他想着也许我迟早会读懂里面的某些内容，又或者，某本书某篇文章有一天会让我心情愉悦。在尼斯，我这个来自科西嘉山区的流浪者，拥有一座与大学图书馆相当的书房——我把所有书籍文献都好好地保管着。在一本1892年出版的书里，我标记了这样一句话，而早在我之前，就已有其他读者用红线勾画过这个句子，想必不少传阅者都读到过："谈论一个生活在三千年前的雅利安种族，这无异于提出一个没有根据的假说：侃侃而谈时装作这个种族今天还存在于世，这只是一种绝对的荒谬。"

10. "愿你有个好心情"

　　我 17 岁时，已有了一些文化储备，还略懂一点文学常识，身上的肌肉也像石棺上雕刻的诸神一样健硕。从那时起，我开始笃定一件事：我要离开翠鸟别墅。我一直梦想着探险和旅行。工地很快就要竣工了。我已经学到了很多东西。我想去看外面的世界，想扬帆出海。我常常告诉母亲自己想离开的念头。她对此很担心，但她也明白她改变不了我的想法，正如她常说的，我已经长大了，个子很高，体格健壮。我想有一艘船，一趟旅程，能够过上儒勒·凡尔纳笔下《神秘岛》《十五少年漂流记》《十五岁的小船长》里面所描述的那种冒险生活——但没人告诉过我凡尔纳为了创作这几本我心仪的小说，把自己关在家里几乎闭门不出。我特别想成为一名水手。本来呢，我理想的未来职业是建筑师，但我不认为自己具备这个行业所必需的精准度。我也没能遗传我母亲作为厨娘的条理思维，如果她一早能够接受教育，没准如今已是化学家呢。她最终成了杂烩菜界的居里夫人，要知道，杂烩菜的菜谱比镭元素的危险性小太多了——雷纳赫一家都认为镭可以治愈人身上的所有毛病，在那个年代，当时的人们无法猜到这种放射性物质会带来哪些后续故事。我母亲是唯一一个懂得如何分开烹饪各类蔬菜、各自耗时多久、分别需要哪种铜制锅具的人。我的园丁父亲在我弟弟西里尔出生后不久就去世了，没给我们留下什么遗产。我把自己的耐力和一身的肌肉都归功于他。我时常想起他，很遗憾他没能看到我此后展开的人生。我不禁好奇，他是否在天上庇护着我，他对我这个人、我的画作、我的展览会有怎样的看法呢？如果时光能让他平安终老，那他老去的模样是否和如今的我一样呢？

XAIPE（音：Chairé），这个希腊语词汇通常出现在门上，意指"愿你有个好心情"，进出时都能看到，可以对其深信不疑也可一笑置之。雷纳赫一家不住在这边时，我会独自在翠鸟别墅待上好几个星期，我对这样的日子怡然自乐，佣人们纷纷借机请假，我则要照看这里的一切。戴奥多尔有时会让我去巴黎度假，我到那边与这一大家子重聚——而后带着整整一箱书心满意足地离开。

我们第一次乘船出海是在希腊，就是从这次旅行开始，我成为戴奥多尔和他孩子们的杂活工，就像《八十天环游地球》里的路路通那样——有时，我也是他们的朋友。当我意识到今天早上我回翠鸟别墅是为了找寻什么时，我沿着螺旋式楼梯直接来到了后院——我将在海角另一端远远地望着这座被阳光镀成金色的宫殿，继续书写我故事里的章节，一篇又一篇，就像一幅凭记忆逐步完成的拼图，博利厄的咖啡馆露台、绿色长椅、海滩……它们都在我的故事里。

在所有当事人都已作古后，我的某位后代也许能将其公开出版，因为我想要讲述的，我所希望的，便是一个秘密的揭示过程，这个秘密关乎希腊、历史学家、考古学者，它需要有人将其呈现在世人面前……这个秘密比格罗泽尔遗址以及泥板文字之谜更令人震惊，要知道，后者一直饱受学术界的质疑，尽管在我看来，它们应该被收藏在卢浮宫的古希腊及古罗马艺术馆，游客花4法郎买门票才能入内参观，事实却是它们被摆放在公路尽头的小型私人"博物馆"里，由发掘地的所有者选址，当年出土时，它们和一堆头骨、遗骸等混合在一起。出于此，尽管这件事让我不悦，甚至可以说，让我很受伤，我还是应该将自己的看法表达出来。毕竟，我曾经做梦都想成为格罗泽尔那些泥板文字的辨认者。

将来，倘若我那不太有头脑的曾孙挥霍完我留下的遗产后，还能靠这本我将吐露一切的书册再赚一大笔，那倒有了几分幽默感。换而言之，雷纳赫一家将在未来的某一天为这件事出一份力：帮助自己厨娘的后代们发家致富。

到了我这个年纪，正如爱德蒙·罗斯丹所说，把所有秘密带进坟墓是不明智的，这样做也有失风度和体面。我非常喜欢罗斯丹先生，他曾经是，并将永远是我最喜欢的作家，可惜现在的人几乎不再读他的作品。我与他的生日都是四月一日，他甚至为此建立了一个俱乐部，会员都是出生于这一天的人。我曾感到自己与这位大师亲如兄弟，他也早已取代了维克多·雨果在我心中的地位。

11. 菲利门和巴乌希斯焕发朝气

　　翠鸟别墅的每间房都有自己的名字，"菲利门"与"巴乌希斯"这两间位于柱廊，门朝向通道，我在其中一间里度过了自己的爱情初夜。不是我跟女性的初夜，我已经有好几十晚这方面的经历了，其中绝大部分都是露水情缘——这就是问题所在。博利厄及其周边所有大型酒店我几乎全都去过，我能给它们的服务质量、早餐水平稳定度、地毯柔软度逐一评分，我还能对英格兰女人、苏格兰女人、西班牙女人，甚至德国女人进行品评比较。她们当中没有任何人指望过能在我身上大捞一笔，我贫穷且自负，我记得希腊文语法和体育是我跟她们聊天的主要话题。

　　拿当年男性们的常用词来说，我有过很多次"性行为"。我能轻易俘获女人们的芳心，然后就一起"直奔主题"。我很擅长取悦那些对雕塑感兴趣的女人，而后她们就会在博物馆的艺术品存放室内与我欢好。这些事儿我都没瞒过阿道夫，他对我在花丛中游刃有余表示羡慕。在我放浪形骸的这一时期，翠鸟别墅也竣工了，而死亡的阴影又尚未靠近，当时的我们都错认为整个世界处于自己的掌控之中。对我来说，这可比爱情有意思多了。我宣称也许会在将来某一天结婚，这给我母亲造成了些许困扰，但她迟早会习惯的，我并不认为自己会坠入爱河，何况，对此我也没有任何渴望。

早在这两间房刚刚完工，闻起来依然还有一大股石膏味儿时，我就对它们非常熟悉了。鉴于当初设计时是把它们留作宾客休息室，因而用了希腊神话中两位长者的名字为其命名。菲利门和巴乌希斯是一对务农的老夫妻，因款待宙斯而成了他的朋友：这两间房自然也需注入新鲜血液。每次一有远亲到访，诙谐幽默的法妮·雷纳赫都会安排他们住在这两间客房，一到这时，我就会想到神话中的这个典故。在翠鸟别墅，房间的用处并不是一成不变的。主人们会按照不同的时节、根据别墅里人员数量的多少，把平日里通常用以招待来客的那几间——"菲利门""巴乌希斯""代达罗斯""伊卡洛斯"——留给家里的好友或是堂表近亲们居住，这其实也是希腊式的待客之道。有时我也会住其中某一间，特别是在冬天，因为戴奥多尔认为我住得离他近就便于他为我听写文章，这个时候我学习古希腊语已经好几年了，我的水平已达到中等程度，当然，也便于跟我聊天说说他的各种猜想，以及，我个人愿意相信，他这么安排也是为了替我长脸。对于能够拥有一间"美丽的卧房"，而不再蜗居于狭小的办公间内，我自然是受宠若惊的。每晚就着微开的刺绣窗帘入眠，闭眼之前还能看到上面绘制的花冠与勾勒的星星，清晨朝阳穿透米灰色丝帘，在上面投射出斑驳的粉点。我很喜欢房间的墙在夜里的颜色：在橘色反光的映衬下，墙的灰色调变得温暖且深邃，这反光又使得墙上的圆花饰与棕叶饰呈现出正红色，格外惹眼。一拉开抽屉，我感到内心宽慰，因为透过窗户，我能听到大海与风的声音。头几年里常在夜间困扰我的焦虑消失不见了。我再也不会在深夜两点的时候骑车奔去尼斯城里闲逛。我感到自己身处一艘能遮风避雨的船上，在灯塔的光亮里找到了内心的平静，而充当灯塔的，既有书房，也有小花园，还有能让人投身大海的跳台。我坚信在"菲利门"曾度过了自己最幸福的时光，我入住这间底楼卧房的次数很多，待在里面，我在窗前看海湾里的船只能看上好几个小时。刚刚，我颤抖着推开了这间卧房的门。

　　阿丽亚娜年纪轻轻就嫁给了蓬特雷莫利先生的一位助手，后者经常在绘图上给予她帮助。她很喜欢这位名叫格雷古瓦的建筑绘图师，她本身也有这方面的天赋。她总是随身带着自己的画作和水彩盒。她喜欢上色。蓬特雷莫利有好几位助手：马泽是一位线条高手，绘制轴测切面图与立视图最为得心应手，运用黑墨单色也游刃有余；但在颜色搭配方面，他只信任格雷古瓦·维霍德伊——他并不知道格雷古瓦调色板上的所有色彩都归功于其妻阿丽亚娜……

阿丽亚娜与我，我们的相遇有太多的巧合。如果说我是把起因与后果串联起来的那根链条，那得先把时间回溯到1900年的世博会，当时埃菲尔认为自己设计的那座铁塔看起来像座老古董，因而心情沮丧，但戴奥多尔·雷纳赫结识了一位叫作蓬特雷莫利的优秀建筑师后，却声称铁塔极具现代气息。考古学者戴奥多尔与建筑师蓬特雷莫利的邂逅纯属偶然。交谈时，考古学者发现建筑师不仅了解希腊，还有着和他不同的认知方式。蓬特雷莫利并非纸上谈兵的"专家"，他亲自参与过考古挖掘工作，还起草过别迦摩遗址重建工作的构想流程。别迦摩城邦经历过亚历山大大帝的继任者们所创造的辉煌，在此滋生出繁盛丰富的文化艺术，建筑以大量褶皱和花叶边饰为特点，雕塑的精细打磨度也很高。蓬特雷莫利在一个小厅里展出自己绘制的关于别迦摩城堡的若干画作，意在告诉参观者如果遗址能被修复，那城堡也能重见天日。戴奥多尔与他进行交谈，两人都谨慎且严肃地说到了位于蒂黛梅斯的阿波罗神庙——这即将成为建筑师与考古学者强强联合后的下一处考察地。那天的话题唤起了考古学者梦想成为建筑师的热情，他们从此成为至交。

蓬特雷莫利病倒了，他感染了疟疾。由于他来自尼斯，很熟悉这个区域的气候，便晒着费拉角的阳光、在全是渔民的露天环境中花了几天时间来自我疗养。而在旁边的博利厄，戴奥多尔·雷纳赫刚刚买下群蚁海角的一块土地。蓬特雷莫利也认识埃菲尔一家。三个人的关系网便由此串联起来了。雷纳赫一家的氛围让这位建筑师着迷。阿丽亚娜的丈夫格雷古瓦不久前刚加入蓬特雷莫利的事务所，被派来绘制新工地的首批立视图：岩石、待填的坑穴、戴奥多尔要求保留的老树，这些都是他要画的内容。我之前已经在村镇里见过他，但不清楚他究竟是谁：他的头发是深褐色，唇边留了两撮小胡子，有一点小肚子，他模样英俊，衣着整洁，总是笑眯眯的，我完全没料到将来有一天我会无比憎恶他。

阿丽亚娜和格雷古瓦很快就在这里安定下来。蓬特雷莫利也经常过来指导相关事务，工地的进展因而很迅速。我有晨泳的习惯，每次我游完泳重新爬上高处的岩石，阿丽亚娜就坐在那里的长椅上看书，但并不是在等我，而后我会与他们夫妻二人一起吃午饭。我只是纯粹地将她视为一个可爱漂亮的女子，并不曾想过要对她动心。我出现在她面前时，本来低头看书的她会抬头对我一笑。她读的是我之后会向她借的左拉的小说。我们一起讨论不幸的绮尔维丝、无辜的娜娜以及穷困的克洛德·朗弟耶——这个可恶的油漆工却是我们最喜欢的角色。在我看来，阿丽亚娜属于奇境之人，那个世界里住着许多伟大的巴黎建筑师，当我与他们夫妇俩聊天时，我感到不太自在。一般来说，我去找他们说话要么是为了向格雷古瓦请教一些专业问题或者把雷纳赫先生要我寄给他的草图交给格雷古瓦。他给我留下了很深的印象，总能一眼洞悉我画作存在的问题，他在专业上十分出色、工作中兢兢业业、为人和蔼可亲，这一切我都看在眼里。他给予我很大的鼓励，还帮我修改草图，有时甚至会询问阿丽亚娜能否为我的画作添上色彩。

竣工以后，我间隔很久才能重见他们一面。格雷古瓦负责的都是别墅的必建工程，他每次回来查看时，阿丽亚娜并不是次次都作陪。只要没看到她回来的身影，我就倍感失落，我意识到了这点。但这还不是爱情，我正醉心于那些来自俄国和英国的女游客，我跟乳品店老板娘某个懵懂无知的表妹也一直分分合合纠缠不清，何况，对我来说，在遇到这个背着水彩盒的美丽姑娘之前，过去的这些年里，我所期盼的是另一个遥不可及的梦：倘若我出生在巴黎的富人区，能得到一笔钱，或许我会过上另一种人生，爱上某位举着小阳伞的淑女。

若干年之后，我风尘仆仆地从前线负伤而归，神态哀伤，情绪沮丧。参战期间，阿丽亚娜是我的战时代母[1]。出发前，雷纳赫家为阿道夫和我举办了欢送晚宴，我们都身穿红色战裤出席，她也来了，她主动提议担当我的战时代母，保证会为我寄送书信和包裹。我不假思索地同意了，格雷古瓦在一旁补充说："我祝福你。我已不再年轻，没法持枪上战场，除非战事旷日持久，军方征召我们这帮退伍老兵再上前线。但这场战争会很快结束的，阿喀琉

---

[1] 战时代母为专有历史名词，指第一次世界大战中，负责一对一向某位士兵写信慰问、寄送包裹的女性。

斯……"说到底，他本可选择自愿入伍，许多人都是这么做的……我的孙辈们读到此处，纷纷笑话我：战时代母这段历史遥远得就像古代立柱上的背景画。然而，这的确是我的真实经历。

战争期间，阿丽亚娜与我互通书信，篇幅都很短。我不敢给她写太多话。我仅仅向她讲述营地里的生活，鉴于她很欣赏阿道夫的为人，我还会告诉她有关后者的消息。阿道夫已经当上了军官，我没有。她写信询问曾经那位"半人马神兽"是否在军营里继续接受阿喀琉斯式的教育：因为我当时对希腊神话非常着迷，她这么称呼我，我感到受宠若惊。她以诗体形式给我写信，我回信则采用散文。出于试探，我告诉她自己很思念她那双妙目，当然，我用的是开玩笑的奉承语气。战争刚开始的头几个月里，随着时间一周周地过去，我意识到自己思念的，只有她一人。距离上的遥远反而使得我前所未有地向她靠近。她一直存在于我的人生中，一如往昔，完全不同于其他那些没给过我时间与机会的姑娘。我的爱情就这样一点点、一滴滴地凸显成形，我甚至来不及思考。

她每次寄给我的并不是便于部队审查的明信片成品，而是一些画，画上还有她贴上去的邮票，她留言说会在画作的背景里为我留下手绘的标记。于是，在画上的卢浮宫大厅或是凡尔赛宫的花园中，我认出了她模糊的侧影。她坐在大楼梯顶端，专门为我画了一幅"萨莫色雷斯的胜利女神"。她告诉我为了给我写信，她

摘掉了女神翅膀上的一根羽毛。我只要一看到女神张开的双翼和
她被海水打湿、迎风飘动的衣衫，我内心的恐惧就戛然而止，我
的精神状态开始好转，继而重拾希望。

胜利女神冲向前方，她一往无前的气势比吹起她贴身衣衫的
海风更给人以力量：似乎就在雕塑家将她雕琢完成的下一秒，她
就要挣破大风与衣物的束缚，裸身飞向苍穹。

我将这幅水彩画粘在自己军旅箱的内部。她又寄来了另一幅
画：卢浮宫的保管员为保护文物免遭轰炸，将胜利女神雕像安放
在一个木箱中。参观者暂时见不到她，她被保护起来直到我们取
得战争的胜利。

我躲在军营里一个人读她写来的信，没向周围其他人展示过，
她在信里也说到了自己的丈夫，格雷古瓦曾为枫丹白露一座老旧
别墅粉刷草坪上的军事伪装。立体主义画家们为一辆辆坦克设计
了遮挡篷布，阿丽亚娜说，至少这是一种能发挥作用的全新艺术
形式，通过她，我第一次听说了乔治·布拉克的大名，完全未曾
料想到之后某一天我们会成为朋友。

在蒂哈内农场战役中我身负两伤，翌日，我得知在重返前线
之前，可以先回翠鸟别墅在房间"菲利门"中养伤以期康复。雷
纳赫一家为我精心备好了床铺，眼前此景与战壕中的杂乱草垫形
成了强烈反差，我不禁潸然泪下。随即我便平复了情绪。我母亲
想要每个白天都过来陪着我，我婉拒了她。我跟她说医生建议我

最好一个人待在绝对安静的环境中休养。在此期间，我开始阅读19世纪最负盛名的著作之一，由爱德华·鲍沃尔·李敦爵士创作的《庞贝城的末日》，这个版本有大量插图，描绘了许多古代的场景，譬如柱廊式宅邸、带窗格的石制阳台、似曾相识的喷泉……我再也不是埃菲尔家的厨娘之子，那些时光早已远去。如今，我是阿道夫的战友，所有人的任务都是精心照顾我、让我恢复健康、给我安静空间以便读书休息。蓬特雷莫利先生依然会来翠鸟别墅的书房开展手头工作。他那位助手，也带着妻子，一同前来。回来时我就知道，我将与他们夫妇重逢，我将重新见到阿丽亚娜。

格雷古瓦去摩纳哥待了两天，亲王想要翻新一座旧时宫殿，需要他先去绘制平面图。其中有座小教堂朝向格里马尔迪堡垒的内部庭院，这项工程关系到修缮小教堂的地面。格雷古瓦看起来比之前又老了一些，但依然很有魅力，他戴着一副圆框眼镜，有时他在瑞瑟夫吃过午饭就继续在那午睡。他调侃说："在西斯廷大教堂的地面上绘图的人，是全世界我最同情的艺术家！"阿丽亚娜住在酒店里。我邀请她来我家做客，"我家"指的是翠鸟别墅。她很快就答应了。我们已经互通了几百封信，无话不谈，还交换了许多对不同画作的意见，其中不仅包括西斯廷大教堂的天顶画，还有《最后的审判》这幅宏伟壁画。

阿丽亚娜走进了我卧养的房间。旁边的"巴乌希斯"暂时没有住人。这天下午，整座别墅里没有其他人，也听不到海浪拍岸的声音。早在几年前，像我们这样孤男寡女共处一室是不合乎礼仪的，战争开始后，没人会细究这些了。我还病着，尚处于缓慢的伤口愈合期，耳鸣的现象时有发生。我起身走向她，我们按英国人的方式握了握手。她坐在我床边，像一名护士，还将床头柜上医生留下的所有药瓶和药膏都拿起来仔细看了看。她似乎得心应手地过渡为我的"战后代母"。她是那么美，我感到意乱情迷。

她跟我谈起她自己，这是她以前从来没有过的。换句话说，在几乎整整一个小时里，她都在跟我说她的丈夫。她说到那个特殊的一天，是什么把他俩推向了彼此，我从他们共同的命运和携手完成的画作里听懂了一切。我很快就不愿再继续听下去。她在我与她之间构筑了一条防御线。我轻轻碰了下她的手，想给她递一杯水，她像往常那样接过杯子，仅此而已。

她深爱着格雷古瓦，从未对他不忠。她在我面前一步步砌起高墙，我把脑袋埋回了自己的战壕。在那一刻，我让自己那颗处于爱恋中的心停止了悸动。我劝诫自己——因为身处前线，我愈发成熟，我有时间来充分思考这件事。我知道自己无权去引诱阿丽亚娜。她是那么坦诚。她早就洞察了一切，她知道有必要对我解释清楚。而我的责任很简单：尊重她的想法。我应该理解她，让自己停止对她的思念。我曾经很荒谬可笑。战火和硝烟让人失控，使人萌发情愫。可是，这个持续了多年但并非爱情故事的故事究竟是什么呢？这实在是过于怪诞。在今天，还会有谁能花上整整一年的时间去讨好一个女人？又有哪一个女人还能抵抗这种攻势呢？纠结了不到一个小时，我决定放弃。我很庆幸自己放弃了，我明白自己会恢复过来的。

按惯例，雷纳赫夫人那些女性朋友们此前经常住在这间客房，说起她们，我们就开了会儿玩笑。阿丽亚娜去打开了窗。在那一瞬间，我相信自己是幸福的，我甚至感到很高兴：就在她面前，与她两两相对，因为她对我说的那些话，我就已经用理智中止了自己对阿丽亚娜的爱恋，如此这般就很好。我跟她聊起了《庞贝城的末日》。而后，她站起身。我轻轻地把帽子和红色丝织披巾递给她，替她披上大衣，像一位得体的绅士。我们两人都站在紧闭的门前。她即将离开，一言不发。我把手伸向铜制门闩，为她开门。我们互相望着对方，给了彼此一个拥抱。

我曾幻想能对她的身体一览无遗，欣赏她的双乳、臀部、玉足，我曾期盼她对我许诺会如我所愿，一丝不挂地为我展示她的身体，我甚至还想象她承诺每晚都会来这间卧房与我做爱。她亲吻我的伤口，和我身上其他所有完好的部分。她轻咬我的嘴唇和双腿。她躺在我床上，让我吻她、抚摸她、像从来没有爱过其他任何人那样去爱她。庞贝古城、古罗马人、古希腊人与我不再有任何关系，她是我唯一所求，而她也只想要我。

这种臆想持续过一些日子，她老是出现在我的精神世界里。我画过一些画，画上她裸身躺在安乐椅上，或是她让我也坐到她的位置上，摆出"愤怒的阿喀琉斯"姿势，这些画都能追溯到这一时期。自从我的战友倒在我面前，我跪着捧起他死去的脸庞，我就再也不敢触碰遗体，也不敢把活人拥进怀里，是她重新赋予了我生命力。

这一场景是我人生中的幸福时刻。阿丽亚娜是我炽热又纯粹的爱恋。我是任何时期、任何年代、任何阶层都有的普通男人中的一个，自孩提时目睹海浪搏击岸边岩石后，留在我头脑中的所有那些杂乱又破碎的画面，连同战场上在我身旁爆炸的飞弹，共同构筑起我成为一个男人的瞬间。如果真有神灵存在，我希望在感知到大限将至时，神能再度把这个瞬间赋予我，让我能在死前重新回味一遍。在如今这间已被废弃的卧房，我用手指在墙上写下她的名字：阿丽亚娜，阿丽亚娜……再也没有人会来翠鸟别墅安居，我很高兴能描摹自己的回忆，并写下这个瞬间，以消磨漫长的时光。色雷斯的妒妇们将俄耳甫斯的遗体肢解。其中一位善良的姑娘后来在海滩上找回了他的头颅；他的舌头仍在动，他依然在呼唤爱妻："欧律狄刻，欧律狄刻……"

12. 柱廊：战死沙场的阿道夫·雷纳赫之墓

在这张我坚信自己看到过但"二战"后不知所踪的照片上，雷纳赫三兄弟在柱廊摆好拍照姿势，每个人都靠着一根立柱。我记不清这张照片具体拍摄于哪一天，尽管，当时我也在场。也许，在我再也无法容忍戴奥多尔·雷纳赫的那一时期，我已经将其撕碎扔掉了。

三位雷纳赫共处同一个屋檐下，简直是场噩梦。到了下午我们就记不得早上跟三位中的哪一位讲过话，回话时也完全顾不上问题是谁提的。这三位山羊胡都在我的梦境里对我穷追猛打，他们分别是"约罗门""所诺多尔""戴奥瑟夫"，我快被逼疯了。他们往我身上浇灌由科学、哲学、语法组成的三条瀑布，我已不堪重荷。这个三头怪兽试图把我也变成另一头怪兽。我甚至都跳进了水里避难，他们应该找不到我也不会再强迫我学习了吧。在工地即将完工的那一年，我意外地沉迷于《精彩》杂志上刊登的《懒汉》这则故事：菲洛查德、里布尔丁格、克罗基诺尔，就是他们仁；我收藏了学术性极强的那个版本，这里面就有一位可憎的"无所不知先生"！那张遗失的照片既能激怒我，又能带给我愉悦，似乎我曾拿着它在眼前细细端详过：约瑟夫神情严肃、眉头轻蹙，所罗门和蔼可亲、保持笑脸，戴奥多尔略微缩在后头，有些愁容，也许他烦忧的是，别墅又迎来了另外两位他最不愿听其意见的访客。

约瑟夫年纪最长，他在从政。最开始，我没有那么喜欢他。他挺招人嫌的。但在家里，所有人都仰慕他。所罗门当时担任圣日耳曼昂莱博物馆馆长，经常向长兄请教有关古代文物或高卢遗迹的相关问题；他说约瑟夫是专家，也许是三兄弟里最为出色的，还说若是没涉足政界，他会是极为成功的古代文艺学者。这位大人物写起文章来文思如泉涌，轻松得就像一般人喝咖啡一样，每天可以出产一到两篇，有时甚至更多，他还创作了十卷到二十卷涉及各种话题的丛书，尽管受众有限。关于德雷福斯事件，他想要将来龙去脉都解释清楚，并为此撰写了一部我也不清楚究竟有多少册的鸿篇巨制。他弟弟戴奥多尔针对此事就写了一本书，篇幅不长，行文清晰，书名叫《德雷福斯事件简史》，这本书在大众中极具公信力，取得了巨大成功。一战期间，约瑟夫每天都坚持以"波利比乌斯"为笔名写战争分析报告，可这些报告让永不言倦的陆军上将尼维勒都倍感厌烦，这位以进攻闻名的将军宣称："要么波利比乌斯放下他的笔，要么我停止取胜。"历史上的波利比乌斯本尊用希腊语记载了罗马共和国时期的历次战争，他的作品并不易读，然而，在这一点上，他的这位继任者似乎青出于蓝而胜于蓝……约瑟夫的这些文章汇集成册后长达二十卷，但这部巨作的主人被戏称为"不会写作的那位雷纳赫"，因为他的两位弟弟都出版过各自的作品。当时，我对这些一无所知。又过了好些年，我才知晓这是尼维勒将军用来逗人一乐的玩笑。凡是在好学校念过书的人都知道这位布瓦洛的奉承者、路易十四的传记作者没能复制他研究对象的成功，他们还以调侃的语调改写那个著名的段子："陛下，要么你不再获胜，要么我放弃写作……"当时，没有任何人告诉过我此事。

我兴致勃勃地看着盛名在外的约瑟夫在和煦的室外用早餐，就在被我们称作"欧依蔻斯"的音乐厅门前。以戴奥多尔与其子为首的众人，开始取笑约瑟夫一丝不苟地往面包片两侧涂抹黄油的专注模样：他在文章中记录下自己说过的话，解释了自己的真正意图，也澄清了自己没说过且不会去说的话。约瑟夫曾跟我讲过他与德雷福斯的初次会面，彼时他并不认识后者。此次见面两人之间也没什么特别的火花。德雷福斯朝他伸出手，说了声"谢谢"，我至今都记得约瑟夫用一种说教式口吻评论："仅此而已，就这么一个词。我倒是很骄傲地认为他与我都值得这声谢谢。"我更畏惧他对战争的抽象叙述："在那一天，我们的抗争在很大程度上有功于无比健忘但又洞若观火的祖国。"这简直没完没了。在翠鸟别墅，约瑟夫待人很宽厚，他是个老好人，对什么都充满好奇心，二楼那间很大的卧房就是他的下榻之处，他与戴奥多尔能把一整个下午都花在交谈上。他常说："在这里，我找到了停靠的港湾。"

约瑟夫和戴奥多尔在图书室相对而坐，各自惬意地躺在安乐椅上，他们把雪茄卷放到颂扬德摩斯梯尼和柏拉图的题词前。在古希腊语中，置于初始元音上方以及"rhô"上方的点状圆形式音符让它们看起来同时拥有"严谨"与"温柔"的神韵，也让这座书房充满了对古典的向往……"现代希腊语"的缺陷之一就是不再具备神韵——这是我曾无数次听戴奥多尔开过的一个玩笑。我并不是服务于他们的佣人，收走早餐的盘碟也不是我的职责。当我经过时，我听到约瑟夫的声音："右派报纸一直嘲笑让社会党人认同等级政策的矛盾行为。至于政界，一旦他们的手牢牢掌控最高领导权，他们自然会重拾信心，戴奥多尔，你看……"我不知道该怜悯哪一方。当所罗门或约瑟夫住在这里时，我还是跟平时一样，基本上都在大厨房里用餐，但随后我会上楼去书房，准备跟"我的导师"聊一会儿。他们兄弟间的相处总是很融洽，都用英雄主义的情怀来包容彼此。这三人谈话时，他们各自的妻子也绝不会来打岔。他们中唯独所罗门会避开我。我琢磨了一下，觉得最离奇的是，别人称他为引诱者，或是"享乐者"——这是一个我都不认识的词，他很会跟女佣们聊天，甚至，每一年来这里，他都记得她们的名字。但他从来没向我提过任何问题，好像对我视而不见一样。又过了若干年，我对他有了更深入的了解，我为他工作过，也一直在思考跟他相关的问题。他那种夹杂着调笑与严谨、从不钻牛角尖的行事方式使他从兄弟三人中脱颖而出，成了"大贵人"，但同时也成了他们当中或许是最不严肃的学者。他使人敬畏，不会惹人烦忧，能逗笑两位兄弟，也敢嘲笑他俩。在一个家里面，总有这么一位无论如何都会让父母包容一切的孩子。所罗门夫妇一般来这里会住上两天，然后在我还没意识到时就神龙见首不见尾般消失。所罗门是唯一一位很早以前就在海边穿棉衣、用灰裤换下蓝裤、用舒适的英式凉拖代替低筒靴的人。所有这些细节我都记得一清二楚，但我不太清楚约瑟夫和戴奥多尔对此有何看法。

　　在约瑟夫·雷纳赫位于巴黎的宅邸，有一幅我仔细观察过好几次的版画，专门仿刻的弗拉戈纳尔代表作《闩》。若是家里能有这样一幅本该挂在莫伊兹·德·卡蒙多私宅里的画作（毕竟，展现情欲的 18 世纪艺术作品最终也化身为"严肃布景"），那简直是同时具备财富和品位的象征。我在很长一段时间里都把这幅画视为另一个世界的幻象，或是另一颗星球上的段落，欢愉又离奇，我还将其看作生活的某个柔情瞬间——但对科西嘉岛的羊倌来说，这只是平淡无奇的小事一桩。我那时总是在想，这样的场景或许亲身体会一遭是较为美妙的，但对我来说，它终归是那样遥不可及，就像一场梦，抑或私下读过的一首魏尔伦的诗。之后，我陷入了疯狂的单相思，以至于我每次经过走廊都要专门去看那幅《闩》，再由此联想到让我昼思夜想的阿丽亚娜。年轻男子的性张力会让他心仪的女性在短暂抵触后缴械投降。我在翠鸟别墅那间卧房内养伤期间对此深有体会。那时候，我再次见到了阿丽亚娜，她准备推门离开的时候突然回过头来抱着我。我从不曾忘记我们背后那扇紧闭的门，尽管铜制门闩看起来像是阿尔西比亚德斯宅邸的风格。当年，即便是在约瑟夫家，我还是会触景生情地想起阿丽亚娜。

在随后那些年，作为一家之长的约瑟夫倒是很喜欢我，因为我与他的儿子们曾并肩作战，在枪林弹雨中我勇敢无畏、负伤两次，还因为我伤愈后重回前线，再度负伤，复员时得到嘉奖、被授予军功章。他那位曾让我厌倦的弟弟则成了我的保护人，然而，我并不想成为他的孩子，更不想取代战死沙场的阿道夫。阿道夫与我在 1907 年入伍，随即我们都在穆尔默隆服兵役。约瑟夫待我一直与众不同，他知道我是他爱子唯一的挚友。他很喜欢我，其实，他本可以恨我，至少他可以躲避我，毕竟我与阿道夫一起长大，但阿道夫却死在我眼前，而我这个出身寒门、百无一用的无知草根竟活了下来。他对我很好。我接受了他的好意，但总能想起在军营的若干个晚上，阿道夫告诉我他从来都不确定他那位不苟言笑、严肃庄重的父亲是否真的爱他。

当我跟孙辈们聊起此事，他们竟敢当着我的面开起阿喀琉斯与帕特洛克罗斯的粗鄙玩笑。我与阿道夫是同袍谊，是战友情：自1918年起，有人给这种关系起了别的名字……荷马说得很清楚：阿喀琉斯与帕特洛克罗斯的关系纽带是圣洁的，这条纽带自童年起就让他们密不可分，因为他们是血缘表亲。至于阿道夫与我，哪怕今天我这么说会让人觉得无比荒谬，我依然要指出，让我们肝胆相照一起出生入死的是爱国主义情怀。我的孙辈们无法理解。我与阿道夫在前线的时候仅仅只是谈论战斗的胜利。我们不怎么提起自己的私事。我也从未向他透露我通过书信对阿丽亚娜萌发的爱情，我甚至没向自己的内心坦承这件事。我非常渴望自己能有机会亲口告诉阿道夫：我曾幻想自己与阿丽亚娜是弗拉戈纳尔《闩》的男女主角。我真的会快乐地与他分享这个秘密。然而他已经不在了。我确信若他还在，我会找到他，告诉他这段情事，他或许会追问我那些最私密的细节，但我大概不会如他所愿，至少这一次不会。四年的战争结束后，在我返乡拥抱阿丽亚娜的瞬间，我意识到："我活下来了。我会继续活着。"

在那个晚上，阿丽亚娜在《闩》的背后与我拥抱的那个晚上，她走后我重又独自一人养伤，我感到害怕。我告诉自己阿丽亚娜会怨恨我，也许她再也不愿理我了。可第二天她又来了，还带着一幅画，画上有我们两人。此后，在这间卧房里，我们一有机会就做爱交欢，直到我伤愈归队。我们互相画过对方二十多次。我那时满脑子都是她，战争被我抛到了九霄云外。

之后，她就像失踪了一般，格雷古瓦和她再也没来过。我对此一头雾水。蓬特雷莫利对我解释说他一贯将其称作"右臂"的得力干将格雷古瓦将运营自己的建筑师事务所。话虽如此，但他自立门户的时机确实也到了。阿丽亚娜再没给我写过信。我只留有几幅阿道夫的画，他是唯一一位我能完全信赖的人，可他已经故去了。停战一年后，我遇到了自己未来的妻子：随后的故事我的孩子们都很熟悉。在兵团一位战友的婚礼上，我俩与对方共舞，我们离开婚宴在自由城的道路上散步，就在那个晚上，冥冥之中一切都注定了。

让我与阿道夫·雷纳赫成为生死之交的纽带是圣洁的，它不会变质，亦不能被玷污。时光飞逝，阿道夫的遗腹子长大后同样为国捐躯。我为这个孩子悲泣的同时，也为我的挚友再度落泪。他们都是无畏的勇者。我并非胆怯或懦弱，我自身也不觉羞愧，但我的确算不上英雄，我只是出于偶然地活得比他们更长。希腊神话里，忒休斯错误地在船上升起了黑帆，让他的父亲误以为他已亡故，于是，其父埃勾斯跳入大海溺水而死。我也曾像忒休斯那般升起黑帆，但那不是失误，我认识的埃勾斯闻讯后伏在我肩头为他的儿子悲泣。

对我们这一代人来说，倘若自己的朋友为法兰西捐躯，我们都牢牢记得祖国授予他们的表彰。这几行质朴的文字就像被镌刻在大理石碑上的铭文，无论何时，只要我读到，我都会泣不成声：

雷纳赫（阿道夫），骑兵中尉，被派驻第 46 步兵团（担当联络主任）。在任何境况下，他都展现出卓绝的沉着与不凡的勇气。八月三十日，蒂哈内农场战役，在他被十来个对方骑兵围攻的艰难时刻，他英勇地向他们发起攻击，使他们纷纷落马。他的壮举为我们的部队扫清了障碍，让我们能待在原地保存战斗力。

阿道夫的遗体没能被寻获。我应该亲自去找的，我应该在泥沼里把他带回来。四处都是敌军的伏击，我置身于冲天的嘶吼声与火光中，没有迟疑。我开始狂奔。约瑟夫·雷纳赫的奢华公寓位于巴黎的凡·戴克大道，里面装饰有分枝吊灯、收藏着 18 世纪的绘画与版画，他坐在办公桌前，让我向他描述他儿子死亡的具体过程，之后，他对我提出了这个问题。他想知道自己的孩子身在哪里，这是人之常情。我向他详细诉说所发生的一切，告诉他每一分每一秒我们都经历了什么。最终，我们放弃去敌控区继续搜寻。如若当初是由我个人负责去找寻阿道夫的遗体，我应该也早已死在了德军的手里。约瑟夫静静看着我，我明白，他理解了我的举动，也赞成我的举动。他并未对我说"换作是我，我也会做出和你一样的选择"，但在他的目光里，我确实听到了这句话。

在我们的家乡，名闻遐迩的利奥波德庄园被临时改造成了战时医院以收治伤兵。人们谈论的一般只有殉国的烈士。花园里修建起了临时木屋，在这里暂住休憩的年轻比利时士兵会跟大家讲述前线的生活，这座幸存者营地距离翠鸟别墅只有几分钟路程，但它让正在为阿道夫居丧的雷纳赫族人愈发哀痛。所罗门曾写到没有人知道他侄儿的"遗骸"究竟下落何处。他们曾打算举家前往蒂哈内农场的一角，找人挖开那里的公共墓穴，再挨个辨认每一具遗体的脸庞。但有人劝解他们，所有遗体早已破损腐化。阿道夫去世后，无论是看到他遗著序言里的那些话，还是他撰写的有关古代绘画的评述，我都会全身战栗。他留下的这部分"遗骸"，我曾将其紧紧抱在怀里。然而，我从不后悔自己在那一天选择自救，选择和其他人一起逃离。三小时后，我遭遇了另一场会战，我用冲锋枪面对面杀死了三名德军。在那天之前，我从未杀过任何人。所有那些在纳粹集中营里罹难的人都没有自己的墓碑，死在我枪口下的德军也没有。开枪时，我的手并没有颤抖。今天早上，我感到特别热，我其实并不习惯拿这台摄像机，我的手指总是打滑：看来，我拍的影像将是模糊的、不连贯的，它将无序地展示翠鸟别墅，用一段杂乱视角下的集锦，画面的交替没有逻辑，也没什么特别的寓意。白发人送走黑发人之后，约瑟夫在他那些长无止境、颠三倒四、用词浮夸的讲话中，也变得犹疑和含糊——但我确信自己喜欢听他讲话，他越发频繁地将双手置于双膝之上，整个人亦愈加沉默。

可怜的约瑟夫·雷纳赫从未当过部长，他多达成千上万页的作品被人遗忘，他的姓氏对其他任何人而言也不再具备任何意义。

他曾坚信文学能赋予人光芒，也对自己的众议员身份倍感自豪，如今，他或许会悲伤且震惊地得知他以一位不幸大人物的形象在后人的记忆里存续，因为马塞尔·普鲁斯特将他变为了笔下的角色：他真的很像那位与维尔迪兰夫人用餐时惹怒所有人的布里肖。我花了好些时间阅读《追寻逝去的时光》，我发现这部作品很有意思，里面的角色与第一次世界大战之前我认识的那些人是如此接近。普鲁斯特不太喜欢雷纳赫一家，但他与蓬特雷莫利倒是有点交情。他曾写信给约瑟夫索要一封阻止派遣他去往前线的函件。可以想象约瑟夫的反应。在接下来的那几年，尴尬的普鲁斯特或许就把约瑟夫写进了自己的作品里。大抵是造化尤嫌不够，1914年，戴奥多尔在萨瓦省的选举中输给了一位名叫保罗·普鲁斯特的候选者，普鲁斯特家族的成员再次让雷纳赫家族的成员吃瘪，尽管我相信保罗与马塞尔之间并无亲缘关系。这位保罗·普鲁斯特于同年十月英勇地殉国。他的名字被刻在战死议员纪念碑上供人凭吊。"保罗·普鲁斯特"是翠鸟别墅的违禁词，大家都不敢提，这也是为什么过了很久很久我才知道有这么一个人。

普鲁斯特大概也会喜欢身处雷纳赫家族的社交地位或是拥有他们的人际关系——这是他的父母不曾拥有的，更不用说这三兄弟做起正事来都各有天赋。他与他们也算同属一个阶层，只是没那么优越：犹太裔家庭，才华横溢，对书房、博物馆、艺术都兴趣盎然……他曾通过提前应征而成功缩短了服兵役期限。在那个不是由他发明、但因他的答案太过知名从而被人命名为"普鲁斯特问卷"的著名调查表中，当被问及"我最赞赏的军事业绩"，他答："我的志愿服役。"他的许多好友都死于战争，其中有几位我曾远远地见过一面，譬如贝特朗·德·费纳隆，或是罗贝尔·德·于米耶尔，无论如何，假如普鲁斯特身处战火中，他应该也会骁勇搏命的。没有人能凭空知道听到枪响时自己究竟会作何反应。逃离时，我问了自己同样的问题。其实，我们所有人都心照不宣地问过自己这个问题。在听到第一声枪响时，我的回答是：我不怕。我没有任何自豪感，仅此而已。我也不需要喝杯烧酒压惊。我就没想过自己可能会死于对方的枪炮下。倘若普鲁斯特战死沙场，他或许也会享有这样的表彰："普鲁斯特（马塞尔），有着持续迸发的勇气……"所有这些，我在读到类似嘉奖文时都能猜想到。我从未与他见过面。他也完成了自己对约瑟夫的"复仇"。雷纳赫三兄弟一直笔耕不辍，但他们那个阶层里唯一一位真正的作家，唯一一位他们与其打过交道的作家，就是普鲁斯特，我想，三人中没有任何一位能预料到。

阿道夫·雷纳赫比他的布里肖老爹要有趣得多，后者倒也不难相处，还跟戴奥多尔一样都是古希腊文化研究者，这倒是功勋一桩。若阿道夫活到我这个年岁，他应该会像当年人们认为的那样"学富五车，才高八斗"，自他出生起，他就经历了一场真正的"谎言"（bourrage de crâne）——这是一个在 1914 年风靡一时的表述。他对此调侃说："他们把我打造成了一只训练有素的动物，等着瞧吧，我会一鸣惊人的。"他本应继承父辈三兄弟的学者生涯，写下更广为流传的著作，他原本应当成为那个让加斯帕、默希奥和巴塔扎一起膜拜的圣子。我们曾一起探寻希腊，我当时是如此热爱这趟能让我走出博利厄去到别处的旅行。要不是有阿道夫，我可能就被留在原地无法出行了，他向我表明我一定会热爱这趟出游——我自己家里没有任何人有过旅游经历，我们从前只是换地方走动，压根没想过会去远方探险或是"度假"。在过去的人看来，希腊是个遥远的国度，阿道夫说我们会在船上度过好些天。

我那时应征入伍也是为了让他有个照应，并辅助他温习背诵功课。对年轻的阿道夫而言，家族传统是该延续下去的：他身边配有一位数学老师，一位英语家教，还有我负责教他一些实用技能。事实上，我也从中同步获益接受了教育。一开始，阿道夫不太信任我。我是他叔叔新招来的雇工，只是个不太聪明的学舌者，笨拙地念错希腊语单词的读音，譬如，希腊字母表中第五个字母"epsilon"第一个音节应该发"i"而不是"e"的音，我和自伊拉斯谟以来所有欧洲的小学生一样都发错误的那个音。他大概认为我是个来自穷乡僻壤的小投机商，深谙如何讨主子欢心，从而伺机摆脱仆役的身份。我就是个可忽略不计的量，epsilon。很快，他就发现我是个理想的玩伴，能陪他解闷——毕竟这些年来，他有着上不完的课程。他向我吐露心声，说自己从小就是个没什么玩耍时间的小孩。他的姐姐朱莉比我们年长两岁，也是少年老成的类型。他们的堂弟于连是戴奥多尔之子，这位未来的最高行政法院委员比他们小五岁，于连的弟弟莱昂比他们小六岁。在这个年龄，雷纳赫家小孩之间的差别还是挺大的。按规定，我们不能聚众在花园里玩耍。在很长的一段时间内，法妮与戴奥多尔的两个幼子保罗和奥利维埃都被视为"小朋友"，我对此倒不太在意。他们的父母不会花时间陪小孩们玩乐。时至今日，戴奥多尔仅剩的家族后人是于连和小保罗各自的孩子们。保罗很迷人，是同辈里最英俊的那一位。我们很多年没见面了，但节日里会通信互致祝词。至于所罗门那一支，他们夫妇没有孩子能当阿道夫的玩伴。所罗门·雷纳赫夫人名叫罗斯，是一位医学博士，主管纳伊市的儿童收容所。"一战"时，她全身心投入到重伤员的救治当中。20世纪20年代初，她的丈夫所罗门亲手为她别上了荣誉勋章，我出席了这场表彰仪式。

于是，作为阿道夫唯一的同龄人，我成了他最契合的同伴，说不定戴奥多尔选我也有这方面的思量。他很想照顾好自己的侄儿，同时他也明白家族的传统教育模式可能有些超负荷，因而便萌生了想法要给阿道夫找一个朴实善良、性情乐观的玩伴，这也是合情合理的……一天，戴奥多尔告诉阿道夫（后者又转述给了我），我不算那种学识地位都与他相当的朋友，因而他需要拓展在巴黎的人脉关系——这才是不可或缺的。叛逆的阿道夫听到这些话后想要激怒自己的叔叔，立刻辩驳说我永远都会是他最好的朋友。狡猾的戴奥多尔倒是歪打正着了。

在战争期间，我不太清楚约瑟夫·雷纳赫是如何运作的，总之我与阿道夫被指派到了同一个兵团，此举也让所有人都明白阿道夫在某种程度上受我的保护，我充当他的勤务兵或副官之类的角色。后来，我还听雷纳赫家族的一位女性友人提过这些话；在那次突袭发生之后，我也时常想到我被送进军营的初始目的。

年老的约瑟夫·雷纳赫是三兄弟中唯一一位真正遭受过痛苦的：在他的爱子约瑟夫牺牲的五天之前，预备役陆军上尉皮埃尔·古戎在梅翁库尔殉国。皮埃尔出生于 1875 年，与我们一同入伍。他娶了约瑟夫的女儿朱莉，家里人都喜欢他。我与他私交很好，他刚来雷纳赫家时体型较胖，留着小胡子，说话时没什么小动作，这些都让他看起来显得很严肃。他父亲是安省的参议员，皮埃尔想为政界注入新鲜血液，于是也投身政坛成功当选为安省的众议员。他热爱美食，行事果敢。朱莉倾心于他是因为他怀有对绘画的热爱，说起来，在皮埃尔小时候，雷诺阿还专门为他画过肖像。他们夫妻俩曾设想一起从事现代绘画的收藏工作，皮埃尔去世之后，朱莉买下很多画作以纪念亡夫。在她那里，我看到过一幅德加的杰作，还有一幅塞尚的水彩画。她待人和蔼可亲，我的第一幅立体派静物画就是她买下的。当我已经小有名气时，在国立网球场现代美术馆举办了作品展，朱莉还把我那幅画借给我进行展出。她之后没有再婚。皮埃尔·古戎是 1914 年第一位为国捐躯的议员，他本可以轻易获得入伍豁免，不必参军，但他挺身而出，要求加入第 123 步兵团。一开始，他就英勇负伤，在对伤口进行了简易包扎后，随即投身于新一轮突袭中，8 月 25 日，一颗子弹击中了他的头部，他当场毙命。

　　若皮埃尔还活着，他很可能会在翠鸟别墅的每一间房内都挂上现代艺术的饰品，不是吗？若战争没有爆发，翠鸟别墅兴许会被下一代主人改变风貌特征。阿道夫还在的话，大概也会对某些装潢布景做出改动，但他会采用其他风格。又或者，他会摆放一些真正的古董。倘若在一座别墅内，任何家具都不能挪动，任何墙面都不能添加除建筑师设计内容之外的其他物件，孩子们每次来度假都住在不同于上一次住处的另一间卧房内由此产生夸耀之心，这样的一栋别墅究竟有什么用呢？我坚信，戴奥多尔一直都坚持己见，他从来没考虑过这些。阿道夫也不觉得有多烦忧，至少没他的表亲们那么困扰，但这依然不妨碍他直接批评蓬特雷莫利当初的某些设计。阿道夫对精准度有要求，他希望能明确知晓假如以这座别墅的风格来对其进行坐标还原，那它该位于雅典还是提洛岛，抑或亚历山大大帝继任者们统治时期的小亚细亚半岛。但在我眼里，这仅仅是一座古希腊风格的别墅。"看一看那些露台：你相信这里曾经有座仿希腊式建筑吗？瞧它如今破败的程度，早已摇摇欲坠了。"

13. "别携带俗世的尘埃"

　　我第一次乘车出游是去往巴斯克地区的康博莱班。车上还有一个空余的位置，雷纳赫夫人在出发前最后一刻示意我上车：在这一时期，举家外出是较为普遍的，它对所有人都极具吸引力，像是一种流光溢彩、让人头晕目眩的奢华享受。我很高兴能去探访巴斯克地区。我或许能遇到那位大文豪，说不定还能跟他聊上一会儿，再给我自己买一双好奇已久的"绳底帆布鞋"。为了能在上流社会立足，通常来说应当拥有一套宅邸：翠鸟别墅在建那几年，爱德蒙·罗斯丹就已经把自己"巴斯克风格"的阿娜嘉别墅推向了与王室宫殿同级的身价，他还在别墅旁修建了法式花园来继续营造梦境，花园并不繁复冗杂，有一块凡尔赛风情的橘园，一处致敬《尚特克雷》的鸡舍——尽管这出戏剧没有取得能够比肩《西哈诺》或《雏鹰》的成功。在这趟行程中，我对引擎和机械没有展现出任何兴趣，法妮对此深为不解。毕竟，在常人看来，一个平民家庭出身的孩子，他的梦想就该是站在满是油污的机器前挥汗淋漓。

　　我估摸着，康博莱班的本地人虽说可能没那么抵触，但在目睹了有人花三年时间修建一座巨型豪宅后，会和博利厄居民一样衍生出许多风言风语……雷纳赫一家一直对阿娜嘉别墅充满好奇，最终也得到了主人的邀请：罗斯丹当时已经享誉全国，所有人都倾慕他。阿娜嘉的访客们在入口处会看到一块木牌，上面的诗文我全部抄了下来并记在了心里：

　　　　致光临敝舍与我们一同沐浴金光的你，快加入这盈门的宾客，请落座款待高朋的筵席，只需捧着你的纯净心灵入内，别携带俗世的尘埃，更别传递庸人的闲言碎语。

　　人人都渴望拥有一座梦想中的私宅：仅仅在尼斯和摩纳哥的周边，就有整整十来座独具匠心甚至能青史留名的别墅。阿道夫总是在调侃这一现象。在卡普戴尔的海滨，阳春别墅从1911年开始兴建，屋内的壁炉和家具采用了仿古的镶贴装饰：一竣工我就入内观赏了，我必须承认这座别墅更漂亮，即便它不具备"我们那座别墅"风格的精准度。在这些巧夺天工的私宅中，若论起对我内心的触动，有几处是其中的佼佼者。我经常去参观。它们并不像巨富们在里维埃拉拥有的海滨度假屋，后者是建筑师们不太花心思的定制产物。卡蒙多家族在巴黎有自己的酒店，一战初期刚好完工。这座酒店并不如阿娜嘉别墅般令人心驰神往，不过雷纳赫一家依然想了解关于它的一切：极力彰显舒适度和高品位的仿路易十六风格，配有来自王室与侯门的奇珍异宝，徜徉其中，就像给自己上了一节融合有家具史、城堡年鉴与名流目录的课程。我曾多次去卡蒙多酒店送信，置身店内，并不会让人真以为身处玛丽·安托瓦内特的时代，这倒也没什么不妥。富人们的私宅都极为梦幻。银行家康达维斯不计时间与金钱成本，率先拉开了为自己筑梦的风尚。他买下了奢靡绮丽但日薄西山的香舒芒城堡，再投入巨资大力整修并加以装潢布置。城堡具备全然逼真的 18 世纪风格，但依然配置了电话，挂上了雷诺阿为孩子们所画的肖像。卡蒙多家族来自伊斯坦布尔，雷纳赫家族来自德意志，至于康达维斯（Cahen d'Anvers）家族，其姓氏也指明了他们的祖籍所在地 [1]。这三个家族相互联姻，关系盘根错节：老一辈的莫伊兹·德·卡蒙多——我认识的那位——娶了伊雷娜·康达维斯，据说他俩的结合算不上多美满，他们有两个孩子，儿子尼泽姆和我同辈，是名飞行员，1917 年在一场战斗中牺牲，时年 25 岁；女儿比阿特丽斯较其兄小两岁，她嫁给了 1893 年出生的莱昂·雷纳赫，即戴奥多尔的次子。莱昂的生母法妮是戴奥多尔的第二任妻子，她是翠鸟别墅里我特别喜欢的人，其母系一族是大名鼎鼎的埃弗吕西家族。因此，法妮与罗斯柴尔德男爵夫人比阿特丽斯·埃弗吕西是表姐妹，后者斥资在卡普费拉修建了名满天下的罗斯柴

---

[1] Anvers 指安特卫普。

尔德花园别墅，距离翠鸟别墅只需步行十分钟。话至此处，这些人之间的关系的确比较复杂。让人惊异的是，比阿特丽斯和莱昂由此可以将这四座宅邸——翠鸟别墅、香舒芒城堡、卡蒙多酒店、罗斯柴尔德花园别墅——作为祖传的夸耀资本，但他们对这些极尽奢华的居所并不感兴趣：他们热爱音乐、动物、网球、骑马。若干年后，夫妻两人与他们的孩子法妮、贝特朗都被送进了奥斯维辛集中营，再也没有活着走出来。

1905—1912 年，博利厄的居民都遥望并关注着比阿特丽斯·埃弗吕西那座豪宅的修建进程。到了雷纳赫家族动土的时候，邮差与乳品店老板娘认为这一家人与比阿特丽斯·埃弗吕西家族的亲缘关系并没有那么近：法妮·雷纳赫的曾外祖父夏尔·约阿希姆·埃弗吕西出生于 1793 年，即路易十六上断头台那一年，夏尔的一生有过两段婚姻。风度翩翩的小夏尔·埃弗吕西是其第一任妻子所生，他很可能是普鲁斯特创作夏尔·斯万的人物原型。雷纳赫夫人的母亲与他是亲兄妹。腰缠万贯的巨贾莫里斯·埃弗吕西，其生母是老夏尔第二位妻子，他娶了我们上文提到的比阿特丽斯——这位贵妇在她独特的粉色会客厅里只喝桃红香槟。戴奥多尔常说罗斯柴尔德花园别墅只有一样有趣的东西，就是那些实木构件，它们都取材于已损毁的私人酒店。这座别墅是其他宅邸不同部件的集大成者，譬如，那座打造于 18 世纪的大门就来自巴黎福赫图内路上的巴尔扎克故居。这位文坛巨匠买下不少古董装饰以取悦昂斯卡夫人。戴奥多尔认为，身处卡普费拉这个小镇就能叩响《人间喜剧》的作者曾亲手触碰的门扣，这个创意他很喜欢。

在翠鸟别墅，我们会一起低声抨击这座富丽堂皇的"法兰西岛别墅"——私下里大家都这么称呼。比阿特丽斯·埃弗吕西曾打算让自己的仆人们都戴上绒球软帽，从而营造出一种始终置身于海上航行的氛围。自开工起，见多识广的乳品店老板娘就告诉我，这座野心勃勃的别墅将以抢时间的方式"飞速"进行修建。蓝、黑、红纹等不同色调的大理石，来自西伯利亚甚至中国的大理石，仿木质的大理石，你能想到的所有材质都被运到了这里。港口上所有人都在议论纷纷，喋喋不休。公证人断言："这座豪宅的确是琼楼玉宇中的佼佼者。"埃弗吕西别墅让人赏心悦目。它就像一块草莓味马卡龙，被叠放在另一块覆盆子马卡龙上，夹心奶油与裱花奶油得以加厚，配以小杏仁饼上的微型紫罗兰花冠，四周是模仿凡尔赛情调的白砂糖喷泉。至于翠鸟别墅，一旦有人说屋内即便没有壁炉，但有着热风取暖器与奢华酒店式的浴室，人们便闭嘴沉默了，生怕表现出自己的无知。在到访过罗斯丹的阿娜嘉别墅后，我一直都记得那个童话般的卧室配间，墙上挂着一幅画：公主坐着南瓜马车去往舞会。配间旁边就是罗斯丹夫人的卧房，打开窗户，花圃的景致尽收眼底，花的颜色与别墅布景的底色交相辉映。这些别墅虽不尽相同，但它们似乎都有着同一拨兴高采烈的捧场客。我听戴奥多尔提过这个问题：对公元 4000 年的未来考古学者们而言，届时如果他们能寻获的唯一古迹便是罗斯丹的府邸或是卡蒙多酒店，那他们究竟会如何看待 1906 年的文明呢？

让博利厄居民好奇的是住在"雷纳赫城堡"里的人靠什么方式谋生。他们都很疑惑"那位过于丰满的雷纳赫夫人"——其实她没有那么丰腴，她只是惯于在身上裹一层又一层的花边网扣——是否会踩着轻便凉鞋，袒胸露乳地在屋内溜达，同样地，他们也想知道戴奥多尔先生是否会戴着圆框眼镜、身穿纹板护甲和复古裙衫，在家里摇摇晃晃地四处巡视。我不会说的确有那么一两次，为了与孩子们同乐，他们便组织了换装舞会，兴许现在还能在壁橱里找到那些奇装异服呢。然而，这并非这栋别墅的精髓，完全不是：翠鸟别墅所崇尚的希腊风不在于一场换装舞会，而是尝试去找回纯粹的美。的确如此，我向乳品店老板娘也这样解释过。我并不认为德·卡蒙多先生会在他的私人酒店里戴上扑粉的假发去穿越蒙梭公园，抑或是帕尼斯·帕西侯爵会在他位于昂蒂布附近的城堡中——要知道，一场小型地震险些震垮城堡的主塔，之后侯爵斥巨资对城堡进行了修复——穿戴上他的祖辈从查理五世和弗朗索瓦一世处获得的装扮饰物。但换装舞会的传闻依然逗乐了博利厄的所有人，他们充分发挥创造力，想象了这样的画面：雷纳赫一家乘着小舟，停靠在翠鸟别墅下方，为了在冬日里取暖，他们身着希腊式短披风和羊绒缠腰布。到了夏天，这一大家子更喜欢待在戴奥多尔参选过的萨瓦，或是就住在巴黎。

1917 年，雷纳赫夫人临去世之前，整日都待在翠鸟别墅里用各件皮毛大衣将自己裹得严严实实，自她病重起，她就再也离不开它们。人们的确可以就服装发问：被称作普隆普隆亲王的拿破仑三世堂弟，差人在蒙田大道上修建了庞贝别墅——书房内曾有一本旧相册展示里面的珍品，如今，书架上或许还残存着几张里面的照片——他在这里举办过多场古装晚会，宾客们要朗诵诗歌，或是参加一些其他的改良版古罗马式活动，但戴奥多尔认为这只是在效仿日暮途穷时期的古罗马。第二帝国声名狼藉，色当战役的灾难性后果、法兰西遭受的羞辱，通通成为那些年节假日里挥之不去的阴霾。古装晚会或许可以被视为逃避现实的某种精神鸦片。雷纳赫夫妇一直相互扶持。戴奥多尔总是站着写作，正如被流放至根西岛终日面朝大海的维克多·雨果，仿佛他的身后堆满了他曾读过的万卷书，他的面前叠放着他将书写的千段事。雨果最终自由地荣归故里。

14. 我的首批画作

　　戴奥多尔拒绝任何形式的弄虚作假，他不断向蓬特雷莫利重申这一要求。大石块、巨型梁架、铜器……所有这些柱廊的构件都必须是真的。若有人盘算着即便在小砖上胡乱粉刷灰泥也没有人能一眼辨认真假，那可就打错了算盘。说到底，只有都采用真材实料，最终呈现的建筑成品才能让人放心依靠。

　　内院是整栋别墅中阿道夫最倾心的场地，也是他眼中的最纯净之处。他搬了一张小桌子放在院内，然后坐在那里整理并誊写笔记，这也是他第一本大作的素材。他观看油漆工进行粉刷作业，还热衷于跟他们聊天。滴水瓦上的棕叶饰无比优雅地勾勒出屋顶的边缘，所有这些瓦片都是比照在雅典卫城寻获的原件复制的。用以排水的檐槽喷口用大理石巧妙雕琢为张口的雄狮，它们的下方有若干三角槽排档以及把它们分隔开的巨型石方格，排档间饰并未雕刻任何神话主题。建筑师对其进行了留白，每一处三角槽排档的三条纯色直线得以凸显。倘若品位糟糕，就会在每个空白处填鸭式塞满雕饰，以此显摆自己的"博学"与富裕。某一天，戴奥多尔向蓬特雷莫利指出假如这座别墅是建在莱茵河彼岸的德国，那帮大老粗绝对会把排档间饰刻得乱七八糟，再把三角槽排档刷得五颜六色，这就是把工程交给德国人的必然结果。不过，翠鸟别墅柱廊屋顶的轮廓很难被人注意到——当你在立柱的阴影处结束一天的阅读，而后抬头望向墙体的顶端直至把视线投向天际，这时你才会发现那一抹轮廓——此刻，世间万物都不能使读书者的目光停驻。

自我回到这里，我逐步重温了所有这些青少年时期给予我无数欢愉的精巧细节。别墅有三面防护墙都对着临近的房间，这使得访客会忍不住猜测，正门入口处的背面是否就充当了第四面围墙。没有任何人意识到这一点。这种布局也给紧挨入口的花园留下了更大空间，让人将博利厄海湾的景致尽收眼底。巨大的无底座圆柱是陶立克式风格。但门厅旁的立柱是直径更小的爱奥尼亚式，柱头像一截纱线卷轴。我把这里看作整栋建筑内的其中一处公共学习区域，我似乎仍能听到格雷古瓦的声音，他在为专注的阿丽亚娜解答问题：陶立克柱的柱头较为简洁，具有雄性气概，而爱奥尼亚柱的风格更加优雅，充满女性气息。也许是因为阿丽亚娜噗嗤一笑，他便补充说其实他也不确定是否真的如此，但书上都这么写。阿丽亚娜反驳说，古希腊人大概真这么认为，并代代传承下去，但说到底，为什么女性就不能像一座陶立克柱呢？

她随即与他谈起塞尚的一幅画，上面画着一位身着蓝色围裙的厨娘，十分的"陶立克式"。反之，若是有一位年轻的朱阿夫士兵，身着绣有红色涡形配饰的蓝色上衣，为什么就不能用爱奥尼亚式风格来形容他呢？也是在那一天，阿丽亚娜向我展示了她的画册：有她在每个周日于植物园中画下的豹、狮等猛兽，这些本应习惯于奔跑的动物，却在兽笼里望着看客。

蓬特雷莫利就装饰布景做了一些初步设计方案，随即遭到戴奥多尔的否决。他认为这种装饰风格与拿破仑亲王的庞贝别墅过于相似：红色的背景上展示有宏伟的场景，再配以鲜明的色调。他本人倾向于更精巧地对卡拉拉大理石之间的缝隙处进行着色。浅色的涂料被刷子抹开，颜色又淡了一些，让人想起古希腊的带把手细颈长瓶，他爱这些白色调的希腊长瓶超越一切。他还将打造一条柱廊，不会太长，也不用太大，就是一处能让他一边低声私语一边慢悠悠散步的私家回廊。戴奥多尔总说，思考时最好走动着，写作时最好站立着，只要你乐意，躺着吃东西也可坦坦荡荡。

在否决了蓬特雷莫利的草图后，戴奥多尔本可以去寻求另外一位画家的意见，但考虑到后者与蓬特雷莫利有一些私人过节，他放弃了这种想法。阿丽亚娜和格雷古瓦便为他推荐了两位艺术家。其中一位是年轻的居斯塔夫·路易·若勒姆，师从维克多·拉卢，后者也是蓬特雷莫利的第一位老师，他设计修建了那座庞大的奥赛火车站——如今，它已经是一座著名的博物馆了，当然，那个时代的博物馆在外观上的确很像火车站。若勒姆擅长绘制装饰图样，他设计的棕叶饰栩栩如生，似乎在随风摇曳，画起波形纹饰更是信手拈来。因为他并不采用一成不变的花样模板，而更倾向于赋予图样以风格和生命力。另一位被举荐给戴奥多尔的艺术家名叫阿德里安·卡波斯基，他是皮维·德·夏凡纳的弟子，逢人就提他生于1855年，也就是巴黎世博会那一年，安格尔与德拉克洛瓦针锋相对那一年。阿道夫与他一见如故，他们一起观赏大量的希腊瓶器，讨论古代文献里有关调制颜色的记载。阿道夫召唤我加入他们的行列。阿丽亚娜和格雷古瓦也经常参与其中：所有人围在一起尝试着复原古画，就像一个小型乐团的音乐家们。古希腊的作者们留下了许多关于绘画的记述，提到了成百上千位艺术家、大师、学徒和传承相继的流派，如今已无迹可寻，后人只能借助于想象。

　　戴奥多尔希望能保留这些瓶器的式样，如果还要将其展放在墙面的隔板上，那就应该定制一些加大版长瓶。装修的主题都很简单，但也称得上别出心裁，反正绝对不会出现特洛伊战争相关的装饰。边上的一处壁龛里，将放置一座荷马的半身模塑像，就是大家熟知的那种：他的面庞上胡子拉碴、双眼紧闭。布景里最非比寻常的场景就是找到金羊毛后的塔罗斯之死，他很像些许年之后法国每座村庄都将修建的纪念碑上的人物，画面正中是主角那高大的遗体，这样的布局给人以强大的冲击力，然而，没有人还记得塔罗斯的故事，甚至不知道这个故事的讲述者是谁。究竟是谁呢？是阿波罗还是海尔梅斯——抑或是狄俄尼索斯？——对此一直有着各种争议。画面上，这位留着大胡子的神祇抓住艺术之神的前臂，让他松开手中的里拉琴。

在墙面的底端，壁画的最下方，有着精心勾勒的波浪纹饰和细致描绘的地中海贝类。当时，执掌画笔的人是我。这就是我的首批画作。它们是最美的。

15. 古希腊最后一位画家

　　当 25 岁的阿道夫成婚时，没有人对新娘人选感到意外。这些年里，马蒂厄·德雷福斯经常来戴奥多尔的居所，给雷纳赫家的朋友们念他手头的书信，写信人就是他那位被关押在恶魔岛的弟弟。马蒂厄的女儿小马吉在德雷福斯事件波澜迭起时曾与阿道夫生活在一起。我找到过他 11 岁那年写给马吉的一首诗，阿道夫会以他自己的方式来讲故事，用"左拉"与"卡拉"、"德雷福斯"和"宙斯"来和韵。马吉十分娇俏，圆圆的脸蛋，乌黑的头发，还有着写满童真的笑颜。她的家庭教师名叫克里斯托弗，是众所周知的《工兵卡芒贝尔的玩笑》与《弗努亚尔家族》的创作者，平日里很爱说笑。他本人是一位化学家，但博览群书，各方面都有涉猎，克里斯托弗是他的笔名，因为他的姓氏是哥伦布。这样的教育背景使得小马吉在同龄孩子中拥有特别的威望。在雷纳赫家，她可以自顾自地玩耍，哪怕戴奥多尔正在她面前刁难克里斯托弗那位朴实但聒噪的女佣——"先生，您之前预订的供您冥想用的足浴再不开始就……"又过了一段时间，马吉把《智者哥希努斯》的其中一卷给了我，这书曾属于阿道夫，克里斯托弗本人在书的第一页用淡紫色墨水写下了阿道夫的名字和给他的寄语。

雷纳赫家族的所有人都支持马蒂厄·德雷福斯拯救他弟弟的这场战斗，尽管他们也明白德雷福斯上尉并不喜欢家缠万贯、婚史过多、举止冷漠、行事疏离的人。在部队里，这一事件人尽皆知。而在我们这个小村镇，经过时间的沉淀后，从公证人到乳品店老板娘，几乎所有人都赞同为德雷福斯上尉平反。据雷纳赫家所知，神甫算是最后几位认同这一提议的人，虽然他们之间并未谈论过此事。阿道夫常说："那个家伙就是个背信弃义的人！"马蒂厄·德雷福斯待人接物比他弟弟要热情许多，马吉在这一点上也继承了自己的父亲。马吉与阿道夫时常在柱廊一待就是好几个小时，他们从一开始就知道两人将来是要在一起的。每个夜晚，当海风吹过大理石立柱、轻抚壁画时，我似乎都能听到风在向我诉说：我的挚友，曾是希腊最后一位画家，他没能从战争中活着回来。

因为阿道夫和马吉，我也开始给翠鸟别墅挑刺儿。他们敢提出床垫不够舒适，屋内缺少钟摆，他们想在墙上打孔、重新上漆，还说院落里甚至没有游泳池——如果从考古学的角度看，至少这一点很严肃——以及其他各种意见……马吉的批评和我的想法并不完全一致。我感到自己不会跟他们共度一生。我也不清楚自己究竟想要什么。我生活在群蚁海角的一方天地，这里仿佛是一个独立的小王国，是我自己的摩纳哥，但这已经不能让我心满意足了。在村镇里，我不再去接触本地大众，他们的闲言碎语我听得够多了。但雷纳赫一家每年都有一段很长的时间不来这里，我就只能暂时搬回埃菲尔家，与那边的一大家子主仆一起生活，包括我那一直催促我找份正经工作的母亲。在博利厄，自我孩提起就认识我的人或许都认为我变得高傲自负，咖啡馆老板有一回甚至问我他们是否还有资格跟我讲话，我很快重新融入了由邮差、乳品店老板娘和公证人组成的小团体，毕竟他们一直都待我很好，而且我可以跟他们畅所欲言——只是我无法接受他们关于犹太人的言论，那些话真的日趋残忍。公证人曾当着我的面这样说："这个雷纳赫一家就是那类现身说法的犹太人：脑子聪明得很，也颇为出色，但说到底他们终将一事无成。"他在影射戴奥多尔、所罗门、（尤其是）约瑟夫这三兄弟，认为他们本有机会像第三共和国的其他伟人那般扬名立万，但他们压根儿做不到。可是，翠鸟别墅难道一文不值？他们三兄弟写的300多本书几千篇文章也一无是处？还有27岁就早逝的阿道夫，他有180篇出版作品，这也叫毫无建树吗？我身穿得体的方格上衣和粗布长裤，这使我看起来像一位家境优渥的大学生，连我母亲都说，若我父亲还在，此刻也认不出我了，但我不确定她这话是褒是贬。我坐在回尼斯的火车上，此前我是陪法妮·雷纳赫去摩纳哥的歌剧院，我已经找到了一种全新的生活，那是终日在埃菲尔家厨房里忙活的人无法想象的。

几个世纪以来，为了找寻和了解过去，考古学家们四处挖掘。戴奥多尔的天赋在于研究解读发掘的文物以助后人了解历史。虽然他什么都没对我明说，但他曾教我做事要与别人的期待背道而驰。阿道夫告诉我，古希腊人如若想要有作画的灵感，就必须把画笔拿在手中。当画家若勒姆在我们面前把颜料进行混合，再将它们倒进砂浆里时，他也成了一名考古学者，他在创新，在进行创作，这是一种反其道而行之的天才模式。这种方法深深吸引了阿道夫，马吉同样感到惊叹。他产生了一个想法，要把所有涉及绘画的古代文献收集起来。我想，他自己的任务就是撰写一本这方面的权威概论。他的念头层出不穷：不仅对艺术家们的生平感兴趣，还要网罗技艺层面的所有信息。阿道夫遗传自一位钟情翰墨、笔耕不辍的学者，因而他也致力于文献的修订和评注。他的叔叔，那位睿智的所罗门，正在着手进行一项可能会耗费一两年时间的深入研究，便劝他远离这种毫无收益的工作。然而，阿道夫仍热情满满地开始校验相关资料，也会跟我聊他的最新研究发现：考古人员在德米特里阿斯的遗址上挖掘出土了部分石碑石柱，它们隐没在倒塌的砖墙下，表面的色调还在，这批古迹能溯回古希腊时期，也为研究当时的绘画提供了新素材。此外，在西顿发现了精美的墓穴遗迹，在俄国南部找到了若干古代墓葬壁画。阿道夫想去一探究竟，但一听到"克里米亚"这个地名，所罗门当场蹙眉，戴奥多尔则一言不发——我不明白这究竟出于何种原因。他们也不会把自己的生活细节一五一十地全部告诉我。

阿道夫不同于自己那位看重书本理论胜过一切的叔叔，他喜欢研究实地拍摄的现场影像，或是牵头发起挖掘工作。从马其顿到埃及，他梦想着能走遍各地，找寻古代绘画，他也确信自己不会空手而归。阿道夫曾告诉我有机会就带上我同去，我们将在环地中海一带游历，这种方式是上一代老学究们从未亲身体验过的。在他已经完成的手稿里，有一册专门写镶嵌画画工，另一册涉及瓶器画匠，他本打算用十年时间写完十册甚至二十册论述希腊艺术的专著。他早就安排好了自己的计划。

他没来得及实现自己的宏伟蓝图，但他唯一一本关于绘画的书差不多写完了。"一战"爆发时，他已经开始靠着墙上的巨幅宣传画修改出版社寄给他的初印稿。因为排字工人不懂希腊语，里面到处都是错误，尤其错排现象随处可见。阿道夫战死七年后，这本书终于得以出版，书里印有他收集到的几百张画样。

当我看到故去挚友的名字出现在一本书的封面上时，我的内心百感交集，他的在天之灵想必也会感到欣慰的。阿道夫这部遗作的后续工作由戴奥多尔收尾，这耗费了他大量时间，但实际上他没能真正完成，因为他还忙着阿道夫的身后事，他在柱廊下方给自己的侄儿立了一块墓碑。阿道夫走了，也带走了我们所有人生命中的某种热忱。他会向若勒姆先生借来调色板，帮他研磨水晶、配好颜料。我记忆里的阿道夫双眼总是熠熠发光。他溜到配餐室说自己想吃鲥鱼，回来时手里会拎着一瓶白葡萄酒。

那个时候，我去过几次巴黎，阿道夫陪我到哈梅林路送信并找人签发票，但同样位于这个美丽街区的雷纳赫宅邸却让我倍感陌生。不仅如此，毫不意外地，整座城市同样令我深感疏离：当我初次"在首都"旅行时，我迷失在人声鼎沸与软红香土中，以至于我跳上一辆出租车然后告诉司机："去火车站！"

我的首次"礼节性访问"献给了埃菲尔铁塔，升降电梯让我惊叹不已——很早之前我就知道它的运行原理，但当我跟一小队意大利人身处其中时，我真的很想高声尖叫告诉所有人这座庞然大物的非凡创造者是我的朋友。在塔顶，我停留了好几个小时，我试着一一辨认出视野里的宏伟古迹、尖顶教堂、圆顶楼宇，我渴望能乘坐热气球在空中环游巴黎，站在接近天空的塔尖，我感到难以言喻的幸福。回到地面，我又去了卢浮宫，深色木质隔板上摆放有成千上万的古希腊瓶器，我全身心沉醉其中。我在大厅中央的环形长沙发上躺下，看着身旁形形色色的所有人，他们什么都在看，但什么都没看到。妈妈们向自己的女儿解释说宙斯是维纳斯的丈夫，她们兴高采烈地离开卢浮宫，实际上什么都没看明白。在古希腊长瓶前，一群体型丰腴的中年妇人明显缩短了驻足时间，而另一群上了年纪的爱好者则仔细擦了擦夹鼻眼镜以便看得更清楚。我走进阿波罗画廊，这里陈列着琳琅满目的珍宝，但我认为这些也没什么看头。在画廊里，抬头便可看到德拉克洛瓦绘制的一幅天顶画，画上那条像史前怪兽一样的巨蟒被艺术之神阿波罗击倒。当我向戴奥多尔说起这幅画时，我不明白他的脸色为何沉郁下来。我当时想着他大概不喜欢德拉克洛瓦，又或是他认为这幅画的风格过于狂暴，与他钟爱的希腊式典雅毫无共通之处。

　　惹他不快的似乎是"阿波罗画廊"这个名称，他另起话头和我说到米利都的考古发掘，其成果对卢浮宫博物馆而言至关重要，罗斯柴尔德家族出资赞助整个流程。戴奥多尔问我是否在卢浮宫看到了厄嘎斯婷娜的少女，阿道夫见我支支吾吾闪烁其词，就向我解释说这是帕特农神庙的檐壁大理石浮雕中最迷人的一块残片，其余大部分都落在了英国人手中。这块碎片由一位法国人获得，如今便在卢浮宫有了一席之地：上面刻着一群身穿及地长裙的少女，她们一个接一个缓慢前行，为把纺织的裙装敬献给雅典娜女神。很久以后，我又一次站在这块浮雕面前，我静静地望向它，就像我正通过挚友阿道夫的眼睛看着它一样，全然忘记了当年他向我讲解的那些话。我老是这样：金玉良言记不住，能记牢的只有家庭教师克里斯托弗的女佣所说的蠢话。卢浮宫，巴黎，这与我并不合拍：我需要的是大海和阳光。即便如此，我也压根不想回科西嘉岛与我的亲人、我那些叔叔婶婶们重聚——我母亲一直强调我应该多回去寻根，但我充耳不闻。我想要外出旅行。在翠鸟别墅这座迷宫里，我有一种被囚禁的压抑感。戴奥多尔对此深有同感，他也总想着出去透透气。有一段记忆我从未告诉过任何人：在海上暴风雨肆虐的某个晚上，我看到他一扇又一扇地，亲手推开了别墅所有的窗。

| 第二部分 |
《阿波罗颂》

因着我，因着我的爱情，迷宫得以开启……

——《阿丽亚娜》，托马斯·高乃依

16. 镶嵌画上的船锚

我与戴奥多尔、阿道夫首次三人同游是乘船前往希腊，那是在 1904 年，别墅距离竣工为时尚早。这次出游使得我们能暂时摆脱与包工头、泥瓦匠们的讨价还价，这些协商和交谈已经让戴奥多尔意兴阑珊，他更喜欢与蓬特雷莫利之间的漫长讨论——这位建筑师很想了解这座别墅的所有构建细节，毕竟这是他的作品。而我呢，在期盼了这么久之后终于得以来到希腊一探究竟。在我踏足这片土地之前，我就已经熟知希腊。船行驶于海上，蓬特雷莫利一直在说工地上的事。在我对此次旅行的回忆里，叠放着一幅幅静态草图，既有大理石盥洗室安装完毕后正在粉刷中的房间图，又有木质浴巾架或是对坐浴盆能起遮挡作用的家具设计图。我们的建筑师有时甚至会心血来潮当场作画，然后站在小小的船尾楼上向我展示将在哪里悬挂家族徽章。无论身在何处，翠鸟别墅始终与我们密不可分。

雷纳赫一家出游次数不算少，却给人留下了从不走动的印象。

在书房的壁橱中，好几本厚厚的相册保存了他们在土耳其、黎凡特、埃及的留影。不知道它们如今是什么样呢？在黑色硬皮封面下，所罗门的观光相片与戴奥多尔或约瑟夫——他出游的次数比另两位弟弟少很多——的照片混在一起。所有这些相册都堆放在别墅里。以至于当戴奥多尔离开时，也显得他从未抛弃这座宅邸。扬帆出海的回忆也全都被放置在相册中。戴奥多尔最喜欢的喊声之一便是"起锚！"他高声诵读安德烈·舍尼埃的诗句："出发吧，帆已高扬，拜占庭在对我召唤！"然后，舒适惬意地跌坐在安乐椅上。

今天，我意识到第一次前往希腊的旅行是我的一大冒险之举，但我却什么都想不起来了。在我的记忆里，我没有找寻到任何关乎沙滩、历史遗迹以及出发那天清晨的痕迹，我站在别墅入口处的镶嵌画前，内心感到焦虑不安。似乎我并未离开翠鸟别墅，仿佛这次航行只存在于我的梦境里，或是当我想象自己与德雷福斯同处恶魔岛之上，我被囚禁在即将飞向月亮女神的宇宙飞船上时，我为自己编织的一则趣事。这座别墅的窗与墙锁住了我曾真切存在过的整个青少年时代，而我在别处目睹的一切则组成了不同的画面，隔着窗玻璃，在另一头相继出现。别墅如一座狮身人面像，拥有着自己的利爪。即便在旅途中，我也并不好动——随后我与雷纳赫一家在希腊环游，期间我从来都不是独自一人，也从未感受到自由。在我决定离开他们时，我跟翠鸟别墅也在无形中变得疏远。

　　雷纳赫三兄弟早就跟着他们的父亲一起游历过德国、瑞士、意大利，我也坚信，他们都曾在英国目睹过形形色色的城堡，也由此想要延续这一荣光。1902 年，搭乘"尼日尔"号航海出游的计划差一点就得以成行。我并未被囊括在出行名单上，彼时，我刚到翠鸟别墅不久，但我常听他们说起。埃菲尔先生也说过他会去。他们在厨房里争执是去贝鲁特、大马士革、耶路撒冷，还是去克里特岛……然而，一场鼠疫在船上暴发。雷纳赫先生仍坚持要扬帆出海：船上的一切都已经消过毒了，他相信这种卫生举措的功效。由于无人响应，他放弃了最初的想法，而后得知船在色萨利海岸附近失事。我想象自己是一位 15 岁的船长，拯救了船上所有人并得到了共和国总统的授勋。当我们两年之后踏上开往希腊的船时，我感到时机更妙：我正处于能对事物进行欣赏品评的年龄。

　　在船上，雷纳赫先生重新变回了戴奥多尔，他喜欢像个孩子一样玩耍。我早就注意到了他这个特性。他带着全家人和我去电影院，期间他的笑声最为响亮。戛纳曾主办过一次影片放映，当时，这座小城对电影这种全新的娱乐方式还十分陌生。而在我们博利厄，大家都知道卢米埃尔兄弟俩的这项伟大发明。他们的父亲在卡普戴尔修建了三座庞大的别墅，按计划父子三人一人一栋，由此引发了各种风凉话。"卢米埃尔老爹"坚信自己是一名建筑师，别墅里随处可见他设计的小圆柱与花叶边饰。看完电影离场时，戴奥多尔向我们夸耀学识，说影片里用黑色背景展示的那些解释马克·森内特遭遇的文字，就类似于古希腊时期的铭文题词。可我们压根就没注意到这些，只顾着看切换的画面了。为此我们都嘲笑戴奥多尔的注意力与我们不一样，这倒让他沾沾自喜。

在一个适宜扬帆远航的四月，我们登上了"法兰西岛"号轮船，这并不是一艘移动的豪华宫殿，"法兰西岛"是它在两次世界大战之间的间隙所采用的名字。我与阿道夫共住一个船舱，每天早上，我们都在甲板上锻炼身体。在下一次靠岸之前，我们在船上各自写自己的东西，或是表演戏剧段落，甚至是夜总会的歌舞杂耍。我一直记得戴奥多尔对着一群坐在折叠椅上的看客，站在充当临时舞台的主甲板上，沉浸于自己的专属角色"考古学者"中。因而，他没有必要化妆。此番跟着他出海的都是大人物，我再次见到了阿尔贝特·马塞与路易·梅赫勒夫妇，其中路易·梅赫勒先生是一位矿场工程师，也是法国铝矿业的大老板，他的妻子是行业内另一位巨头之女。这些都是当时如雷贯耳的名字。他们的大名都出现在一本航海册子上，以将我们的功绩永远记录在册。戴奥多尔为这本册子起名《塞里戈·洛》，"由一家博学且无知的公司"出版，我认为学院的其他成员从来没被告知过命名的相关事宜。"塞里戈"是恋人之岛基西拉岛的古称。我们在停靠马耳他之后，也去了这座岛屿。《肥差》杂志与《艺术费加罗》期刊的创办人莫里斯·福耶为了船上的戏剧表演给我们画过克里特岛的流行服饰：谁能想到这位喜欢声嘶力竭唱歌的期刊带头人两年后将成为《美术杂志》的主管呢？这个戏剧表演洋溢着一种纯粹的荷马史诗基调：一位考古学者踏足塞里戈岛，找到了隆巴赫巧克力与第戎芥末酱的广告单。戴尔多尔戴着夹鼻眼镜，皱着眉头，一一辨认出了两张广告单。接着，他发现了一张古早的乐谱，上面头几个音符和歌词应该是"来吧，宝贝儿！"他对那位神话中的伊阿宋先生有着诸多抱怨，这位自命不凡之人声称要带着自己的朋友们搭乘"阿尔戈"号轮船前去寻找稀世珍宝金羊毛。阿道夫画着高棉舞者的眼妆，穿着紧身练功服，扭腰摆臀，扮演希腊仆役"瓦索福赫"，他捧来了一樽乘着潘趣酒的巨型双耳爵，半躺的宾客们用长柄大汤勺自助取酒。莫里斯·福耶一直在扯着嗓子喊他："这边来，诸神的司酒官！"至于我呢，我被涂抹成绿色，需在一个底座上保持站立姿态：我扮演的是众生爱慕的赫拉克勒斯的雕像。爱丽丝·富热尔打扮成舞蛇者的模样，但只为她自己的丈夫献舞。夏尔·德·嘉兰当时还不是阿尔及尔市长，人人都仰慕他的古典学识，他"登基"成为一无所知的米诺斯国王。演出的最后，他们似乎突感恐惧不安，便搭乘"石油方舟"一起离开舞台，还朝其他人高唱"旅途愉快，杜莫雷先生"，阿道夫专程为我将这句歌词译成圣经希伯来文，因为赫拉克勒斯·杜莫雷就是我。

四年后，阿道夫成为法国雅典学院的自由成员，而我总是忍不住好奇，倘若没有《塞里戈·洛》那次航行，他是否依然会对希腊文化充满热情呢？又或者，他会驱散他父亲脑海中的所有怪念头？在考古现场，我发现他是所有人中最严谨的那一个，连他压根不会去的接待处所发的邀请函，哪怕他将其放在自己的口袋里，他也会一五一十地记录下来。我尽我所能地借鉴他，把任何能使我愉悦的东西都画下来或者拍摄下来。

几天后，由于风向原因我们放弃了前往提洛岛的行程，这严重扰乱了戴奥多尔的计划，因为他得知不久前有其他访客在阿波罗神庙周围发现了一些可能会使他感兴趣同时对翠鸟别墅也有用处的建筑——我补充这点是为了稍微澄清一下那些反复絮叨博利厄的别墅灵感都来源于同时期提洛岛出土建筑的论调。法妮·雷纳赫把对自己丈夫的永恒爱慕视为信仰，她总是念着，所有那些毫不知情的人、一知半解的人、"最坏的人"都说翠鸟别墅是一座古希腊建筑的原样复制品。这帮人还自作聪明地添油加醋："就是照搬的在提洛岛出土的古建筑样式，那里还发现了整片的居住区。"提洛岛这些建筑的规模要小不少，也没有精心规划过，只是在翠鸟别墅即将竣工的时间点上，刚好有人发表了对这片遗迹的考古成果。诚然，其发掘者约瑟夫·夏莫纳赫是蓬特雷莫利、格雷古瓦和阿丽亚娜的朋友——他并未参与戴奥多尔这次扬帆出行——但是，单凭这些就断言出土遗迹是翠鸟别墅灵感的唯一来源实在是"一刀切"的偏颇之言。有人曾在提洛岛的古建筑里看到过音乐厅吗？直到 1904 年，人们才在山丘上发现了这些多层楼宇：蓬特雷莫利在这之前就已画好图纸了。在房间布局上，尤其是楼梯都位于门厅中的设计，让他与几千年前的希腊人在创意上不谋而合，这令他倍感自豪。提洛岛那边也认可戴奥多尔的说法，并未持相反意见。别墅四面都能打开，走进其中任意一间房都能看到窗外的大海，这与提洛岛古建筑群的巷陌交错完全不同。何况，别墅的任何一个角落都通电。在提洛岛上，能看到瓷制的电路开关吗？更不用说翠鸟别墅里还有热水器，这可是人类智慧的奇迹！

　　我第一次在阿道夫和戴奥多尔面前用希腊语表达自己的想法时，他俩迸发出笑声，因为我努力说出来的语句中大概只有一半的内容能让克里特岛人听懂。卡尔热斯虽然是希腊裔聚居的地方，但这里的人所说的希腊语混杂了太多科西嘉方言，以至于它听起来就像是一门外语，我也不例外。

　　"我认为没有人能翻译出我们这位译员刚才所说的话"，戴奥多尔开口，"一定要多说，少用 iou，多用 os，句子尽量简单点，我们需要你多开口练！"

　　阿道夫也在笑话我。我感到了屈辱。我母亲曾教我学说她的方言，且让我坚信这是神的语言。

　　去过拉瓦莱特之后，船又停靠在了干尼亚，我们参观了刚开始兴建的博物馆，那里汇集着克里特岛上诸多宫殿遗址的出土文物。我不知道克诺索斯王宫遗址竟像翠鸟别墅一样让人疯狂。大名鼎鼎的阿瑟·埃文斯——很快他就将成为"阿瑟爵士"——在这座宫殿的遗迹中迎接我们，他介绍说这里曾是米诺斯的殿宇，里面有那座著名的迷宫，还有着若干柱廊、大厅以及高挂的公牛角。他以不卑不亢的方式接待戴奥多尔，比起雷纳赫家的着装，阿瑟·埃文斯就没那么风雅了：衬衫敞开，不系领带，但领口处别着一根珍珠领针，亚麻布的米色上衣外面还套了个坎肩，扣眼上别着玫红色的花，完全是另一种考古学派的风格。他给我们指殿内的各处房间，描绘他正致力于复原的奢华浴室——他的搅拌机在马力全开地运转，一大队来自雅典的画师（其中有好几位都激动地与我们谈起巴黎国立高等美术学院以及巴塞尔、慕尼黑的众多博物馆）在埋头修复刚刚被发现的壁画残片。他们能在一个小扣上画上脸庞，两块梁屐能凑成斗牛的宏大场景，一条胳膊、一只脚、一块颈背合在一起能摇身变为《百合王子》，这实在是巧夺天工。戴奥多尔却并未上当，他与兴高采烈的画师们一起喝茶，看他们作画时如何规避经典画法，而回归简单、朴素、优美的形式。没有任何人提出真品或赝品的问题。就在我们的眼皮底下，米诺斯文明便以这样的方式被创造出来。不久后，巴黎的女性们都身着以克里特岛风尚为灵感的裙装，岂不知克里特岛上那些出土的壁画或许是参考她们的优雅风格而创作的呢。在王座厅，戴奥多尔坐在御座上并让人为他拍下一张照片，这张照片被我放入相框中保存在家，它经历了多次搬家，也躲过了我数次对相片主角的怒气宣泄。在我眼里，戴奥多尔既是高傲威严的，也是荒谬可笑的。

接下来我们在塞浦路斯度过了几天，这次短暂的停留很触动我，戴奥多尔似乎在跟我解释他自己的想法："你知道的，阿喀琉斯，我在你这个年龄时被我父亲送去了学校。在接受了多年家庭教育后，他还是把我们送去学校注册报名了，但我讨厌体育。我十分憎恶那个每周一次来孔多塞中学——也被人称为丰塔纳高中——上体育课的老师，他脖子上挂着哨子，在操场上指挥我们，说起来操场以前还是一家修道院的内院。他真正的职业是警察，大家都喊他施虐者。这个老师有个给他打下手的学监，老是冲着我喊'动起来！去跑步，去跟其他人打球'。可从来没有人对着正在打球的年轻人吆喝'别玩了！去拿本书跟其他人一起阅读，瞧瞧戴奥多尔，他跟自己的书本在一起时总是那么快乐，这难道不让你羡慕吗？'我认为这十分不公平。实际上我并未改变自己的想法。你是例外，你天生就是运动健将。我们呢，在这方面简直毫无天赋……反正我们会把你留在身边！快，接好了，这有一本书！"

我们在法马古斯塔参观了奥赛罗城堡，这座不朽的建筑集结了荣耀与猜忌的复杂情愫。阿道夫和我对这种使人跌落深渊、走向罪恶的情感并无太深感触，戴奥多尔提议让我俩翻译莎士比亚的戏剧《奥赛罗》以"复习英语"，这更是索然无味，让我们忍无可忍。我们溜走了，直奔城里去瞧一瞧跟考古无关的东西。结束了这段行程，我们再次停靠克里特岛。在卡拉米，我们骑着骡子前往斐斯托斯遗址，彼时，英国考古学家们尚未沾染这片圣地，反而使这座宫殿更具真实感与原始美。负责遗址相关工作的是一群意大利人，他们相互指责，能从一处矮墙下吵到另一处矮墙，在现场，他们忙着喝酒，并未花太多时间去修复文物，但在我看来，这样的方式却更加得当。相较于气势磅礴的克诺索斯王宫遗址，斐斯托斯则更像一部黑白电影。在这片刚刚重见天日且错综复杂的迷宫中，有不少积水的坑洼，龟群在其中慵懒地游弋。海滩雄奇瑰丽，是我一生中所见过的至美之景。日暮时分，我在海水里徜徉了三个小时，快活得就像即将位列仙班。

在一个临时棚架下，考古人员向我们展示了一块刚出土的土质圆盘，上面的铭文如蜗牛般呈缠绕状，现场也没有任何人能识别这种文字书写体系。戴奥多尔很谨慎地观察了一会儿，解释说找到这种类型的物件从来都不算什么好事，何况这是孤例，没有其他类似的东西可以互相佐证——当时我并没有认真在听，然而，待到让人纠结心焦的格罗泽尔遗址事件爆发时，他近乎狂怒地向我重复了当年说过的这些话。我也不确定他是否怀疑过这群意大利人有造假的可能。

他对存真去伪这件事有执念，我也不懂个中缘由。我的耳畔至今还能回响起他迷离的声音："我们所有人都梦想着能有震惊世界的考古发现……倘若你坚持研究不同的文明，你会认同的……新发现会有的……阿道夫么，我打包票他也有着同样的渴望……"

这块"斐斯托斯圆盘"在克里特岛上很快就声名鹊起，还有店家推出了仿样的钥匙环和手链挂件，但上面的文字之谜始终没被解开，部分人甚至认为这是鹅棋游戏。阿道夫专门花时间抄写了一篇很长的传统铭文，后来他也得以将其出版。这趟行程中，我们有许多保留在心里的回忆，哪怕是法马古斯塔的糟糕宅邸，他对此都引以为傲。有一位同伴为卢浮宫买下了一块货真价实的女性侧影残片。如今，它依然躺在这座博物馆里，没有任何人知道买下它的是我们那趟旅程中为船上盛大的歌舞表演设计服装的人，当时，那些大人物们欢聚一堂，齐声高唱"来吧，宝贝儿！"多年后，当我对人说起这次航行时，没有任何人相信我。

回程时，我依然每天都做俯卧撑，就像一名军士或一位瑞典籍体操运动员。同时，我也坚持学习希腊语。于我而言，翠鸟别墅越发熠熠生辉。我的希腊语水平有了很大提升，即使我说起来还是有些吃力。我拼尽全力，将古希腊悲剧原文整页地记在心底。我们还没去过雅典，那是让我魂牵梦萦的地方。我的绘画水平也有了前所未有的进步，还整理了画册，我的水彩技法已然十分出色。我学会了不少若干年后将使我受益的东西。

在我们此次希腊之行出发前，就已经定好别墅地面上的镶嵌画主题是船锚，它有自己的寓意。今天，我站在这里再次凝视它，数以千计的深红色镶嵌砖拼接成了几何线条，这些线条又紧围着船锚，使我想起了过往的历次旅程，我在自己回忆录的这一章将笔触献给了船锚，还不由地哼唱起了"塞里戈·洛"的欢快小调——尽管我并不认为这些小调在自己的记忆里占有一席之地。戴奥多尔曾告诉过我提洛岛上的"三叉戟造型建筑"内出土过一块古希腊地砖，其考古研究成果还发表在了一本专业刊物上，他让人按照这块地砖的复制品原样打造了别墅地面上的船锚。他同时还强调说原本那块地砖是在内院边侧，"有点莫名其妙地被安放"在主轴线上，但翠鸟别墅的镶嵌画地砖位于门厅与柱廊之间，这种设计更好：跃起的海豚环绕在船锚周围，恰好指引访客往右前行，似乎船锚让整座别墅具有了活力——它也象征着此地是整个家族的停靠处。戴奥多尔的意思再明白不过了：他在自己的宅邸里打造了与别墅风格相得益彰的镶嵌画地砖，比原版甚至更匠心独运，因而在这件事上他比古希腊人更为成功。而在阿道夫眼里，家里地板上船锚的位置选择"完全不具备希腊特色"。戴奥多尔却持相反意见，他声称提洛岛当地的镶嵌画工人都对他的船锚仰慕不已，再没有任何事能让他如此受宠若惊了。那个时代没有其他巨富能像他一样既拥有高雅品位，又具备风趣个性，还熟知历史逸闻——譬如，在一场雅趣的谈话中适时插入介绍新近公布的且鲜为人知的考古成果。戴奥多尔专门对我提起过："等着看吧，一百年后，人们敢说哥特复兴式建筑好于哥特式建筑，埃菲尔别墅的新文艺复兴风格胜过文艺复兴风格，雷诺阿画中的女性优于弗拉戈纳尔笔下的女性，还会说我们的希腊式别墅比希腊当地的那些别墅更美，这些都将成为事实。别忘了，未来公元4000年的考古学家是我们的同仁，我们正是为他们的工作而提供素材！"

17.在修道院里按中世纪的方式生活几天后，缘何会想到翠鸟别墅的浴池

　　法妮·雷纳赫把带有科蒂或是娇兰标签的小瓶子都放进了檀香木匣里。她温柔地念出"那伊阿得斯"，这是蓬特雷莫利给这间奢美浴室所起的名字，中间有一个八角形浴池，内里配备热水出口与蒸汽。在整个西方，古代浴池一般是为了致敬神话中的水泽神女那伊阿得斯，这些年轻的仙女们喜欢与留有胡子的人身鱼尾海神、头戴新鲜海藻的神灵一起沐浴在水中。蓬特雷莫利去布达佩斯和伊斯坦布尔找寻过相关实物，还在其中融会了当时最快机车的蒸汽技术。然而在今天，它们都不再发挥各自的功效。我匆匆看了一眼，发现浴池底部已经有了不少裂缝，我甚至不能确定引水管道里是否还能有水流出。很长时间以来，村镇里都在风传戴奥多尔与莎拉·伯恩哈特在这个浴池里裸浴，我充耳不闻……事实上，这位女演员早就过了与法兰西学院的院士们鸳鸯戏水的年纪了。

刚入住那段日子，我没使用过这些设备，我只负责调节温度、检测水压是否过强，当雷纳赫夫人准备入内与她的女性朋友们在这里共度好几个小时的闺蜜时光时，我就赶紧退下了。我当时也配不上如此奢华的东西——哪怕在自己家安装一个土耳其浴室我母亲都觉得不太合适。雷纳赫夫人从新开的内格雷斯科酒店约了一名年轻女性过来提供按摩服务。小型泳池一样的浴池容得下好几个人同时坐在里面，就像置身于拉韦纳圣洗堂，只不过这里的装潢没有任何基督教色彩，映入眼帘的是海豚，是各种虚构的海洋动物与波纹框缘。一切准备就绪后，我会在门上挂一条毛巾，意指"闲人勿扰"。阿道夫是第一个把我推进这个奢靡逸乐之池的人——说起来，锡巴里斯不就是那座以骄奢放逸闻名全球、用独特的浴乐让居民玩物丧志的古希腊城邦吗？[1]

那是一个薄暮时分，所有人都郊游未归，阿道夫与我锻炼了两个小时，之后又游了一小时的泳，他打开浴室的蒸汽，我们就像两位奥林匹克运动员般，一边在巨型澡缸里扑腾一边讲荤段子。定例就这样被确立了：我们说好一周使用一次浴池。戴奥多尔表示赞成，法妮只是笑着叮嘱我们不要碰她的香水软膏，也不要召唤内格雷斯科酒店的按摩女郎。

战后，医生建议我多在水里活动一下筋骨，这样有利于我腿

---

[1] "sybaritique"为形容词，指奢靡逸乐的，词根便是地名 Sybaris，锡巴里斯。

部的恢复。"那伊阿得斯"位于过道尽头，另一端就是我的房间"菲利门"。在我刚开始与阿丽亚娜——这是一个让我心悸的词——的私情时，她每晚都会来见我，我也总能带给她惊喜。这段过往是我对于爱情最瑰丽的回忆。偌大的别墅空荡荡的，她用自己丈夫的钥匙开门入内，不用惊动门卫，她没在我的固定活动区域找到我。我微掩着浴池的门，混合着熏香的蒸汽飘到了屋外。她对这样的邀请心领神会，然后宽衣解带，将凉鞋放在入口的雕塑前，她赤裸着身子，迈过木质门框，向我走来。

直至这一瞬，我才惊觉戴奥多尔想让古希腊风韵得以重现的抱负是如此功德圆满。我面朝她坐在水中，看着她缓缓走下浴池。我点亮的烛光投射在带暗纹的白色大理石上，光影跃动，让她的皮肤变得灼热。她投入我的怀抱，我闭上双眼，感觉到她躺在我身上。我们沉浸在激情里，完全没有去想希腊，我也终于不用再去思考战争。我们至少在炽热的氤氲中待了三小时，执手躺在浴池边，听着水声温柔地为对方按摩身体。那一天，我向她讲述了深埋于心底的经历：我与阿道夫、戴奥多尔那些共同的旅程，我们在希腊最隐秘的圣殿里、在把拜占庭典仪化为不朽的阿索斯圣山上的种种见闻细节。

在浴室最深处，半穹顶的构造散发出了一种奇妙的宗教氛围，仿造威尼斯圣马可大教堂的书简侧与福音侧都配备了铜质皂盒。阿丽亚娜向我提了很多问题，她让我鼓足勇气开口谈及阿道夫——在他殉国后，我几乎没再跟任何人说起过他。这是第一次，在这间我们曾像孩童一样尽情玩乐嬉戏的浴房，我终于重又提起了他。阿丽亚娜与我在这块禁地偷得片刻欢愉，这让她感到心醉神迷，好在我们还有好几天时间可以这样度过。我告诉她：在禁止女性进入的阿索斯圣山上，我们最想念的就是翠鸟别墅中带有鸢尾花香味的浴油。在那儿，我们被当作13世纪的穷人，还接受了旁人施舍的熟豆角与小扁豆。我们被安排与其他三十多位贫民一起睡在寒舍的草垫上。之后，有人叫醒我们催我们一起去聆听冗长的弥撒，尽管我们对那一窍不通。即便我从小就被母亲带去教堂接受熏陶，我也深感迷惘。就这样过了几天后，我们全身都脏兮兮的，浑身沾满污垢浊渍，散发着乳香焚烧后的味道，是那种虔诚至极的东正教老神甫特有的臭味。我们三人在狄奥尼休修道院的拱顶下，连大声说出来的梦话都跟翠鸟别墅的浴池相关。阿道夫的话至今犹在耳边："这里会不会有人替我们安排了格雷斯科酒店的按摩女郎？那帮修道士会让人砍掉我们的脑袋吗？他们说不定也很高兴呢，一帮为老不尊的假正经。"

这趟旅程的目的还是个秘密。我们所有人都跟阿道夫一样，任胡须飞长。在1914年之前，"上流社会的人"留着胡须和八字胡，光秃秃的下巴是仆役的标志——教条的迂回反复使我得以在社会上成长：在接下来的两年里，我也蓄起了胡子，并将其修剪为爱德华七世那种。阿道夫留了八字胡，在他最后一张军装照上就能看到。相对来说，由我去跟那帮修道士以及他们的院长沟通是合适的。我不能告诉任何人，说和我同行的两位是研究古希腊文明的学者，万一我们被当成文物贩子呢。被他人视为奸商，这个想法让戴奥多尔惊惧。阿道夫则看了我一眼，他新长出来的胡须下还露出了一丝微笑。不久前，我已然知晓了这个家庭的不少秘密——乳品店老板娘、公证人、邮差也不算全部说错——我获悉他们曾引发一则和卢浮宫相关的丑闻，但在外人面前我依然表现得似乎"雷纳赫事件"从不存在一样。阿丽亚娜问了我好几个关于那些神秘修道院的问题。她能爱屋及乌这一事实让我惊喜万分。我可以告诉她任何事。我喜欢在她向我提问时望着她。

我很开心能告诉她这段往事，也希望她能通过我的回忆看到阿索斯圣山。当我闭眼躺着跟她说话时，她伸手抚摸我的头发。当年，我们三人抵达那座人迹罕至的半岛实属不易，那里有着二十来座修道院和数不胜数的神庙，更不用说隐士居住的那些无法统计的洞穴，这些场合使得归隐乡野的人生理想代代相继，永世延续。这里不是希腊，也不是奥斯曼帝国，只是一个僧侣聚居的王国，尽管雅典人老是嘲讽说千万不要去此地裸浴。阿丽亚娜听得咯咯笑，想知道更多细节。就我个人而言，我在那里看到的只有圣徒——没有所谓的狂徒去纠缠体格健美的年轻人。他们的外貌很像乔治·梅里爱电影中的巴赫邦弗伊教授，看起来不太好接近，有时甚至带有侵略性，事实上，他们都虔诚地投身于自我的信仰中。在第一次世界大战之前，阿索斯圣山的名气远不能跟如今相提并论，当时俄罗斯或罗马尼亚的山谷中也分布着许多修道院，生活在那里既能亲近自然，又能保留圣人教义。我小时候还住在卡尔热斯时就听人提过这些。所有的东正教神甫都知道，倘若《福音书》里有章节段落没能被信徒记住，圣母玛利亚会专门与他们探讨相关内容，还会亲手画下自己的花园，而在这座"禁止一切女性和雌性生物进入"的圣山，教徒们就像圣母玛利亚时代的人一样，有着绝对纯粹的信仰。这种"针对所有雌性生物"的传统有着让人十分困惑的成因：当地没有能够下蛋或者哺乳的动物，这就迫使神父们只能以菜汤为食，一旦有某只性别不明的蚊子停在锅炉边都能让他们陷入无边的焦虑。刚与人一番云雨后就讲这个实在是有些滑稽。阿丽亚娜感受到了我的倾诉欲，她便不说话，只听我一个人讲。她明白，我要告诉她的话跟我们彼此间的爱抚同等重要。她希望能看到我再次活着回来——为了她活着回来。她的嗓音温柔清澈，能一扫我心中的阴霾，她遣词造句时语义总是那么清楚明晰。在有一点上，她与我完全相反，我情绪激动时说话会语无伦次，而她从来不会。我亦能感知到她对我的爱，同时，共有的朋友群体就像一道遮蔽我们的阴影，倘若我们周遭的环境是如此错综复杂，那么这些偷来的几小时就该以简单直接的方式才不算虚度。我没告诉她自己的现代希腊语一路都在惹人发笑，圣山上那些东正教神甫实在是"欣赏"不了我的阿雅克肖口音。

　　结束了阿索斯圣山之行，一回到萨洛尼卡，我们就迫不及待地奔向公共澡堂，然后让人为我们按摩、熏香，想要逐步返回自己的文明世界。阿道夫不停问我是否还能闻到身上的臭味，还盘算着既然戴奥多尔要外出参观犹太教堂与旧时公墓，并考察晚期罗马帝国时代的大门和大教堂，我俩可以趁此良机在夜间去"能把人教坏的地方"逛一逛。萨洛尼卡的犹太人社群扬名海外，"雷纳赫先生"的名望也定会让他本人受到盛情接待。他专门把我叫到一旁叮嘱道："我们在城里拜访时千万要注意，我并不想让阿道夫对晚期罗马帝国萌发兴趣，他错过这个最好！皇帝伽列里乌斯的弓或许会产生致命的吸引力。"显然，我兢兢业业地遵从了他的建议，阿道夫与我对罗马帝国或犹太教的好奇心没能维持超过一个小时。此外，若说到跟古代文明相关的东西，有一件事已经将我们的脑海填得满满当当：在刚刚过去的那几天里，我们在阿索斯圣山上一家修道院里的见闻让我们倍感自豪同时又十分惶恐，以至于我们只敢私底下谈论而没有外传。就在那一天，我告诉了阿丽亚娜这个最大的秘密，这是一个戴奥多尔从未向我揭示过谜底、阿道夫也守口如瓶将其带去了另一个世界的秘密。

　　我负责此次圣山之行的组织工作：想要真正进入阿索斯山内部，需要拿到一张"入境许可"，这相当于一种教会护照，由三位东正教修道院秘书签字。我给卡尔热斯的东正教大主教写了一封言辞恳切的信——因为我并不太信任尼斯的俄式教堂里那帮经常出入上流社会场合的神职人员——很快，我们就收到了他用鹅毛笔写的回信，信中说他托人为我们准备了三张通行证，先寄放在查尔西迪克海岸一个名叫乌拉诺波利（意为"天堂之门"）的村庄等着我们。圣山半岛的陆上边界是用墙围起来的，外人需坐船才能抵达。我们从马赛出发开始了旅程。

马其顿境内战火四起。我们一到比雷埃夫斯，就发现当地人处于骚乱中。我担心无法前往阿索斯圣山，便买了一份当地报纸并大声翻译朗读出来：希腊军队准备对尚处于土耳其控制下的北方省份发起进攻。保加利亚、希腊、塞尔维亚都决定消灭"欧洲部分的土耳其"并对其进行瓜分。同样信仰东正教的沙俄予以希腊支持，因而后者急于收复北部的马其顿地区。民众发起暴动以声援士兵。本已开始展示军备以表挑衅的土耳其竟出人意料地撤军了。希腊不用点燃巴尔干半岛的火药桶就以任何人未曾料想的方式云淡风轻地结束了一场征战——阿道夫变化嗓音模仿他父亲胖胖的约瑟夫说话："列强们坐在巴尔干最可怕的火药桶上，就如一帮正在抽小雪茄烟的学生仔。"

我没有反应过来，这是我第一次模仿阿道夫。阿丽亚娜噗嗤一声笑出来。她忘了，他再也不会出现在这里了。我把她搂入怀中，继续诉说往事，但不禁游到铜质出水口的下方，她没有看到我在流泪。我花了好一会儿来平复情绪，而后才能再度开口。我把她的双手紧紧地握在自己手中。

第二次到访希腊的首日，我们登上了雅典卫城。梦想终于成真。我渴望能一览全貌，我甚至想要拥抱过往的行人。我对它曾是如此日思夜想。遗址周围挤满了现代建筑群与历代废墟。第一眼望去，我是失望的。阿道夫想要清理这些石块并对它们进行修复和重建。戴奥多尔站在卫城的东北角，若干年后，同样在这个位置，两名希腊青年降下纳粹旗帜并将其撕碎——我从报纸上剪下这张新闻配图，并一直珍藏。戴奥多尔开口诵读了一段夏多布里昂的文章，那是 10 岁那年，他父亲让他牢牢记在心间的语段："我站在雅典卫城高处俯瞰，曙光从伊梅特峰的山头之间显现：鸦群在城楼周围筑巢，却从未飞过楼顶，它们在我们头顶翱翔：黑亮的羽翼被晨曦染上粉色光晕；一缕缕柔和青烟从伊梅特峰坡面的阴影处升空。雅典城、卫城遗迹与帕特农神庙的废墟都被镀上了一层粉面桃花。"

我誊抄着这段动人的"听写"，不禁想到了室内装饰名师艾尔西·德·沃尔夫，她看到帕特农神庙后发出尖叫："啊！这是我梦想的米色！"她没有引用夏多布里昂，但表现得与戴奥多尔一样疯狂。当时我并没有这种认知，只觉得他令人钦佩，我的内心充满感激与自豪。我画过不少女像柱与修建于 19 世纪的别墅——它们有着棕叶饰和各类古代饰品，屋顶上还立着狮身人面像；戴奥多尔拒绝赋予翠鸟别墅的是在电影行业被沿用至今的"纸糊材

料"。我们在雅典的第一晚，天空中升腾起了绚丽的焰火。阿道夫
对他的叔叔说他一直以来都把事情做得太好，其实大可不必。雅
典在欢庆对土耳其的胜利。翌日，我们坐上一辆四轮马车开始了
接下来的行程，路上既没有戴着卷毛羔皮帽的士兵——博利厄的
东正教信徒十分艳羡这种皮帽——也没有身穿类似苏珊·朗格伦
那种白色褶皱网球裙的宪兵。所有人都汇集在一起，确保能重新
接管自己的村庄，我们被欢庆胜利的人流推着一路向前。留待知
晓的是阿索斯山上那些修道院即将面临什么？奥斯曼土耳其人尊
重东正教信仰与半岛自治，可效忠于希腊国王的士兵们又会做些
什么呢？

　　好几年来，阿道夫以法国雅典学院为居住地，常常一个人旅
行。我已经很久没见过他了。翠鸟别墅对他来说更像是大后方或
工作基地。他给我寄来他写好的首批文章，不久后，他就开始了
高产写作——看来他继承了家族的书写癖——因为他的产量过高
产出太快，以至于他只能选择性地挑出一些文章寄给我。阿道夫
收集了各种学术期刊上对他作品的短评，那些废话连起来都能凑
成一两本非专业评论的书籍了，他一概视而不见。想来，我能给
他的反馈就属于后者，我相信他看到我的观点后也会付之一笑。
戴奥多尔告诉我，所罗门也曾是法国雅典学院的研究生。阿道夫
刚刚回到学院没多久便再度自行离开，借此逃避学校纪律和导师
们的建议——大家都知道他家境优渥但在学院不太受器重，他并

未申请准假就外出旅行，当然费用都是自己承担。雅典学院是独一无二的，阿丽亚娜曾和蓬特雷莫利的团队成员一起去过那里。"团队成员"，她用了这么一个简短的代指，避免提到格雷古瓦的名字。她画过一张美丽的图纸：图书馆坐落在花园中。雅典学院的人曾兴致勃勃地计划在德尔斐开展"伟大发掘"以找到阿波罗神庙遗址。但要实施这项工程，就必须在当地搬迁整整一座村庄，议会为此在巴黎投票通过了一笔额外的拨款预算——今天的人们能想象出这样的奇闻吗？一起通过的还有一项和希腊政府达成的商业协定，其中有一条规定法国每年能从当地进口我也不知道具体多少吨的葡萄。要是我母亲知道为什么要进口这么多葡萄就好了，那个时候的各种食谱，下至粗面粉、饭后小甜食，上至布列塔尼葡萄干蛋糕，真需要这么大数量的葡萄吗？若是这些进口葡萄还有剩余，倒可让所有法国小孩都来细细品尝，如此虔诚，说不定真能让德尔斐那座全世界最美的神庙重见天日，也可成就我们法兰西民族的又一桩功德。豪华私宅里，橄榄蛋糕开始流行。这一时期，德国人在奥林匹亚展开了考古工作。所有人谈起"法国雅典学院"时都充满了无限敬意。

若干年前，我回博利厄度假，想让我的孩子们看一看翠鸟别墅的花园。当我说出雷纳赫这个姓氏时，门卫为我们打开了大门。他带着我们去看博利厄教堂中的逝者纪念碑，我在碑文上依次找到了所有故人的名字，除了他，我可怜的阿道夫。大理石上雕刻着"上帝"与"祖国"，好像它有别于其他纪念碑，悲悯这些逝者的不是同一个祖国或同一位上帝似的。然而，阿道夫的名字被镌刻在雅典学院的入口处。我还去看了看镇里的图书馆：那里从不关门。一帮年轻的工人正在那昼夜赶工新的碑文。

在外出游历期间，阿道夫给他的父亲写了很多封寄自埃及的书信，他在信中讲述了自己的使命，也说到了其他一些研究，其中有几项是私密的，父子两人都有意愿将其进行下去。在他那本关于古代绘画的书里，他分析了在法尤姆地区出土的画像，还继续整理汇集他人可能会参考到的古代作者谈及绘画艺术的评论，甚至是清漆制法的引文。阿道夫的绝妙想法，不逊于他父亲的种种亮点或是他叔叔们各自的研究，他认为想要真正理解古希腊文化，就该去实地考察。他在亚历山大港、在开罗开启了自己的探索和寻访，而这些考古活动原本应该绵延他的一生。

图书馆管理员递给我一箱档案，封面上写着"阿道夫·约瑟夫·雷纳赫的相关资料"。我当时没时间将里面的所有东西逐一查看，便想抄录一些带走。我正飞快抄写出现在我眼前的第一页，突然意识到我或许该把剩余部分全都记下来："萨索斯岛。1911年5月21日。早上乘船抵达塔索布拉岛。这是一个呈三角形分布、岩石交错的岛屿：低矮的荆棘群被上方的橄榄树遮蔽，更多的是野生无花果树。岛上有许多鸟群和野兔。我们将去打猎，这里还流传着一些关于珍宝的传说，许多人纷至沓来寻宝。在近岸的海湾深处，有一股温热的水源涌出。一座正门只朝海洋方向开启的宅邸保护着这股水源，此前它曾是萨索斯岛某任总督所建的疗养屋……"

在他的书信里——这些信件如今又在何方呢？纳粹当年把翠鸟别墅洗劫一空——他专门提到了一件事，这件事是他与戴奥多尔之间心照不宣的秘密，一直到我们当年乘坐四轮马车从雅典去往萨洛尼卡，戴奥多尔才在路途中向我揭示了部分内情。这个秘密关乎我们这趟不带女眷的旅行究竟有何真正目的。这天早上，在翠鸟别墅的浴池里，我终于开口讲给了阿丽亚娜听，但她听后半信半疑。

戴奥多尔送阿道夫去埃及的真实意图是让他去实现整个雷纳赫家族的梦想。阿道夫将着手进行一项重大计划，一旦大功告成，就会让海因里希·施里曼在特洛伊与迈锡尼那举世震惊的考古成果黯然失色，也会明明白白告诉世人和后人法兰西智慧的伟大以及雷纳赫家族对考古界做出的不容忽视的贡献。他的壮志不在于探寻《荷马史诗》中的古代城邦或是为卢浮宫导游口中"米洛斯的维纳斯"找到残缺的双臂——事实上，根据所罗门的研究，这座雕像是海洋女仙安菲特里忒的可能性更大。阿道夫·雷纳赫去埃及找寻的文物，其价值胜过《伊利亚特》的历史遗迹或阿伽门农的奇珍异宝，超过克里特岛的神秘迷宫或德尔斐的古朴神庙，甚至强于柏拉图描述过的亚特兰蒂斯的真正遗址。他想要找到亚历山大大帝的陵墓。

　　我打心底喜欢这个家族具有的将严谨治学与不管不顾相混合的做派，在"一座正门只朝海洋方向开启的宅邸"里，他们对于最荒诞的计划充满了毫无保留的热忱。当我看到埃菲尔先生挥动着气象抄录表乐不可支地吼叫，或是拿起他为了交趾支那所绘的崭新高架桥的图纸，我就觉得他在这一点上与雷纳赫一家很像。在这些大人物身上，永远保留有一份不被岁月改变的童真，我想，也正因如此，他们乐于与我聊天交谈：我当时还是个孩子，我也希望，就算年满70，我也永远都是个孩子。我是孩子，也是伤兵，而她，我亲爱的阿丽亚娜，是躺在我怀中的孩子。翠鸟别墅是属于我们俩的玩具。

　　浴室深处的帘子后有一件女佣忘了收走的亚麻浴衣，阿丽亚娜拿来披在身上，随即坐在浴池后面小祭坛的金色微光中听我说话，她看起来就像一座精致细腻的雕像。我刚才又跳入池中沐浴，现在也痴痴地看着她，并重新开始讲述。从古至今，没有任何人知道亚历山大大帝的墓葬究竟在何处，更不知他的陵墓是何样——但是，阿道夫兴奋地说，古希腊最伟大的艺术家阿佩莱斯是这位世界雄主钦定的画师，但他的画作几乎没有一幅得以传世，那只有一种可能：它们都在亚历山大大帝的墓穴中。阿佩莱斯曾为这位征服者的宠姬坎帕斯普画肖像图，结果阴差阳错地爱上了眼前的丽人。亚历山大大帝对画像十分满意，因而便将这位年轻的美人送给画师以表答谢，此举虽是君子成人之美，却也让人对伟人的品性偶有抱怨。阿道夫在记录这则逸事的书页空白处写道："坎帕斯普裸露玉体在当时并不值得大惊小怪。亚历山大大帝的廷臣阿那克萨尔柯也曾让一位美人一丝不挂地服侍他。"他还标记了后面的某处段落，是老普林尼的评述："亚历山大大帝虽不懂绘画，但却热衷于谈论自己的见解，阿佩莱斯想委婉地提示他最好闭口不言，便告知这位雄主他的言论引得研磨颜料的年轻侍从哈哈大笑。"

一代征服者最终在巴比伦溘然长逝。浩浩荡荡的丧葬队伍将他的灵柩运至地中海附近。手下大将们纷纷抢夺亚历山大大帝的遗体，他们后续发起的继承者战争使得帝国土崩瓦解。这些将领们秘密处理了雄主的身后事，也使得他的墓葬处成了永远的谜：有的人以为他被送回马其顿的佩拉，归葬在自己的父亲和祖辈们身边，有的人相信他被葬在了雅典或德尔斐，还有人声称他被放入了一座巨型雕刻石棺——就像戴奥多尔在新开的伊斯坦布尔考古博物馆中见过的那种。当然，亚历山大大帝真正的长眠之处更有可能在埃及，或许就紧邻希罗埃绿洲，阿蒙元神的传谕者曾在这里与这位征服者交谈，并告诉他，今后他也将走上神坛。

在考古学界，找到亚历山大大帝的墓葬是圣杯一样的存在。然而，或许正因为它是圣杯，我亲爱的阿道夫未能找到，至少没有在埃及找到。他在来信里谈及此事的频率越来越低，细说颜料与画笔的时候却越来越多。他也不再抱有幻想。阿道夫是个治学严谨且极有条理的人，虽然这未必是最好的做法。戴奥多尔却一直心怀希望，他十分焦急，躁动不安，哪怕他人不在埃及，也没有放弃寻找。他认为在文献资料里找答案与在沙漠里实地找答案，其成功的概率都是一样的。他拥有德国人绘制的最新版地图，摊开放在他房间的办公桌上，他就在这里参与阿道夫的探索之旅。

秋日的某个傍晚，他成功了。在位于二楼的浴室，戴奥多尔突然发出一声吼叫然后大喊我的名字，他急匆匆地从古罗马风格的大理石雕刻水池里起身往外冲，说到此，我母亲一直认为这个水池的造型很像她从前在我奶奶家见过的船形调味汁杯。我在主卧旁边的画廊找到了戴奥多尔，他正在放置浴巾，我赶紧跑过去。他站起来，身上满是泡沫，一件衣服都没来得及穿，还把红色与赭石色的颜料溅得到处都是，他一边狂笑一边用拉丁语欢呼："Proh ! Pudor !"随即又换成希腊语——"Eurêka !"——喊完之后，他重又回到浴室里，嘴上继续喋喋不休："我知道它在哪里了。亚历山大大帝的陵墓。我们马上出发，不用告知任何人，更不要声张我们的目的地。你猜谁给了我答案，那可是个天才！他也会跟我们一起去，他说他的身体吃得消。"

"他是谁？我们要去哪里呢？重回希腊吗？"

"这位无所不知的人就是我们的摩登邻居，你的好友埃菲尔先生。"

"可他已经 80 岁了！"

"他是不折不扣的天才。"

"以希腊的路况，他可能会撑不住……"

"这是他的主意，是他找到的答案。就像一束光突然投射在他那座铁塔顶端的避雷针上。"

"他不该跟我们一起去。这实在是过于疯狂了。"

"之前某天他抽着雪茄告诉我古希腊人很可能把亚历山大大帝葬在了一座高山的顶端。"

"奥林匹斯山？这不可能，这是属于诸神的山。"

"还有一座山位于他的故乡马其顿，也是他父亲腓力二世和所有祖辈们的王国。阿索斯山，阿喀琉斯，你知道吗？"

这就是为什么我们要从乌拉诺波利乘坐一艘小舟来到卡里耶斯，那里有适合骡子前行的路，还有许多小船，能把我们带往圣山上的修道院。幸运的是，埃菲尔老爹听从了我的建议，没有随行；否则，他真有可能死在路上。戴奥多尔对于在烈日下赶路有些许不适。阿道夫不太清楚我们的寻觅究竟要从哪里开始。他让我去向站在港口的一位修道士打听，问问他阿索斯圣山上是否有某处可以供人致敬圣西索斯的地方——题外话，那位修道士长得特别像我最讨厌的某位尼斯东正教神甫。阿道夫这是在想啥呢？那位年迈的修道士听到我的问题后思索了一下，然后回答"狄奥尼休修道院"。目的地瞬间就变得明晰，我们坐上一种三桅小帆船立即前往。岸上其他修道士则处于躁动中：我们这只小舟上有一些报纸刊物，有人拿起来大声宣读。船上有两位希腊宪兵，他们在跟卡里耶斯当地政府的人讲话，说马上会有一整个兵团前来确保阿索斯山今后的自由。阿道夫向我们解释时局：土耳其人其实并不会打扰这些修道士，希腊军队才让他们感到害怕。圣山上的二十座修道院就像东正教的隐秘梵蒂冈。俄国和保加利亚都打着保护这些东正教神甫的名义想对他们实施管控。他们煽动了不少神学论战以割裂这二十个群体——这一年，辩论的主题关乎于上帝的名字，他的名字是神授的吗？是？不是？所有人都被搞得晕头转向。保加利亚的支持者忙于驱逐俄国的拥趸，然而谁都未曾料到，这个时候他们迎来的却是希腊政府派来的军队。我们都以为当前局势下无法开船，也估计我们已经搭上的这艘船会遭到希腊军队的拦截，这艘船上有修道士们的私密供给物，当然了，它们被伪装成若干箱新鲜鸡蛋。好在雷纳赫叔侄都有各自的撒手锏：阿道夫用一口还不错的现代希腊语向我们的新朋友，一位主动提出陪同我们的神甫，诉说他对古埃及隐士圣西索斯的极度虔诚；戴奥多尔则给了船夫一沓钞票。那一刻，我感到自己置身于儒勒·凡尔纳笔下的奇幻世界中，眼前站着的是哈特拉斯船长与巴比康主席[1]。

---

[1] 见凡尔纳的《哈特拉斯船长历险记》中的哈特拉斯船长，以及《从地球到月球》中的巴比康主席。

当天晚上，就在这座无比神圣同时又十分肮脏的狄奥尼休修道院里，在办完登记手续、喝了些茴香酒、欣赏了一组壁画后，我们三人便被安置在一间较大的宿舍里。修道院高悬于大海之上，像古斯塔夫·多雷画作中一座奇异的城堡，它由大块巨石建成，楼层堆叠，似乎随时都要跌落至峭壁中，用钉子固定的木门犹如四百年来没换过一样。阿丽亚娜听到此处，闭上了眼睛。

在我的后半生中，我总能回想起初到修道院第一天时内心的宁和。这里的自然风光从中世纪起便未曾改变，无论是现代化的公路、来自美洲的种植园，还是工业化的大兴土木，都从未出现在这座圣山。阿丽亚娜饶有兴致地听着，她喜欢我。在亚历山大大帝去世之后，曾有人考虑过要把这座圣山改造成这位征服者的巨型卧像。这是否能证明阿索斯山就是他陵墓的所在地呢？此前没有任何人曾来此处找寻，这是最匪夷所思的。这片区域呈三叉戟形状，逐渐隐没在大海深处的第三个尖角便是查尔西迪克半岛，它很早就成了部分修道士的陆上天堂，他们归隐在此，修建了不少古埃及形制的修道院。这里曾独立于俗世之外，我们历尽波折终于抵达圣山。

午夜，我听到了一阵沉闷的声响：这是在提示修道士们去参加宗教仪式。我感到自己就如12岁那年一样反感这类活动。这依然是我的噩梦：好几年后，隔着如此遥远的距离，我还要遭受孩提时就无法容忍的弥撒带给我的煎熬。我们三人都起身同去，并待在黑暗中张望。当身穿白衣的修道院院长手持神杖入内时,我感到四周的壁画在跳动的烛光照耀下似在摇摆,浓烈的焚香味道扑面而来,我差点晕了过去。其实我明白,这就像曾经的拜占庭统治者或古罗马皇帝,需要在臣服者眼前现身。阿道夫开口说德尔斐的某些宗教典仪与埃莱夫西纳的秘密祭礼传到了罗马,当地人在帕拉蒂尼山深处举行类似仪式,因此,这种仪式历经拜占庭帝国的覆灭最终得以保留下来——在君士坦丁堡遭到洗劫后,口头流传的神圣教义、圣遗物、圣像以及亘古不变的虔诚信仰,在这座石块堆砌的修道院里逐一汇集,远离凡世,面朝大海,仅仅只为我们而重现。

修道士们在教堂里祷告,我发现他们模样丑陋、仪态佝偻、体型肥胖,其中一些人还目露凶光,阿道夫让我不要想太多。教堂旁边,有一间壁画大厅面朝着铺满鹅卵石的中庭。阿道夫与我进去仔细观赏,一幅接着一幅,我们发现从某个角度看过去,其中一幅画上有一位胡须很长的隐士正俯身去看一具从坟墓中走出来的骷髅架。在他面前,还有一顶金冠。这是一位国王的墓地。旁边写着两人的名字。隐士名叫"西索斯",骷髅架则为"亚历山德罗斯"。

或许在靠近希罗埃绿洲的地方,当年那些参与修筑宗教建筑——譬如法国多个考古代表团想在埃及搜寻发掘的鲍乌伊特隐修院——的隐士中的确有那么一位曾偶然发现了征服者的墓地。

甚至不止于此：他对其进行了挖掘。尽管我的兄弟们，至少远房表兄们，都信仰东正教，但我还是要说，这些胆大包天的教徒竟敢糟蹋圣物，敢亵渎一代雄主的长眠之处。童年时的憎恶之情重新显现在我的脑海。阿道夫说我的反应过激了，古埃及的隐士不应当为尼斯那帮神甫的恶行埋单。我坚称那帮人就是一伙强盗、一群窃贼、一窝坏蛋。

因着那幅壁画，我们猜想亚历山大大帝的遗体被送至阿索斯山，整整一夜我们都思考着这种可能性。两小时后，相同的木鼓声再度吵醒我们，这意味着新一场弥撒又要开始了。阿道夫后悔自己没带上伏尔泰的书，一直在低声抱怨，但还是劝我们都下楼去看看：这场弥撒要举行对圣遗物的尊崇仪式。狄奥尼休修道院引以为豪的圣遗物都被放置在一个银箱里，其中最圣洁的部分来自圣母玛利亚。在三王来朝，探望了圣母子之后，深谋远虑又谨慎周密的上帝之母便小心保存了三王赠送的黄金、乳香和没药，"三王赠礼"如今便在这座修道院里，因为圣母决定在阿索斯山度过余生时就随身携带着当年这份礼物。我们得到允许一睹圣遗物真容——它也是史上首份圣诞礼物，修道院院长的一位助手念念有词地为我们进行展示，"三王赠礼"就静静地躺在教堂正中的小桌上。

就在此时，突然响起巨大的喧闹声：希腊警察走入了院内。所有修道士都冲了出去，唯余我们三人留守教堂。

　　我做出了一个疯狂之举。我打开了盛放圣遗物的箱子，不是为了偷窃，仅仅只是为了看一眼里面的珍宝。阿道夫拿起正中间的圣物，一顶金冠。他说："这来自古代，是真的！"我们弯腰凑向金冠上雕镂的精巧橄榄叶，看到王冠内侧刻有一个清晰可见的名字——亚历山德罗斯。

　　希腊大兵走进教堂，我们向他出示护照，并解释我们来自友邦。他对我们很客气，但同天晚上，我们就被军方的一名哨兵重新带回了乌拉诺波利。

　　我踟蹰了好一会儿才鼓足勇气敞开自己的大衣，向恍惚又惊惧的两位同伴告知实情：我把亚历山大大帝随葬的金冠藏在衣服里偷带出来了。我蔑视这帮修道士，他们私藏这件绝世至宝以诳时惑众，那我替天行道，十分公允。我打劫东正教徒，为童年时被母亲强行拉去参加弥撒的痛苦经历报了一箭之仇，我感到心满意足。

　　我们拿着这顶自己都感到惊愕的金冠，想推测出陵墓的位置，或许它就在那幅壁画前我们所站位置的地底下。我们应该设法返回修道院。这天夜里，我梦到阿索斯山的地图与群蚁海角的地图重叠在一起：两者的外形看着几乎一样。金冠被放在戴奥多尔行李箱的一叠衬衫下面，海关工作人员没有开箱检查，我们顺利地办妥了登船手续。

　　这次冒险之旅让阿丽亚娜听入了迷，我感到她沉醉得睁大了眼睛。我不禁思索若她决意离开格雷古瓦会掀起什么风浪。她从未与我一起生活过。那一天，我对自己说："为什么不可以呢？这会是一段新的人生旅程。"

戴奥多尔和我让阿道夫先回雅典去见一见他的老师们，毕竟他们又开始抱怨很久没看到他了。

在开往马赛的船上，戴奥多尔一直把自己关在船舱里。我好奇他究竟在想什么。我再也没见过那顶金冠。然而，它归于我，也属于我。是我找到了它，发现了它，也是我带走了它。

在"那伊阿得斯"里，我的水泽神女阿丽亚娜为我的故事热烈鼓掌，随即，她脱下浴衣回到水中重投我的怀抱，她与我拥吻，用她的双手比成王冠造型戴在我头上，然后睁开她那双大眼睛含情脉脉地望着我。她告诉我，我永远是她的英雄，她的阿喀琉斯，我属于她，我只属于她一人。

18. 书房

"孩子们，不要打扰父亲，你们晚一点再去书房。如果你们想和阿喀琉斯一起游泳，那就去吧。"每天上午，早早起床的戴奥多尔会在桌上摊开版画津津有味地看一会儿，然后面向大海开始写作，而美丽的太太法妮会确保丈夫不受打扰。阅读架上，文献或书籍被摊开摆放，此外，来自那不勒斯博物馆的希腊花瓶与收录有帕特农神庙各类雕塑的英文目录都被放置在架上。书房就像迷宫里最错综复杂的房间，走出去不是那么容易的一件事儿。

我看着这栋房子从建造完工到精雕细琢再到装点一新，大家总是告诉我可以随意出入，然而我在里面却感觉局促不安。所有房间都有自己的名字，有些镶嵌在门框上的希腊语是为了向神话人物致敬或说明房间的功能：在这里，"书房"一词并没有特殊的含义，希腊语的使用或许只是为了证明我们曾经是古希腊人。我花了很长时间才明白这个简单的道理。在这个房间里，我要花上数小时苦思冥想，潜心学习。这太复杂了。我当时常想："这样一种语言已经消亡了，真让人感到惊讶……"经过一个星期苦闷的练习之后，戴奥多尔告诉我："你看，你已经入门了……"今天，我差点没敢进去。一进入书房，我就立马冲到窗户边欣赏风景。

我几乎是一路狂奔，虽然不应该这样。我瘫倒在一把椅子上。我的骨头已经散架，再也受不了了。我一直隐藏着这份心绪，但现在再也无法掩饰了。就好像在海里游了三回，已经无法继续向前。我现在恰如一只古董：手脚全无，面如土色，跟油画一样可以被放到博物馆展览。有好长一段时间我毫无读书的兴致。我缓缓呼吸，慢慢恢复过来，环顾四周。我闭上眼睛，直到快进入梦乡时又重新睁开双眼。我从包里拿出放在相机旁边的《巴黎竞赛画报》，这本杂志上有王室婚礼的报道。我呆滞地翻阅了一会儿，然后睡着了。我一直随身带着这张奇怪的匿名明信片，是它促使我回到了翠鸟别墅。这个风格独特的王冠是在暗指亚历山大大帝那顶金冠吗？抑或它仅仅是冠军的桂冠，就像在奥运会上一样？今年在墨尔本举行的奥运会会徽跟这个看起来有点像……我告诉自己，可能是雷纳赫的哪个孙儿，或者是乳品店老板娘的哪个侄女，又或者是糕点店老板娘的女儿想跟我开个玩笑。她们都是我小时候的好朋友，那会儿老嘲笑我神情庄重，也许现在她们想让我继续前行，又或者想要再次相见。我要去海边吃晚餐，坐在显眼的地方，万一有人过来跟我说话呢……到时我会把明信片摆在面前。

　　我想用摄像机拍几张照片，却没这么做。有什么意义呢？我所做的只是推开浴室的门看了看。我想拍视频，记录下八角形的浴池和小穹顶，却始终无法鼓起勇气。

　　法妮·雷纳赫不怎么来书房，她自己的书放在她房间的大箱子里。她特别喜欢戏剧，正是她让我迷上了罗斯丹。她喜欢大声朗读，对她来说，诗歌恰如音乐一般美妙动人。在她看来，托马斯·高乃伊的戏剧比他哥哥皮埃尔的戏剧精彩多了——她是想拐着弯地表示"大高乃伊"并不是最伟大的，而"伟大的雷纳赫"也不是指约瑟夫。她曾经逗她丈夫，问他如果还有一个戴奥多尔·高乃伊，那高乃伊兄弟仨会发生什么呢。她珍藏着18世纪的精装版书籍，其中有一本就是她挚爱的托马斯所著的悲剧《阿丽亚娜》，这部剧的情节发生在纳克索斯岛，忒修斯正是在这里抛弃了阿丽亚娜。我从这部剧中学了大段台词，想与阿丽亚娜在花园里表演，却从未如愿过——因为没有人能像法妮一样喜欢小高乃伊。她甚至声称莫里哀的所有作品其实是小高乃伊写的："文学也有仿制品和才华横溢的造假者，真该有本书把那些著名作品的真正作者披露出来。雷纳赫一家对此深信不疑，但他们缺乏条理。我比较倒霉，我丈夫自己写书，自己盖房，打造自己的产物……"

　　1913年年初，我们从阿索斯回来时，戴奥多尔说正准备把我们这一重大发现写下来。他还打算在1914年年底出版，当然后来就不了了之了。病中的法妮来阳光明媚的博利厄休养了数周，三年后与世长辞，自此之后，戴奥多尔一直沉静在悲恸中。后来他再也没有提到圣西索斯那幅壁画，因为上面有一座打开的墓穴。有一天晚上，阿道夫在我们扎营的地方对我说："我们的王冠是戴奥多尔叔叔拿走的！他没有还给我们，我后来再也没有见到王冠。我只知道他藏在了翠鸟别墅里。以后人们庆祝战争胜利时王冠会重新出现在卢浮宫，你看吧，这是他策划的一场黄金般的复仇，用以回击他曾遭受的诽谤与构陷……"不到十天后，阿道夫殉国。

我不知道戴奥多尔是怎么处理亚历山大大帝那顶王冠的。我想王冠还在这里，藏匿在这些高墙之中。为何戴奥多尔从未将这个消息公开？他是有所怀疑吗？他是否在阿索斯圣山上悄悄展开过调查，从而让新一代的西索斯隐士将国王的遗体从地下挖了出来？也许他曾想，这本书应该由阿道夫来写……我甚至还设想，他在法妮落葬之前曾把这顶神圣的王冠戴在了妻子头上。

戴奥多尔其实是一个喜欢离群索居的人，但他强迫自己与别人打交道，并参与法妮与她朋友们的交谈，以维持自己的社会地位。他还比任何人都知道如何保持安静。如果他能够静静地工作而不被打扰，他将别无所求。他不在乎现实生活——除了有那么一天，他想要一栋独一无二的别墅，这样他的家人也许可以看到他一直以来所生活的真实世界是什么样子。他得想好房子里的一砖一瓦、房间布局乃至寝具和餐盘，他脑海里设想的整个天地能供自己的妻子和孩子跟他一样生活起居，或者至少有助于他们进一步了解他。这栋房子让他很开心，同时也发挥着这样的作用：他脑海中想象的楼梯、镶嵌着地砖的房间、彩饰的画廊以及巨大的书房都因这栋别墅变得真实可触。

　　如果说他尽力当好一家之主，待客周到，那当然也是因为他本性善良。他说专注是最大的优点，这也许也是他发明的对抗生活的疗愈之道。很久之后，在距离翠鸟别墅很远的地方，当我看到自己的孩子在学校"表现良好"，我再回想他所说的这一点才真正明白。像我这样只有通过勤劳刻苦才能稍微取得好名次的愚钝之徒，当时是没法立即明白这些道理的。我并非品行恶劣或资质平庸，但在学校确实泯然众人。化学课我每次都出错，拉丁语让我很快退避三舍，英语呢，对于一个科西嘉人来说总是无法言之于口，至于数学，我压根不明白那些关于水龙头放水的问题跟数学有何关联。班上的前几名常常形单影只，这我们都知道，大家都不喜欢他们，故意把他们晾在角落，他们会让其他人感觉不舒服。戴奥多尔曾在全国名列前茅，他就读的每所学校都给他颁发奖学金、金奖以及上面系着绶带的一大堆红色荣誉证书。对他来说，这些荣誉已经司空见惯：17 岁那年，戴奥多尔成为有史以来在高中生"总决选"中获奖最多的人，这让所有人都目瞪口呆。如果说他的理想跟孔多塞一样，希望有一天成为亨利四世或路易大帝那样的拉丁语翘楚，那他就得大失所望了。他是一种另类的存在，就像一只白鸭，或者更糟糕的是一只蓝鸭或黄鸭身处一群天鹅中间，始终被当成一只怪物。他得付出十分的努力才能拥有另一种生活而不仅仅是家庭生活，才能结交其他朋友而不仅仅是自己的手足兄弟，才能去爱，去生活，虽然早就知道并没有多少人可以交谈，但仍然要投身其中。盖房子将是一个不错的聊天话题。

这场比赛从路易十五时期就一直存在，维克多·雨果曾因此获奖——他涉足了一个似乎难以企及的物理学"露水理论"——波德莱尔、埃瓦里斯特·伽罗瓦，以及在此之前的拉瓦锡耶尔、罗伯斯庇尔、图尔戈特、卡洛纳和兰波，他们都是好学优异的学生。在第一年的修辞课上，戴奥多尔赢得了法语演讲、拉丁诗一等奖——波德莱尔仅获得了二等奖，此外，拉丁文翻译练习、希腊文翻译练习、地理、英语他都斩获魁首，拉丁语演讲和几何学他获得了二等奖，历史课仅得了一个奖状，这令他有点羞愧难当。第二年，他在哲学课上获得了法语论文的一等奖——他后来总说这是重量级的考试，只有米什莱那样的人才能获得这个奖项，化学和英语的一等奖也由他包揽，拉丁语论文、历史和数学的二等奖更是不在话下。他打败了所罗门，所罗门拿的奖显然没这么多。

每当戴奥多尔在家里讲到此事，就让他的孩子们尤其难以忍受。他说："我的儿子们是全法国最优秀的高中生。"说这句话时会故意把"全"发得很重。如今总决选仍在举办：我曾剪下了报纸上的一张照片，上面有一个站在厨房里的女孩儿，这个女孩儿获得了拉丁文和希腊文的所有奖项，由此成为第一位获此殊荣的女性。我敢肯定雷纳赫夫妇会喜欢这个女孩儿，因为他们一直怀念自己的妹妹！如果能见到这个创造历史的小姑娘，他们夫妻俩肯定会在她的头发上扎起漂亮的丝带。

戴奥多尔很喜欢他的朋友埃菲尔和福莱：他认为前者是唯一一个从小就在笔记本空白处画桥梁的神童，后者是有着超乎寻常的鉴赏力和记忆力的音乐学院天才，同时还有许多其他人没有的想法，他甚至能很快明白为了生存，自己得学会保持缄默。

在曦光中——根据罗马建筑师维杜威的建议，需要将书房面向朝阳的方向——我们可以在墙上看到他儿时仅有的几个朋友的名字，看起来既美丽又悲伤：欧里庇得斯、亚里士多德、阿奇洛奇、萨福、品达、埃斯库洛斯、索福喀丽、希罗多德、荷马、赫西奥德、修昔底德、柏拉图、德摩斯梯尼、梅南德、阿基米德。对于戴奥多尔来说，每次瞥到这些名字，幸福而孤独的时光便浮现在眼前。墙上高悬的铭文吐露他的心声："在这里，我与演讲者、学者和诗人一起，在美妙永恒的沉思中构筑了一个恬静之所。"这里没有原版和珍稀版书籍，有的只是与工作相关的作品，但这些厚厚的插画卷册就已经价值不菲了。

在这个房间里，他把他刚刚收到的词典首份样本送给了我，他与这本词典的作者阿纳托尔·拜利略有来往，后者是奥尔良高中一位非常谦逊博学的老师，同时也是法兰西铭文与美文学院的通信会员——在我看来，这种细致的职位划分快赶得上中国皇帝的朝堂了。我也没想到在现实生活中真有人认识词典作者。他告诉我，既然我不会说德语也不会说英语，那这本厚厚的词典对我来说非常实用，它本身也十分出色——即使他发现了一些疏漏之处。阿道夫曾用利德尔－斯科特和威廉·帕佩编写的字典学习希腊语。雷纳赫先生坚信英语和德语很快就会彻底被取代。

我被彻底欺骗了。如果一个人很富有，那么这些精彩迷人、颇具吸引力的话就很容易说出口。我责怨他抢夺了一代征服者的王冠。母亲曾反复教导我们兄弟俩必须学习生活中有用的东西。我花了很长时间才明白这句话的意思。这就有点像保险公司跟你说，"如果您发生了什么事情……"而不会直截了当地说"您死后……"，"学习有用的东西"就是说要"学习可以赚钱的东西"，它与保险公司的隐晦之词如出一辙。戴奥多尔曾对我引用西拉诺的话："不！不！无用之物才更动人……"我听从了他的话，却几乎使自己陷入灾难之中……到了 30 岁，我仍然没有工作。他让我的青春随风而逝。除了收集的一些书，我一无所有。

雷纳赫夫妇的一位朋友对凯尔特语和古爱尔兰语十分着迷，他告诉夫妻俩在他出发征战时，想随身带一本《荷马史诗》，此时发现唯一能很好地转录和呈现希腊文字的优秀版本是德语版。对于有着好胜之心的雷纳赫夫妇，这种事是难以接受的。1917 年，我得知学生们开始使用著名的双语丛书。戴奥多尔看着这一切笑而不语，他不需要翻译，说到底他还是更喜欢小巧的英语版本，可以装在英式外套的口袋里随身携带。对我来说，法语译本大有帮助——封面上还画着雅典娜的猫头鹰。我终于可以融入这栋房子的奇妙世界：我了解了亚里士多德，读了悲剧，与安提戈涅一起激动不已，还可以将俄狄浦斯的不幸遭遇大声念出来。

现在的我几乎一无所有。这些书我再也没有打开过。有时为了逗孩子，我会学他们说话："好棒啊。"这时，我的脸上才会挤出一丝落魄的笑容。

从希腊回来几个月后的一个晚上，我在这个书房壮大胆子提出了关于亚历山大王冠的问题。我想再看看这顶王冠。于是我冷不丁地问戴奥多尔是否最终打算写这本书。我引用了波德莱尔的诗句"这顶美丽的冠冕，明亮而炫目"，好让他明白我像一个诗人一样对此感兴趣。

他用手势打断了滔滔不绝的我。我在他的脸上看到了受伤的表情。他的小眼睛似乎比平时更深更黑。他把他的新眼镜放在一个古铜色枝形大烛台旁边，上面悬挂的乳白色玻璃令人想到油灯的柔光。他说话的语气就像一位被流放的国王，正如他曾经演出的奥芬巴赫的歌剧一样：你知道，一顶王冠，没人会相信我的……

19. 前院的一场学术讨论

一天上午，在与门厅相连的前院，有人送来了一座雕像。装满稻草和碎布的木盒子被揭开，一位蓄着胡子、袖上带褶、脚穿凉鞋，看上去威严雄伟的上古伟人跃然眼前。没有人敢妄加评论。法妮·雷纳赫一边惊讶地看着这个白色巨人，一边说自己得习惯这个庞然大物："嫁给雷纳赫时，就得随时准备好迎接各种雕像的到来。我更希望把这座雕像放在花园里，这样夏天也可以给它洒洒水。不过我想象中的雕像没这么严肃……你至少还记得这是一个度假屋吧？你从来没问过我，我的意见压根不重要。我要在雕像的脖子上戴一根鲜花项链。"这座雕像位于红色大门前的主干道上，客人来访时第一眼就能看到它。

戴奥多尔一脸早已了然于心的神情，他压低声音，再三斟酌，向法妮解释这位宁静安详、举止古朴、袖上带褶的男人是他的一种抗争方式。因此他特别喜欢它。这场战争以戴奥多尔的胜利告终。

他们互相称对方为"你"，这种情况很少见，他们有时也会争吵。我经常在门外听到：当他们说一些甜言蜜语时，会称对方为"您"，即使面对面也是如此。他们没看到我盘腿坐在书房上层的走廊里，如同卢浮宫蹲着的抄写员——其实压根没蹲着。我在暗处将一切尽收眼底，简直就像在剧院一样。我特别喜欢他们独处时的对话，总能让我喜不自禁。从我藏身的地方透过宽阔的窗户向下俯视，静谧的大海将我们包围。

"这座雕像是我让人铸造的，你要知道它在罗马拉特兰宫的原型被柏林和慕尼黑的有识之士认作索福克勒斯。他们从他的姿势看到了一位悲剧作家的影子，他的剧作有《安提戈涅》《俄狄浦斯王》《俄狄浦斯在科罗诺斯》《埃阿斯》，你在他脚边看到的那些卷轴就是他的作品。"

"好怪的凉鞋！"

"啊，凉鞋！一位德国学者曾写道，这双凉鞋就是一位悲剧作家的特征，似乎知道索福克勒斯穿着哪双凉鞋一样！就好像悲剧作家有悲剧作家的凉鞋，喜剧作家有喜剧作家的凉鞋！试想一下，当人们从沃尔斯古城的特拉西那遗址中挖出这座大理石雕像时……"

"我不要听这些细节。"

"1839 年，也就是近一百年前，安东内利伯爵将雕像献给了教皇格雷古瓦十六世，可惜雕像的脚没有了。"

"你索福克勒斯的脚被摔碎了？上天真是公道。"

戴奥多尔详细说明了有个叫特纳拉尼的意大利雕塑家是如何修复双脚的。"多亏了他，我们才能看到这双优雅的凉鞋，可以说这样的凉鞋在整个雕塑界无人能及。这样一个完美的创作必然会在芒通的商店引起轰动。现如今，没有人会让这样一位才华横溢的艺术家按照自己的喜好改动一尊雕像，数百年来一直如此。将来有一天应当卸下博物馆中的所有手臂、脚、耳朵……然后放在小盒子里储藏起来。古老的作品令人肃然起敬，经不得一丝改动。试想一下，如果给断臂的维纳斯加上手臂会是什么样子！"

"你兄弟会喜欢的。你有没有看到所罗门一直想给我们介绍的那个女人？她在夏特莱舞台上扮演孤女，这就是情景剧中的维纳斯！"

"能不能严肃一会儿。"

"没问题：我们得先知道索福克勒斯长什么样，才能说这是索福克勒斯。有他的肖像吗？你那些伟大的德国学者同行肯定考虑过这一点……"

戴奥多尔兴高采烈，也许在庆幸自己娶了一个如此活泼的女人。他又恢复了叙述的语调，讲到保存在梵蒂冈的一座铭文残缺的半身雕像：从上面的铭文只能看出克勒斯的字样，甚至不是福克勒斯，更别说索福克勒斯了。为了让这部作品赫赫有名，铭文的修复工作同样也是由一位略有名气的艺术修复者完成的，但它又是一个伪造品。铭文的前几个字母缺失了，只有最后几个字母清晰可辨。残缺之处非常模糊，就像一团胡须一样。考古学是一门精确的科学，需要不断地质疑、对照、比较，备齐所有书目，正如他亲爱的兄弟所罗门所发表的那些著作一样，这种方法非常有用，也是这项工作的基础。这有点像警方调查。查明嫌疑犯并不容易，尤其在 2400 年前就已经死亡的嫌疑犯。德国人倾向于认为这就是索福克勒斯。这些自负的学究总是喜欢伟大文学作品里的人物，荷尔德林将其翻译为索福克勒斯，他们便采纳了这种叫法。瞧瞧德国是如何从罪行中受益的。戴奥多尔用伪造凉鞋的故事嘲笑这群学究。但由于柏林那些亲爱的博士们最先声称这就是索福克勒斯，可怜卑微、畏畏缩缩的法国专家就对这些博学的乌合之众马首是瞻，于是他们在一本又一本书中大肆宣扬索福克勒斯。其实这个名字也可以是迪奥克勒斯或恩培多克勒斯……最后，戴奥多尔笑着说道："古代并不乏名字以克勒斯结尾的长须大汉。"

"他的胳膊就像被困在外套里一样。"

"这是 5 世纪演讲者的经典姿势，意思是他不应该做出任何夸张的假动作。"

在戴奥多尔看来，话语和凝视就足以令人信服。挥舞双臂的姿势直到 4 世纪才开始出现。几年后，演讲者的雕像有了丰富的手势。5 世纪，拥护传统的埃施因发表了一篇题为《反对提马尔克》

的演讲，其中列举了雅典立法者索隆雕像的例子，这座"胳膊蜷在衣服里"的雕像位于萨拉米斯岛。

"当我找到这篇参考文献时，我兴奋得跳了起来，立马想到了我们的雕像。"

"这座雕像来自萨拉米斯岛吗？是雕像原型吗？你说过它出土于意大利……"

"像哲人索隆这般著名的历史人物，萨拉米斯岛的雕像一定是青铜制成的，不过到了罗马时期，许多大理石复制雕像已经流传开来。"

"我们知道索隆长什么样吗？"

"是的，我们有他的画像。来看这本书，各个环节都理清了。保留在佛罗伦萨的一个人头像上刻有明确的题词：立法者索隆。看，这个就是他……"

"这是一个卓越的长须大汉，不过得弄清楚跟我们的雕像是不是同一个……"

"我采用了贝蒂永先生的方法：观察面部经年不变的地方，即两眼间距以及鼻底、嘴巴和下巴之间的比例。瞧，就是这样。我已经测量了，我们德国朋友索福克勒斯正是希腊七贤之一：古雅典的索隆。"

"拜托，可别让我给你朗读这一长串名字。"

"我没费什么力气就战胜了这些戴着尖头盔的德国大老粗。但他们还没把阿尔萨斯和洛林归还我们。他们坚持不懈，不断写出新文章反击，我可是泰然自若。以后每天回到家，我就能看到雅典最伟大的人，现在的民主全应归功于他。"

戴奥多尔从来没想拥有"收藏品"——征服者的王冠本来可以算是一件值得收藏的珍品。这不是他的风格。他的妻子对此深感遗憾，他的家人和朋友们收集了许多各式各样的精美藏品。比绍夫斯海姆夫妇购买了伦勃朗和戈雅的画。罗斯柴尔德家族更是无人能比，稀世美物尽收囊中。家里的别墅本可以摆满货真价实的古董，高高的陈列柜中花瓶和青铜件衔尾相随，他们完全负担得起，就像卡蒙多伯爵家中就摆上了18世纪的家具和餐具。面对喜欢收集漂亮物件的康达维斯一家或埃弗吕西表姐，戴奥多尔总是笑而不语。他不喜欢身边堆满小装饰品，这让他不舒服。他喜欢博物馆。戴奥多尔在圣日耳曼昂莱长大，他的兄弟是古物博物馆的馆长，他认为古代珍宝就应该向公众开放。他没想成为收藏家，因为他喜欢随心所欲地倒在椅子上而不用担心把椅子折断，更因为他首先是共和党人。收集希腊花瓶的坎帕纳侯爵最终发现这是个苦差事，大呼上当。奥马勒公爵专门在尚蒂伊建了一座城堡来收藏珍宝，从建造之初他就明确表示这里将对游客免费开放。收藏大家和业余爱好者的时代已经走到了尽头：我们应该带着法国各地的孩子参观博物馆，对着卢浮宫展厅的作品上课，从而让每个人都有机会成长进步、了解历史、学习审美。博物馆是未来，是用知识和道德正义连接一个伟大民族的纽带。翠鸟别墅既不是真正的希腊作品艺术馆，也不是一座博物馆。这是他的家，是他作为一个狂热的爱好者最纯粹的放松之地，也能帮助他更好地了解他所沉迷的希腊——对此他已经收集了无数文献资料，但他更希望从内里去感受。他在索隆的凉鞋前向他美丽的太太解释这一点："经过一番努力，我最终进入了古人的大脑，将他们的语言结构转换成了自己的，我也因而理解了古人的思想。翠鸟别墅是我的特洛伊木马，带我进入了古人的城堡。"

因此，戴奥多尔很少给别墅添置作品：他的确买了一幅庞贝的画作，但目的是要仔细研究一番。他在拍卖中让卢浮宫成为这幅最美画作的买家。至于雕像，他并不想让人给自己雕刻这些玩意儿。仿造的希腊女神看起来就像花园里的仙女像一样，因为铜锈的原因，一眼就会被瞧出来真伪。他倒是有一些模塑品，但数量很少。

当《德尔斐的战车兵》这座雕像在穿过阿波罗神庙的圣道被发掘出来时，戴奥多尔想复制这座雕像以研究这位手持缰绳的战车兵那平静的面孔、干涸的褶皱与纯粹的线条。他将其视为最珍贵的雕像放在了书房。柏拉图在自己的作品中曾提到男人是驾着两匹马的御车夫，一匹马英俊高贵，另一匹倔强叛逆。

20. 家具上的阳光

对于 20 岁的我而言，书房的家具是世界上最美的东西。

蓬特雷莫利将家具图纸一步步绘制出来。有一天，他给我看了两张桌子的草图，简直令人叹为观止。给一栋古老的别墅配备家具并不是一件容易的事儿。在希腊，除了箱子、椅子和床之外，便没有什么东西了。法妮·雷纳赫列出了她需要的东西。戴奥多尔看了一会儿就乐了：梳妆台？五斗橱？早上坐下来回复邀请函的日常通信小办公桌？桌子上的铃铛？他把一切都记了下来，慢慢纳入自己的构思。

我碰巧去了趟巴黎的圣安东尼郊区，看看路易斯·弗朗索瓦·贝滕费尔德工作坊里的家具。他精挑细选各种树来打造家具：锡兰的柠檬树、湄公河的野生橄榄树、澳大利亚的李树、印度的罗望子树……蓬特雷莫利想要嵌入珍珠、冬青、象牙，饰以少量红木色。我似乎看到了水彩画家阿丽亚娜的调色板，层层色彩叠加，待干燥后在合适的地方再染上一小块紫色或翠绿色。当阳光抚过家具，透过窗帘，绘出各种难以名状的线条时，我想到了阿丽亚娜，想到她的温情脉脉，想到她教我如何更自然更洒脱地作画。

拥有风格很容易，创造风格却很难得。戴奥多尔订购的家具简单明了。这是天赋使然，他知道自己不需要什么。他摒弃了各种形式的新古典主义，也努力规避数百年来所谓"回归希腊"的陈词滥调。他保留了奥地利毕德麦雅时期家具木材温暖的浅色调，然而，拿破仑帝国时期的风格断不可取——除了笔直的家具线条，更不能采用查理十世时期的雅致格调。家具外形必须简单纯粹，有时可饰以滚轮、青铜涡纹或大粗钉，给人以粗犷而不失优雅的感觉。翠鸟别墅的家具无与伦比。这正是第一次世界大战前人们一直寻找却没有找到的心仪对象：精致、坚固、实用、舒适的家具。正如房子一样，一切都按照希腊人的测量方式以雅典的肘 [1] 和脚 [2] 为单位计算，完全不用米和厘米。在我看来，最令人难以置信的是戴奥多尔喜欢在阅读时使用的躺椅，这是英格兰花园中的软垫长椅与有着刚硬线条的罗马椅相结合的产物，后者是大卫·辛普森在大革命前绘制的。多年后，当我看到装饰艺术风格的家具时，我觉得这些居家风格的家具通过重塑过去，让我们看到了未来。

塞伯拉斯去世了，喜欢每天散步的戴奥多尔换了一只叫巴赛

---

[1]　古代长度单位，从肘部到中指端，约等于 0.5 米。
[2]　古代长度单位，相当于 325 毫米。

勒斯的牧羊犬。总之别墅的安全有了保障——就像我们从阿索斯山回来时，戴奥多尔想要喝止坏蛋和小偷一样。他没敢让蓬特雷莫利设计狗窝，尽管建筑师连厕所中最细枝末节的东西都考虑到了，但毕竟是为人准备的，为了一只狗可不值当。于是戴奥多尔自娱自乐：他按照狗的尺寸用几块木板搭建了一个带有人形屋顶的神庙状的窝，好让爱犬在里面舒舒服服地安居。戴奥多尔亲自用笔写下了"巴赛勒斯"，我们可以理解为"国王之家"或者是"狗窝"。他还用小圆柱装饰了这个得意之作，将其安置在书房入口处的柱廊下。

书房的书都被藏了起来。戴奥多尔把书放在靠墙的橱柜中，或是上方架子帘布后面的箱子里。我们无法看到充满现代气息的封面，但可以想象卷帙浩繁堪比庞贝古城纸莎草别墅中被火山燃尽的书籍数量。戴奥多尔是个天才：他不像他的兄弟约瑟夫那样卖弄自己，也不会用自己的知识去打击别人。约瑟夫呢，当他在《学者杂志》上有所发现的时候，便会大声叫嚷："这也太有趣了！我得写点儿什么！"吃着午餐的法妮·雷纳赫听到这句话突然大笑起来，约瑟夫不明就里，安静下来。

对面的戴奥多尔没有回答我有关金冠的问题，而是从书房取来了阿歇特出版社出版的一本对话集译本，原作者是卢西恩·德·萨摩萨特，他所写的《达夫尼斯和克罗埃》是我最喜欢的希腊小说，也是我眼中最美的爱情小说。戴奥多尔告诉我，这本小说的作者不是那位伟大的诗人，很可能是不为人所知的古代哲学家莱昂："你看，他的这本书叫《翠鸟：脱胎换骨》。"

我后来又找到了这本书，恍惚间仿佛看到自己在诵读："苏格拉底，从海岸和海角传来的是什么声音？多么悦耳啊！什么动物会发出这种声音呢？人们都说水里的动物是不发出声音的。"

"是一种海鸟，叫翠鸟，它的叫声饱含着忧伤。这种鸟虽体型娇小，却因其温柔的品性而受到诸神的赏识：翠鸟孵化幼鸟期间，世界一片祥和，即使恶劣天气下也依然安宁静谧，今天便是如此。看，天朗气清，风平浪静，大海波平如镜。"

翠鸟酷爱在水上筑巢。冬至前七天和后七天时水面平坦，一切归于静寂，传说翠鸟蛋可在海浪中保持平衡。在暴风雨来临前的这段时间，最好什么都不要说，什么都不要做，什么都不要想，让双眼沐浴着阳光就好。

21. 清晨，在"欧依蔻斯"聆听世上最古老的音乐

　　时光流转，阳光从一个日晷仪跳到另一个日晷仪。第一个日晷仪俯临前厅，另一个位居花园，但上面都刻有同样的铭文，是由戴奥多尔撰写的句子。在旭日的那一侧写着："我为太阳设计了这个纪念碑，它分为十二个部分，一半朝向太阳，一半朝向和风……"落日的那一侧则写道："……希望每个人哪怕远远望见这一侧石面，也能知道日出而作，日落而息。"

　　法妮说，那些粉色窗帘已经褪色了，它们本来是《荷马史诗》中晨曦的颜色，皆出自里昂刺绣家埃科查德之手，被装在大纸箱里送来，我曾亲眼看见它们被挂在墙上。窗帘如今呈现出赭石色，与刷了薄薄一层石灰浆的墙壁色调融为一体，就像在阳光下暴晒很久的墨色照片。

　　我喜欢在翠鸟别墅里侧耳倾听。到了晚上，空荡荡的房子像一条旧船一样吱呀作响：木门受潮有些鼓胀，铜环在风中摇摆，横梁也似偶有晃荡，我甚至能透过阵阵海浪听到栖息在屋瓦上的

鸟儿发出的啼叫声。

相反，从露台的高处看，博利厄的海湾就像一幅没有声响的动态图：返港的船只，远处的游泳者和步行者，小火车静静地穿过棕榈树，冒出一缕缕白烟。

翠鸟别墅所有这些声音都构成了某种静默。今天，在空荡荡的房子里，这些声音又重新出现了，各种声音相互交织，仿佛往事簌簌作响。人走声犹在——尤其是我永远怀念的阿丽亚娜清亮的声音。

在这片静默中矗立着一架钢琴。这是翠鸟别墅最著名的家具，是古希腊唯一的立式钢琴，甚至那些从未受邀到家中做过客或那些自来熟的人都在谈论它。

因为房子里所有的家具都是纯希腊风格的，法妮·雷纳赫在头几年冬天大失所望，以为自己永远不会拥有一架钢琴。她住在隔壁别墅里的埃弗吕西表姐却有着各种各样她想要的钢琴，对此她总是大声逗弄丈夫表示自己羡慕不已！法妮怪丈夫剥夺了她的一大乐趣，扼杀了她的爱好，为了考古发狂而牺牲了自己——她甚至扬言不会再来博利厄。毫无疑问，她需要几个小时与钢琴为伴来放松身心。戴奥多尔明白，法妮不再是开玩笑，她变得越来越寡言少语，还把自己关起来写信。1912 年的一个晴天，法妮的钢琴终于来了，上面刻着希腊字母 "Pleielos Epoiesen"，意为 "普

勒耶尔 [1] 制造"，这是她丈夫的主意，为的是让所有文化人看到柠檬木材质上的这句深色铭文后都会心一笑。折起来的钢琴看起来像个高箱子，晚上打开后取出乐谱，才发现藏在里面的琴键。法妮当然希望在钢琴上能放一些银框全家福，但数量不宜过多。

　　法妮在敞开的窗户边弹钢琴，我喜欢在花园里悄悄地聆听：莫里斯·拉维尔的《圆舞曲》，克劳德·德彪西的《六首古代墓志铭》，尤其是其中的《为祈求牧神、夏天的风神而作》以及最为神秘的《致无名墓》。当我听到这些钢琴曲时，我想到了阿道夫。我想念他的同时也为他祈祷。我还想起了法妮和戴奥多尔的儿子莱昂，这位职业生涯才开始没多久的音乐家本该成为一名伟大的作曲家。他们现在都静静地躺在无名坟墓中。

　　我的歌唱得很好，但是除了口琴外我不会演奏其他乐器，何况口琴吹得还很糟糕。我有很多东西要学，音乐上就没法倾注那么多时间。雷纳赫夫人喜欢巴赫的钢琴曲、萨拉班德舞曲和赋格曲。她的想法美好、浪漫、出人意料，她若有所思地说："我想去刚果，在村子里给非洲的小孩子们弹琴……"她的丈夫笑着看着她。他爱她。

　　戴奥多尔坐在钢琴前，热情四溢地弹起了《格罗什坦公爵夫人》，此时他仿佛化身为兴奋的奥芬·巴赫。当然《地狱中的奥菲

---

[1]　普勒耶尔是木系精灵。

欧》也深受他喜爱，他热衷于大众耳熟能详的乐曲，也喜欢"奔放的加洛普舞曲"。我听到他在浴缸里唱着："当我是博奥底的国王时……"他还喜欢《格罗什坦公爵夫人》中的歌词："幸运的是，我们是三个人！我们是三个人！"他跟同伴说起格林兄弟和龚古尔兄弟都只有两个人的时候，经常会唱起这首歌。他本可以成为钢琴家甚至演奏家，他也可以成为化学家或数学家，因为他知道如何解决所有的技术难题：他总是选择一些喜歌剧乐曲来自嘲这些技能。他的手指在琴键上游走，脚掌控着节奏。墙上微微凸起的图画与彩绘装饰相得益彰，其间有一幅阿丽亚娜婚礼的艺术画。忒休斯在纳克索斯抛弃了阿丽亚娜，后来狄俄尼索斯吸引和拯救了她，狄俄尼索斯用美酒、欢宴、音乐和狂热的爱情抚慰了她的内心。在画上，爱神将香水倾倒在阿丽亚娜的头上，此举灵感来自奥尔维耶托博物馆的一个著名花瓶。粉刷工人花了不到一天的时间就将这幅画"复刻"到了墙上。我转过头：阿丽亚娜和格雷古瓦站在露台上鼓掌，我的阿丽亚娜喜笑颜开，披着头发的她是如此美丽，我想，她在默默地看着我。

　　一个阳光明媚的早晨，戴奥多尔带我来到漂亮的客厅，这个客厅大小合适，对一家人来说勉强足够，主要是这样就没法在这里举办他讨厌的"小型音乐会"："细细聆听，阿喀琉斯，我让你听听人类最动听的音乐。没有什么音乐的历史比这个更悠久，这就是德尔斐的阿波罗颂，被我译解出来了。我很少为什么感到骄傲，但这个却让我自豪无比：我能够让世人听到希腊的声音。我们的一位朋友加布里埃尔·福莱对这首颂歌进行了编排，并在这架钢琴上演奏过，你当时不在，应该在尼斯上课。此后我又翻译了另一首颂歌，但是没这么动听，节奏也比较慢。我纠正了题文中的一些错误，现在想来不该如此，或许这本就是这位佚名音乐家的远古幻想曲。"

我当时还是一个懵懂无知的小男孩，但是听到雷纳赫先生以权威人士的自信声称他成功纠正了古希腊人的拼写错误时，这让我难以置信。

"听听这两首曲子，告诉我你喜欢哪一个。第一首是在索邦大学的大型圆形剧场演奏的颂歌，以庆祝首届国际奥林匹克体育会议通过了即将举办现代奥运会的协议。你知道皮维·德·夏凡纳先生的画《神圣之林》吧，上面画着一群穿着睡袍的漂亮女子，我亲爱的兄弟所罗门写过一些关于卢浮宫画中女子的书，其中一本书上有这幅画的复制图，我给你看过。你听说过奥运会吗？它是既现代又古老的运动会。你应该参加比赛，因为你是个优秀的运动员，说不定还能获得一块巧克力奖牌。演奏这首曲子时，我看到坐在前排的顾拜旦男爵在哭泣，泪水顺着他的胡须流了下来……"

这个故事让我很感兴趣，我问他如何能读懂这么古老的乐谱。他说人们不明白为什么在雕刻的铭文上，某些字母上方还有别的字母。而他知道这是希腊人在发明乐谱前记录音乐的方式。有许多文章以新颖易懂的视角阐述了这个问题，令我十分入迷。

我听着每一个音符跳跃流转，仿佛眼前有一座神庙正在被搭建起来：这种音乐优美、低沉、充满神秘感。夜晚降临，我会在海边用口琴吹奏这首曲子。两千多年前大海曾听过的这首歌，我想让它再听听，而它会用亘古不变的波涛和涟漪声来回应我。我发现这种舒缓的节奏与我小时候唱的科西嘉歌谣十分相似。每逢婚礼弥撒时，我们山里人就会在圣母像前吟唱这首歌，就如同人们在雅典卫城为胜利的雅典娜弹奏竖琴一般。第二、三两段乐章特别动听，我可以像个耍蛇人一样周而复始地重复十遍。

我永远不会忘记第一次听到这段音乐的感受。我走到窗边打开窗户，一边看着远处的海平面一边听着《阿波罗颂》的每一个音符。曲终后，我请戴奥多尔再为我演奏一遍。他照做了。

再听第二遍时，我甚至觉得更优美动听、更余音绕梁，像祭舞一样更令人心潮澎湃，也许还更真实。那时候福莱尚未对这首曲子进行润色。我对戴奥多尔所著的《希腊音乐》很痴迷，他认为这本书很有用，他调皮地笑着说："懂一点希腊语的音乐家和懂一点音乐的古希腊研究者，这两种人都不多见。"

我于 1919 年见到过这位赫赫有名的加布里埃尔·福莱。他来到摩纳哥，在一家华丽的夜总会——这家夜总会的外形是仿建加尼叶设计的巴黎歌剧院——演奏《假面人和贝加莫组曲》，舞台周围仿大理石材质的怪面饰雕刻会让人想起别迦摩的古剧场。之后，福莱造访翠鸟别墅，在音乐厅"欧依蔻斯"里重奏这些曲目。福莱是一位颇具魅力的老人，他热爱艺术尤其是雕塑——他的妻子是雕刻家曼纽尔·弗雷米特的女儿，策马奔驰在里沃利大街的圣女贞德雕像便出自这位雕刻家之手。功成名就的福莱是帕米耶一名小学老师的儿子。自诩为巴伐利亚路易二世的格蕾芙伯爵夫人将他视为国内的瓦格纳，虽然福莱创作的戏剧《拜罗伊特的回忆》没有一点瓦格纳的风格。跟许多伟大的作曲家一样，他的听力有些迟钝，别人跟他问候都得重复好几遍。戴奥多尔对福莱的歌剧《潘娜露》赞不绝口，他向福莱索要了几段缩减版乐曲来弹奏钢琴。法妮已经去世两年了，音乐也许能帮戴奥多尔寻回往昔的记忆。

　　我不知道皮埃尔·德·顾拜旦是否曾来博利厄看望雷纳赫夫妇，我也不知道是否能在巴黎的私人府邸见到这位赫赫有名的大人物。我从不明白所有人——特别是上流社会——对他的纵容，他幼稚地对拔得头筹的冠军进行颂扬，而可怜的失败者只能遭受屈辱，对他们而言奥林匹克只是"重在参与"和提升体力。古代奥林匹克运动会上会举办诗歌、唱歌、戏剧比赛。如果雷纳赫夫妇仔细读过"现代奥林匹克之父"所写的文章，那些难登大雅之堂的比赛可能会让他们生出排斥感。他们有时候就是这么单纯。希特勒在这一点上就看得很透，他很快就意识到所谓的"奥林匹克准则"和这些穿着运动衫的粗鄙超人可以为他所用。

22. 大厨房里的伯里克利遗风

——在那里我们鼓起勇气谈论奥尔比亚王塞易塔法内斯的金质锥形冠。

阿丽亚娜怎么样了？我寻她寻了很久。继我受伤、阿道夫又过世后，我获得准假，回翠鸟别墅疗养。待到伤愈，我重新投身战斗，直至 11 月 11 日法兰西取得最终胜利。那是在我被弹片击中又一次负伤的三天后，我身穿军装，听到了停战的军鼓声。

1918 年，庆祝停战的游行活动已经过去了好几个礼拜。我依旧留在巴黎，没有立刻离开。我的左臂伤口上缠着绷带，胸前佩戴着奖章，我始终无法忘记凡尔登战役。过去流传着这么一句话："所有上过战场的人都征战过凡尔登。"在此我补充，那些在此之前就战死沙场的人除外。凡我所见皆为虚妄。为了写出还算像样的文章，我不会停止思考，我要叙述自己身上发生的故事。每当阅读报纸上的报道，我都迫使自己罔顾真相，相信这场战争与马拉松战役如出一辙。只是夜幕降临时，过去真实的回忆翻涌而至。

我在街上游荡，不知去往何方，走着走着就走到卢浮宫附近。我坐在广场上，靠着华盛顿的塑像。卢浮宫的一扇门上用白色油彩写着两个字：胜利。我推门而入，登上楼梯，想要参观在拆除防空装置之后，我心仪的《萨莫色雷斯的胜利女神》张开翅膀的模样。

在找到这座雕像之前，我先去了一趟卢浮宫邮局。卢浮宫，号称法兰西第三共和国的帕特农神庙，象征着至高荣耀。实际上，卢浮宫里展示更多的还是各色美人，而非菲迪亚斯的装饰雕刻。我在邮局找到一本线装年鉴，打开后翻到了格雷古瓦·维霍德伊建筑师事务所的地址，甚至还有电话号码，上面一应俱全。

我把这些都抄了下来，打算抽时间前往这家事务所的街对面试试能不能看她一眼，同她说说话，问清楚她当时为什么突然离开我。我们曾经那样幸福，这让她患得患失。我想对她说没什么好怕的，我只是个不能见光的恋人。我还没想好要对她说些什么，但就是想和她聊聊。我不想让她忘记我，我要让她明白，无论发生什么，我会永远记得过去的故事。之后我花了好几个礼拜给自己壮胆，我一向如此：我总是浪费太多的时间，才敢去爱去恨，才敢去追寻。我害怕冲往心之所向的速度太过迅捷而伤到自己，害怕提前抵达目的地，害怕失望与悲哀。

我本应很快就能重新梳理"雷纳赫锥形冠"事件，事实却是过了好些年我才厘清了真相。我在这间从不待客的厨房了解到，这则故事与翠鸟别墅的装潢风格恰恰相反。厨房里有着现代样式的瓷砖、媲美丽兹酒店的钢琴、不灭的煤气喷火头、类似复杂机械钟的烤肉铁钎子，如同一个崭新的世界。此外，还有冰箱、宽大的餐具桌和金属洗碗槽。我那对啥都好奇的母亲经常来厨房，和心善的朱斯蒂娜攀谈。每次分发食物，朱斯蒂娜总会多给我一些。

伯里克利早就放弃了学习烹饪，阿斯帕齐娅同样不会做饭，她的首席女佣为她准备精致的小菜。橄榄、蒜香面包、烤羊、山羊蜜奶酪或是斯巴达传统肉汤，这些来自帕特农神庙脚下的饮食无法令他们称心如意。雷纳赫夫妇的大厨来自巴黎，厨娘朱斯蒂娜也听从他的命令。当雷纳赫夫人游泳时，朱斯蒂娜会爬上岩石，为女主人准备好四块烤肋排，这是无所不知的顾拜旦给出的运动饮食建议。

我不曾考虑过锥形冠的秘密会对自己造成多大的冲击，它像烤箱中新鲜出炉的大块烤肉一般。那时，阿道夫知无不言，描述得十分详细，把所有的细节都囊括在内。我把听到的内容都一五一十地记在自己的小本子上，并保管至今。

一天清晨，阿道夫向我解释了这起丑闻。他穿着法兰绒睡衣下到厨房，手里拿着一摞书，嘴里哼着《图勒岛国王之歌》[1]，巴

---

[1] 歌德在《浮士德》中所作的一首叙事诗。

赛勒斯跟在他身后。我听到他拆分了唱词"金色凿石凿一凿"中的每一个音节。我下身穿一条米色粗布长裤，脚上蹬一双结绳底布鞋。早些时候我已经游了一小时泳，游完后与他一起喝了咖啡。

他讲述的这起悲剧发生于1896年，即首届现代奥运会举办那年。所罗门当选为法兰西铭文与美文学院的院士，他建议卢浮宫收购一顶独一无二的金质锥形冠。金额高达20万法郎。这是塞易塔法内斯国王的王冠，古希腊最为精美的金银制品。这件古董的来历可以追溯到公元前3世纪，是考古史上的重大发现。这个让人忧伤的悲剧故事就发生在我来到雷纳赫家之前没多久。我疑惑在雷纳赫"雇用"我那天，他们在埃菲尔家花园里低声谈论的是否就是这件事。也许在他生命中某段最糟糕的日子里，我给他带来了新鲜空气。通常来说，一些遥远的场景要在经年之后才能凸显其价值。可以肯定的是，在这一时期，"锥形冠"事件成为这家人的中心话题。我甚至纳闷，为使这一事件尽快被人遗忘，他们是否曾考虑过叫停翠鸟别墅这一大型工程。阿道夫是在空无一人的厨房告诉我这一切的，这里没人能听到我们的谈话。

他描述道：那顶锥形冠如众星捧月般被摆放在卢浮宫阿波罗画廊的一块猩红色丝绸垫上，要知道，这座画廊堪称法国的伦敦塔。橱窗里陈列着摄政王奥尔良公爵的碎钻和历任国王若干巨钻，它们闪闪发光，橱窗上雕刻着大写字母RF，代表法兰西共和国。

路易十四的玛瑙胸针与路易十五的鼻烟盒摆成一排，束之高阁，旁边还放置一块小型的玻璃橱窗。所有的巴黎人都趋之若鹜，这顶锥形冠只用了短短几天时间就比教皇的王冠更为出名，各家报纸争相刊发细节图。相传普鲁斯特可能穿着他那件富有传奇色彩的裘皮大衣 [1]，挽着一位朋友的手臂，前来参观。

在锥形冠的顶部，一条简化版的蛇张开嘴巴。植物图案和小型狩猎场景装饰的横条将《伊利亚特》中的浮雕场景隔开。阿喀琉斯坐在扶手椅上，脚边放着水瓶和花瓶。尤利西斯将美丽的布里塞伊斯女王带到阿喀琉斯面前。女王头上戴着面纱，后面跟着仆人和鸟。体格壮硕的大胡子手里紧握缰绳，牵着死者帕特洛克罗斯的马。王冠的另一面，在海边，用以火葬阿喀琉斯同伴的柴堆高高地架着，旁边放着粗壮的树干。海豚迎着风在游泳，北风躲在海螺壳里咆哮，西风拿着朝下的火炬，安置英雄骨灰的瓮坛已准备就绪。阿喀琉斯，看到帕特洛克罗斯下葬，悲痛欲绝地朝空中伸出手臂，作出了永别的姿势。这些场景在照片上栩栩如生，锥形冠带给我的精神愉悦与童年时期的铅制玩具兵不相上下，后者是我下意识就能想起的。阿道夫朝我靠了靠，方便我看清他刚去房间里拿的巨幅照片上的所有细节。

他双手撑在橡木桌上，向我展示照片。他的怒火被点燃了，

---

[1] 20 世纪初贵族身份的象征。

就跟之前同我讲起德雷福斯事件时一样愤慨。起初，许多人都记不住塞易塔法内斯的名字，把它叫作奥尔比亚王的王冠。这件精巧的纯金王冠经过压纹、锤炼、雕刻等主要工艺炼制而成，上面刻有一段铭文："奥尔比亚议会和市民致敬伟大且不可战胜的塞易塔法内斯王。"伯里克利、狄摩西尼、柏拉图，这几个名字好点，还能记得住。至于塞易塔法内斯，未免太拗口哩！一些人认为："王冠属于法尔内塞家族"，珍藏于罗马法尔内塞宫。他们误认为锥形冠是罗马教皇保罗三世·法尔内塞戴在头上那顶，毕竟不是所有人都能背出斯基泰王国历任国王的名字。

《费加罗报》为所罗门开设专栏，请他讲述奥尔比亚"暴君"的风流韵事。所罗门在专栏里花不少篇幅描绘这尊帝冠，着眼于蛮族首领塞易塔法内斯王对《荷马史诗》时期人文历史的痴迷，这些文章被阿道夫悉数保存。王冠成型于古希腊时期，一个与我们的20世纪颇为相像的时代。当时的希腊人知道荣耀已成为过去，帕特农神庙历经风霜。在与希腊接壤的地带，同时代的其他民族喜欢漂亮的坐骑、皮草和珠宝，希腊人开始欣赏他们的对手波斯人。他们深知，当黑海沿岸的农民和金银匠向他们借用诗歌和图案来装饰头盔、耳环时，他们很快会被击败，但恰恰相反，他们预先征服了凶猛的胜利者。以上就是阿道夫对王冠背后故事的阐释，这为锥形冠蒙上一层更具吸引力的面纱。塞易塔法内斯王冠横空出世，是时空交错节点的产物。约瑟夫、所罗门和戴奥多尔三兄弟把王冠捧在手心，这顶易碎的冠冕，摸上去有些柔软，布满轻巧的刻划痕迹，纹路凹凸不平。它是古希腊时代留给我们最美的遗产。

23. 来自敖德萨的赝品？

在国家博物馆议会厅，卢浮宫的莫利安殿，整个法国学术界见证了这件文物的第一次公开亮相。

阿道夫解释道："委员会的成员们通常不会前来，一般都由研究 18 世纪家具或文艺复兴时期绘画的专家组成的一个小型委员会来处理相关事宜，他们会来为相关收购的诉讼进行辩护。那一天，在这间白色大厅里，关于锥形冠的种种流言都被提了出来。各类问题层出不穷。塞易塔法内斯，他是谁呢？所罗门叔叔曾说大家知道他。国王的名字有史可考。戴奥多尔叔叔也曾提起，1885 年于圣彼得堡出版的一篇铭文中提到了这位斯基泰国王。至于锥形冠的样式呢？它和 1875 年在刻赤海峡阿克布龙角发掘的女帽外观十分相近……"

这天，"咨询委员会"全体成员达成一致意见，对这件展品大加赞赏。据说大英博物馆也对其充满兴趣，实属难遇。1896 年 4 月 1 日，以"阿喀琉斯，祝你生日快乐"为名义在法兰西学院官邸举行了一场难忘的会议。埃隆·德·维尔福斯借此将王冠介绍给铭文与美文学院的同僚。这顶锥形冠太美了，他最初有些怀疑，后来意识到其重要性，决不能让它流出法国。两位新当选的院士想在同事面前崭露头角，每人各出一半价钱预购王冠。一位是所罗门，另一位是名建筑师——法兰西美术院的功勋成员爱德华·科鲁瓦耶，他曾主持重建孤悬于大海之上的圣米歇尔山修道院，设计了修道院的箭形尖顶与大天使米歇尔手持利剑直指苍穹的镀金雕像。他推崇的中世纪风格并非完全还原历史，却受到了当今世人的喜爱，人们甚至认为那就是纯正的中世纪产物。原本圣米歇尔山没有固定的外形，建筑师的聪明之处在于赋予其轮廓。甚至在 18 世纪时，建于中世纪的钟楼上还出现了葱形圆顶。雷纳赫兄弟非常熟悉这位伟大的历史学家，并对他佩服万分。阿道夫回忆说科鲁瓦耶家里雇了位名叫普拉尔妈妈的女佣，她每天都是乐呵呵的。他喜欢看着普拉尔妈妈一面打鸡蛋，一面同他说话。他告诉我："她做饼赚不到钱，但她很喜欢自己的工作和她养的小鸡仔。她还有点儿喜欢听别人讲中世纪的传奇故事。你也许想象不出她也曾流连于上流社会的社交场合，曾服务过总理克里孟梭和比利时国王。我必须带你去一趟圣米歇尔山，你肯定会喜欢。那里的风格真假参半，模仿古代，但又不完全照搬，比翠鸟别墅还假上几分。"他叔叔的所有朋友都是这种风格，就像生活在过去的某个年代。埃菲尔是唯一一例外，他来自未来，乐意称颂"进步"。

普拉尔妈妈若是知道我们在"法国的里维埃拉"一座希腊式别墅里谈论她，肯定会有些受宠若惊。

阿道夫向我描述，奥尔比亚是座金银岛，藏着不少宝藏。从1830年开始，就有人前来寻宝。库尔奥巴陵墓的发现震惊了西方世界，也引发了俄罗斯人的民族自豪感。希罗多德在《历史》一书的第四卷中讲到野蛮人，说他们不曾创造过什么，他们是野蛮未驯化的，没有艺术细胞的，他们忽视诗人，住在茅草屋里。然而，横空出现的战利品、武器、金耳环，这类精细制品都在昭示着文明的存在。

来自克里米亚半岛的珍宝装点着艾尔米塔什博物馆。在拿破仑三世统治期间，战争让法国人对一些动听的名字耳熟能详，譬如塞瓦斯托波尔、敖德萨、阿尔玛和马拉科夫。冲突中断了这些城市的考古工程。哪里有抢掠，哪里有非法交易，博物馆就会与正当的古物交易失之交臂。雷纳赫手头拥有几本册子，上面印着艾尔米塔什博物馆藏品的图片，他还有一些被其他历史学家所忽视的关于希腊历史的新资料。因此，福格尔和齐曼斯基这两位考古学家拥有这顶锥形冠也没什么好奇怪的。此外，缀有大型抛光宝石的项链、几对耳坠和一对耳环也被他们收入囊中，他们声称这些珠宝都来自同一座陵墓。这两人找人做了桃花心木箱收纳珍宝，他们甚至还有一小块从王冠内盖发现的人体组织碎片，这些都是当时在坟冢里发现的。他们几乎上门拜访了整个欧洲的文化界人士，在巴黎，他们遇见了一位性情粗暴但声名显赫的学者——古代艺术鉴赏家埃隆·德·维尔福斯。雷纳赫很快就得知了那顶王冠的存在。

第一位发出质疑的是圣彼得堡大学的古代艺术史教授韦斯洛斯基，敖德萨博物馆馆长紧随其后，更进一步提出这是件复制品的观点。如同很早以前就已经知晓了那般，他明显带着轻蔑的语气宣称这件复制品出自"立陶宛的某位犹太人"之手。

德国最有名的考古学家富特文格勒随后发声，他在考古界享有权威。由他创建的位于慕尼黑的博物馆有着一种空前的美。他竭尽全力打击这些自命不凡的头脑简单者，这帮人便是没有深入研究过就自以为掌握一切的业余者：巴黎的考古学家群体。

赝品制造者手艺精巧，有时还能骗过收藏家。在欧洲境内，从英格兰到俄罗斯，均存在赝品拍卖与假货市场。克里米亚不只有野外考古发掘，这片土地上的赝品制造也十分猖獗，敖德萨的小作坊广为人知。雷纳赫一家有几个表亲在那里，他们不可能没听说过此事。比起其他法国学者，他们占据天时地利来了解事情的所有真相。阿道夫站在大厨房的桌子上，惊诧于这股诽谤之风。

24. 柱廊之夜

阿道夫告诉我:"我曾经和富特文格勒的一位助手聊过,他告诉我人们是怎么嘲笑我们的。显然,慕尼黑人的消息十分灵通。"

"你知道的,这群德国佬,哪里都有他们的间谍。"

"造假者们事实上聚集在同一个地方——奥恰基夫。这是一座黑海边的小城,离敖德萨不算太远,那里的霍赫曼兄弟仿冒集团很是有名,兄弟俩本来是粮食商,后来成为古董商,差使那些手艺高超的金银匠受雇于不同的收藏家,替他们仿制从墓穴中挖掘出来的珍宝。最糟糕的是我那倒霉叔叔是知道有这么一回事的,他甚至在1893年出版的《考古学杂志》中还提起过,我还存着当时他写的那篇文章。"

"可还是得承认这顶锥形冠巧夺天工。"

"你想说这件巨型珠宝像翠鸟别墅一样漂亮吗?可除了两边假装用来衔接帽带的青铜柳钉,它没有一处是真的。其余部件都是仿制的古式,虽做得很像,但依旧是照着模子刻出来的,还从我们熟悉的版画中汲取灵感。我给你看，都在书房。富特文格勒更是自己凿刻了出来，据他的意思，这件谎称古制的王冠就是一锅大杂烩或是什么素菜什锦馅料，汇集着狮头、羊身、龙尾的吐火怪物还有十条腿的绵羊……"

雷纳赫和哥哥所罗门如何能做到视若无睹呢？他们家里就放着这些被用来当作样品的雕刻，能作为检验真假的补充证据。富特文格勒特别指出，目前为止没有其他人想到，雷纳赫夫人的家族也来自黑海岸，更准确地说，来自敖德萨。她或她的父母有没有可能认识这些从事秘密工作的犹太金银匠呢？或者至少认识与他们签订私密协议的国际商人呢……埃弗吕西家族在巴黎结识了一群时髦的新朋友，与他们一起挥霍享乐，这笔花销是否来源于他们早先在乌克兰领土上售卖粮食积聚的财富呢？富特文格勒随即解释陷阱是如何布置的，只要他手指轻弹，一切都会轰然倒塌，紧接着这个享誉国际的犹太家族就走向覆灭。在此之前，他们仅仅花了一代人的时间就让这个家庭成了豪门望族。他紧紧攥着所有人的命运，能让他们树倒猢狲散。戴奥多尔的第一批仇人不是野蛮人，而是知识分子、专业人士、他的同行们。我完全没有料想到这点。

痛苦比理性存在的时间更久。为了更好地描述给我听，阿道夫模仿贪吃鬼，将长长的烤肉铁钎子空转了几圈，并用空的长柄大勺给想象出来的老母鸡舀水。1903 年，老蒙马特高地的一位诗人来到卢浮宫，站在这顶锥形冠前大喊，"是我做的，大名鼎鼎的塞弥拉弥斯王冠是我的作品！"媒体报道了这则逸事，戴奥多尔的眉头蹙得更深。编辑们很快收到多方来信。其中一封由一位珠宝匠寄出，随即被刊登在报纸上，引发灾难般的反应。这位匠人自称出生于敖德萨，长在巴黎，对克里米亚本地的冶金工业相当熟悉。他列举了一位非常有名的赝品制造者，可以这样说，这个人做的赝品几乎能以假乱真，是古代珠宝的"创作者"、某种意义上的艺术家，名叫伊斯拉埃尔·罗肖莫夫斯基。

雷纳赫兄弟对此作出了有理有据、精准到位的回应，并赢得法国知识界一致支持。埃隆·德·维尔福斯专门写了详细的回复文章，逐条驳斥富特文格勒的抨击。其他专家则致力于对铭文的研究，他们认为没有任何证据能表明这是一件赝品：从语法角度来说，铭文堪称完美，字母的书写形式也符合当时该地区的使用习惯。所罗门同样发表了署名文章——尽管人们相信他意在为弟弟戴奥多尔辩护，他进行了总结陈词，"实话实说，类似这样的战斗恐怕还会出现，富特文格勒先生的观点到时也将变得无足轻重"，继而补充，"美好的事物总会引起旁人的中伤，这是再自然不过的"。

尽管如此，锥形冠还是从橱窗里被撤了出来。法兰西学院院士、法兰西公学院教授夏尔·柯列蒙－贾诺奉命负责最终的专家鉴定，这比在德雷福斯事件中鉴定笔迹更为棘手。这位学者没有结党，不属于雷纳赫派系，他十分了解东方艺术，大众相信他肯定能够做出客观的裁决。戴奥多尔和所罗门毫不怀疑夏尔会站在他们这一边。此事惊动了议会，外国媒体也格外关注。这顶锥形冠成了最受报刊专栏作家欢迎的话题，在其中一幅漫画上，戴奥多尔戴着夹鼻眼镜，头顶金色傻瓜帽——他本人是在一本幽默杂志上看到的。人们纷纷开起了玩笑：拉祖莫夫斯基、特里巴图斯基、马基诺夫斯基……

隔了好几个礼拜，这件事传到伊斯拉埃尔·罗肖莫夫斯基的耳朵里。他是一位正人君子，没料到事情会闹得这么大。他之前卖出这顶王冠，收到 1800 卢布，经换算相当于 5000 法郎，而这东西最后被卖到了 20 万法郎。罗肖莫夫斯基犹豫着是否要前往巴黎，他害怕了，担心俄罗斯当局会逮捕他。身处敖德萨的犹太人社区，他明白最好不要抛头露脸。大概在内心深处，他也在质疑自己制造的赝品。但正因为他是位虔诚的犹太教徒，遵循传统，遵守教义，恪守法律，除了受古代工匠启发制造的艺术作品以外，他从未出售过其他仿制品。外国访客很喜欢向他购买古董文物的复制品，身份高贵的妇人们乐意佩戴古代公主的珠宝。他热爱他的工作、家庭和同事，也珍视自己的荣誉。少时，他在明斯克南边的莫济里市与父亲生活在一起，那时他就着迷于古代艺术，比起犹太教教士，他更想成为一名雕刻艺术家。妻子为他生下许多孩子，但他并不能够时时维持家里的营生。再之后他遇到了霍赫曼兄弟，兄弟俩从天而降，给他送来一笔"巨款"。当这位来自克里米亚的手工艺者在一份旧报纸上读到了蒙马特诗人离奇的控诉，他的确崩溃了。没有人可以夸口自己是王冠的作者，只有他，他是制作古希腊金银器的艺术家之王，这顶锥形冠确实出自他之手。

戴奥多尔仍然坚信他的王冠是正品。他陷入了自我纠结，整天都想着这件事，所罗门则逐渐起疑。戴奥多尔打算写信给敖德萨的叔叔，他妻子的亲族中仍有部分人定居那里，他想让他们出面来澄清事实。敖德萨的埃弗吕西家族依旧拥有强大的人际关系网，他写信让他们一定要不计代价找到某个名叫"拉祖莫夫斯基"的人，然而只得到了否定的回复。敖德萨的家人只能想到贝多芬的"拉祖莫夫斯基"四重奏，再无其他。

一到晚上，戴奥多尔会花很长时间待在翠鸟别墅的内院，不同任何人说话。这场风波一直持续了好几年，他惊异于外界语言暴力的四处蔓延，那是他闻所未闻的。在黑暗中，香烟发出红光。他热爱历史，热爱他的同代人，他担任萨瓦省众议员，这是民众赋予他的些许权力。他珍视法兰西第三共和国，也敬仰柏拉图和雅典的国度，他相信法国，还相信自由。他爱自己的妻儿，当置身于书籍中，他感到幸福。他站在岩石上望向海面，《荷马史诗》的段落会自动浮上心头。他知道无论以哪个标准来看，自己都算得上是这个时代的得意宠儿，他从未想过会遭到如此这般的公开羞辱。同德雷福斯一样，他也没预料到会承受此等不幸。让戴奥多尔愕然的是，无论是他本人还是自己的亲朋同行，但凡投身于艺术、学术研究和其他领域，竟能引发漫天的仇恨。莱昂·都德就在"总决选"获胜者的沙龙会上坦言"无耻行径"取得了胜利。

戴奥多尔从媒体处得知敖德萨的那位金银匠已决定前来巴黎。不知是在哪个瞬间，我亲爱的雷纳赫先生意识到了或许打从伊始，他就犯下了错误呢？

25. "我有时也会犯错"

　　我在格雷古瓦·维霍德伊先生那间铺满图纸的办公室见到了他本人，他身形佝偻，瘦削，眼下有黑眼圈，身着挽起袖子的衬衣。他说："阿丽亚娜吗？她想为文学、戏剧、绘画、雕塑作品中所有那些被抛弃的阿丽亚娜报仇，所以她选择抛弃自己的丈夫。我以为你知道这件事的。我甚至想过她是否因为你而离开我。"

　　格雷古瓦向我坦承，阿丽亚娜想要孩子，但她没能怀上。究竟是他不育，还是阿丽亚娜不孕？他心里自责，觉得她怀上了其他人的孩子，只是不敢和他说，或者她已和孩子的父亲远走高飞。但这只是他无根据的猜测，看起来更像是他通过编造这个可能性较大的故事来折磨自己。

　　格雷古瓦把阿丽亚娜可能有孩子这件事塞入我储存痛苦的迷宫，我的脑海完全被这件事占据着。在翠鸟别墅的浴池，或是其他某间房里，我们曾经疯狂做爱，或许她就是那个时候怀孕的。我曾以为我们能有这段旧事是因为阿丽亚娜从来没有像爱我一般去爱过其他人，现在我暗忖我们当初一起度过的疯狂日子，可能只是一个女人因急切渴望孩子而表现出来的焦虑。我们有过孩子吗？这有可能。当时，她如若告诉我她怀孕了，我大概会立马建议她把孩子打掉，然后我们一起去尼斯、纳克索斯或其他地方生活。又或者，轮到我开始自我折磨，其实她怀了别人的孩子，那个人既不叫格雷古瓦也不叫阿喀琉斯。

她就那样离开了。身无分文，没有留下只言片语，也没有表达出任何的恐吓或是愤怒，更没有给我写信。她和谁一起离开了呢？除了和我——或是她丈夫以外，她还在和谁约会吗？我告诉自己也许我一点都不了解她，我从没问过她任何实际的问题。我过去有点妄自尊大，从不认为她会对我撒谎或是撇下我还有其他情人。我唯一能看到的只有我们的爱。出于自尊，我也只能忍受她的默不作声。

格雷古瓦·维霍德伊补充道："这也是我不再为雷纳赫兄弟做事的原因。许是迷信心理作祟，总感觉冥冥之中好像有什么东西牵引着我妻子的背叛，您还记得锥形冠吗……"

我最后一次见到阿丽亚娜时，她正要启程去巴黎。我挑衅般地问她是否要去会某个情人，当然，我是笑着问出口的。她回答道："我没有情人"，又补了一句，"只有一位"。这句话令我无比幸福。这幸福当中可能包含着巨大的傲慢，甚至可以说是愚蠢。有个声音告诉我，我应该相信她。我从没问过关于她的家庭、和她关系亲近的姐妹，或是她的朋友们这种问题（她的朋友也许不是她和可怜的格雷古瓦的共同好友）。我从没真正关心过阿丽亚娜，我只想着我自己。我看她的画作就像在看她送我的礼物，事实上，我从没有把她视作一位艺术家，也不认为她天赋异禀，更不相信她想要摆脱现状。我告诉格雷古瓦说自己什么都不知道，他与我握手，眼睛紧紧地盯着我。我对他既有怨恨又充满同情。

阿道夫说他当时很快就获悉敖德萨那位金银匠已经抵达的消息。这位匠人迫不及待地想告诉众人，终于在有生之年看到自己的杰作被送进卢浮宫进行展览。他不得不接受各种各样的追问，人们拿着纸和笔，在一处封闭的房间来来回回审问了他五次。他向众人描述那顶锥形冠，并凭记忆将其画了下来。他还带来了几张照片，人们在那上面看到了王冠，但没有最能证明其是"出土物件"的凹凸痕。据他回忆，之前曾有两位陌生人来到他的工作室，给他带来了一些书和模型。他能很精确地画出专家们熟知的各类作品。他被告知，这是送给哈尔科夫一位教授的礼物，并非是什么欺诈行为。

外界仍未消弭质疑：如果这个人在编故事呢？那就必须让他经受考验从而打消人们的疑虑。他被关在卢浮宫对面的巴黎钱币博物馆，在全世界最好的金银制品工作室里待了一个礼拜，有专人监视他不让他和外界有任何接触。他在金箔上完成了大致的框架，做了一个嵌有珍珠的边缘，和锥形冠的边缘十分相似。接着他投身到真正的作品中——阿道夫与他经常写长篇大论的父亲一样心细如发，他告诉我这件事后，我便陷入了困惑："他塑造了一位熟睡的阿丽亚娜，旁边的爱神在拉小提琴，场景香艳，还有地米斯托克利或是伯里克利头戴钢盔的侧脸半身像，活脱脱是放大版的银质模塑。他创作的阿丽亚娜很美，整件作品精雕细琢，却也比不上那顶王冠的工艺。"阿道夫目睹过我盯着阿丽亚娜看的场景吗？他早在我意识到自己动心之前就发现我和阿丽亚娜互相爱慕了吗？我永远无从知晓确切的答案了。罗肖莫夫斯基又要了块更大的金箔，几天内就用其做出了一块包含三层装饰的部件，甚至还在上面刻了一段铭文。

"尽管只做出了王冠的一小部分，但那就像是甜瓜的果瓤，对我们整个家族来说已是非常可怕的一件事。那是1903年6月6日。我们无法再固执己见，否则只能深陷执念。我们输掉了自己的德雷福斯诉讼案：罗肖莫夫斯基向大众证明，毫无疑问，他就是锥形冠的作者。"

戴奥多尔没有放弃挣扎，如果那不完全是赝品呢？万一卢浮宫那件展品的某一部分是真实的呢？他仍然执迷不悟吗？

1903年3月，阿道夫时年16岁，他把报纸上一则观点明晰的公告剪下来保存，里头写道："新消息引起了古希腊古罗马文物收藏家埃隆·德·维尔福斯先生对奥尔比亚王冠真实性的强烈怀疑，他向法国公共教育与美术部部长提出申请，在充分掌握王冠的真伪信息之前，先把它从卢浮宫展览厅里撤出。这项要求很快得以批准通过。"

罗肖莫夫斯基还留在巴黎，他感到在这里待得很不错，自己的名气也越来越响。人们称他为"在巴黎举办展览的艺术家"。他获得了荣耀，成功地让所有人都相信他是诚实的。这位匠人当年收到的 1800 卢布报酬成了极具说服力的论证：这点钱可以买一件精美的工艺品，却不可能买到货真价实的古董，更何况，这么微不足道的一笔钱也不足以使人在艺术品伪造事件中闭口不言。外界开始相信罗肖莫夫斯基是有作品的人：他能够拿出展现斯基泰民族喝酒风格的盛酒器皿、古罗马胸甲以及刻有阿喀琉斯和密涅瓦智慧女神肖像的浮雕。法兰西美术院的院士们赋予他坐上某把空缺院士交椅的竞选资格——当然，这只是个恶作剧。在 1903 年举行的法国艺术家沙龙上，他是表现最为亮眼的与会者之一，还获得了一枚奖牌，他的参展作品为小型石棺里的一具骸骨，其雕琢的精细程度堪比深受俄罗斯王室喜爱的法贝热彩蛋。

"我可怜的阿喀琉斯，这件事除了你人人皆知。说来你两耳不闻窗外事到这等地步还真是不可思议，你对周遭世界似乎一点也不感兴趣。锥形冠事件是我们家族的污点，它在后世也会继续流传。阿波利奈尔在 1909 年 11 月的《白色杂志》上重提艺术界的造假问题，其中就谈到了这件事。就在同一年，你读了以连载形式刊登的亚森·罗平新冒险故事《空心岩柱》。你记起来了吗？我们当时有多喜欢这部小说！侠盗罗平拥有了真正的塞易塔法内斯王冠。故事里是这么写的，是罗平拥有了王冠！"阿道夫站在桌上，笑了起来。小狗在他脚下尖声叫着，仿佛在观看主人的表演。

戴奥多尔十分受伤，外界的攻击不仅指向他、他的家族，甚至他妻子的母族也未能幸免，反犹主义风潮开始高涨。他感到害怕，孤身一人待在办公室里的时间越来越多。他同样也躲避着朋友，他从朋友们的眼神中读出，因为罗斯柴尔德家族或艾萨克·德·卡蒙多向卢浮宫捐赠多达数百笔，所以他们的名字将会流芳百世，而他本人却让这家博物馆付出了史上最惨重的代价。他的书仍在不断出版，为他赢得了大众的认可。1908 年，他一雪前耻，当选为法兰西铭文与美文学院的自由合作院士，戴奥多尔终于能与哥哥所罗门比肩。

"你能想象吗？我们曾输给反犹派，后又输给反德派，他们总有各种各样针对我们的理由。"阿道夫说，在这件事情发生后，戴奥多尔在书房里看到富特文格勒文集《希腊瓶器绘画》会是怎样的心情？他原本可以把玩着书页上的阳光，一连翻阅好几个小时富特文格勒的作品。为了与这位德国佬叫板，所罗门编撰了一份庞杂的希腊雕塑检索目录。他们在学术之路上总能与富特文格勒狭路相逢。他们讨厌这位德国学者，因为他是德国人；他们同时又崇拜他，因为他是知识分子。翠鸟别墅的书房至诚至圣般地藏有富特文格勒全集。他们把"恶魔之书"放在书柜里，尽管在塞易塔法内斯王冠事件中，富特文格勒践踏了他们的尊严。出于谦恭，他们在文章中还是会援引这位德国学者的作品，哪怕在1907年他去世后依旧如此。三兄弟之所以认为王冠是真品，是因为富特文格勒在自己的作品中记录过上面的图案，这也表明了兄弟三人对他的敬重。而富特文格勒本人则毫无顾忌，像对待无知懵懂小儿一样对待雷纳赫三兄弟，因为三人堂而皇之地拥有许多能让造假者汲取灵感的版画。阿道夫向我证实，在他前往法国雅典学院上学时，的确曾看到校长桌子上有一封关于锥形冠事件的书信，这封字迹潦草的信件出自叔叔戴奥多尔之手，他在结尾处写道："我有时也会犯错。"

在我位于尼斯的住处里，各类唱片堆积成山，其中有一张是威尔海姆·富特文格勒指挥演奏的《贝多芬第七交响曲》。我在唱片行买它的时候，尚不知道这是阿道夫·富特文格勒之子的作品，随后某天我听见收音机里播放："他是学识渊博的考古学家之子，其父在希腊艾伊纳岛和奥林匹亚的神庙进行考古发掘……"播音员讲到他最好的艺术作品是在战争期间完成的，但我们无从考证并进行评判，因为苏联人把母带取走了。其他作品还有譬如1943年11月在柏林指挥乐团演奏的《贝多芬第七交响曲》，在受伤的战士和高官们跟前为希特勒生日献上的《欢乐颂》——这让我感到惊惧。雷纳赫和富特文格勒各自都有一位音乐家儿子，莱昂·雷纳赫比富特文格勒之子威尔海姆还要年轻几岁。1943年11

月是莱昂被押送进集中营的月份。"富特"——正如我如今的音乐家朋友们所称呼的那样——原本应该站出来"当众认错"（我也不确定这个措辞是否恰当）。他和耶胡迪·梅纽因还合作录制了多张唱片，或许我应该买下这些唱片，但我不知道自己是否有勇气去聆听。

那是 1914 年夏天之前，当他讲述这场家族的败北时，阿道夫忍不住又多说了一点："整件事最糟糕的一点在于锥形冠是为我们而做的。它来自遥远的国度。看一看所罗门叔叔进行考古挖掘的地方，他写就了许多相关文章：他们在伊兹密尔附近的弥里娜城找到不少小型雕塑，还统计了周边所有岛屿的数量，包括我最喜欢的萨索斯岛、格克切岛、土耳其海岸对面的莱斯沃斯岛，另一侧是阿苏斯城——亚里士多德的家乡。他还去过迦太基、杰尔巴岛、敖德萨。之后似乎又在雅典和斯巴达附近转悠，也就是说从来没有真正进到城市里面去。你注意到了吗，阿喀琉斯？我们第一次出海，就没有去帕特农神庙，为此你还有些难过。你知道为什么吗？因为我们雷纳赫家族是四处流浪的吉普赛人，我们不属于希腊神话。比起雅典这座城市，陌生的奥尔比亚城、斯基泰骑兵驰骋的大草原、苏丹王国、阿索斯山上的修道院更令我们痴迷。"

阿道夫只要听父亲激情澎湃、口若悬河的演讲就满足：他花时间讲民主，讲祖国，列举大革命时期为法国带来平等、博爱的伟人，这些伟人成功促成法国实行政教分离。从 1789—1889 年，从法国大革命爆发到埃菲尔铁塔建成，法国人生活在一个崭新的伯里克利时代。而莱茵河对岸森林里的蛮族，当他们来到法国大都市，以期成为比雅典人更像雅典人的雅典人，体验做罗马城里罗马人的感觉，然则他们依旧爱着边境线上的生活。雷纳赫家族崇拜亚历山大大帝，梦想成为像他一样的人物，因为这位出生于马其顿的一代征服者原本是养马的农民，他受到亚里士多德的教导之后在其有生之年成了古希腊最伟大的人。他们同样喜欢大帝的继业者，当中既有暴君，又有英雄：攻城勇士德米特里一世、塞琉古·尼克托、攸美尼斯·德·卡迪亚、独眼龙安提戈涅——所有这些名字足以引起人们的遐想——还有把埃及的法老遗产与古希腊思想融合在一起的托勒密·索特。这也是他们在锥形冠事件中一叶障目的原因：王冠正是符合他们喜好的古董，也是独一无二的原创作品，同时引用了许多典故。他们热衷的古希腊文化与这些元素精彩交融：东方色彩、《圣经》故事、迦太基、蛮荒异族、在黑海岸送马奶给流浪的奥维德的那位牧羊人。阿道夫告诉我，德拉克洛瓦画过一幅牧羊人送奶的画，波德莱尔对其称颂连连，但我现在不记得那幅画在哪里了。

"这就是我继承的财产。阿喀琉斯，我想要做的，是研究希腊在整个地中海沿岸进行领土扩张的方式，这不只是一项奇迹，更是一个长期存在的现象。古希腊也不止有雅典卫城，它还建造了许许多多已被时光遗忘的庙宇或风格杂糅的房屋。这些房屋和我们的翠鸟别墅风格相仿。你一定感觉到翠鸟别墅有高卢建筑的影子，确实是受到了高卢巴黎希部落[1]的影响。这个部落的人如今聚集在三百米高的铁塔附近生活，到处都是电梯……所有考古学家都去过阿提卡、伯罗奔尼撒半岛，而我去了巴勒斯坦，使用现代技术手段在耶路撒冷进行考古发掘。我将去那里生活。为什么不呢？这是我的土地。爸爸和我的叔叔们听到我的话可能会被吓到，他们只把法国当作祖国看待。我会去克里米亚，和我的法妮伯母一起带着她的钢琴去非洲，我们给钢琴装上轮子就是了。这样我才能延续他们的工作，这也是我为他们复仇的途径。为什么美丽总是纯粹的呢？我想要展示给大众的是文化与种族相互交融的杰作。这类作品不多见，却能带给人们惊喜。我将去阿富汗走一遭，去考察古希腊古罗马建筑与那里的印度艺术结合起来会碰撞出怎样的火花。"

　　阿道夫坚信大好人生正等待着他。他的胡子越长越浓密，脸上带着微笑，神情严肃，眼神坚毅，望向正前方。无论是谈论自己出身的阶层和辉煌无比的家庭，还是说到自身，他都嗤之以鼻，心态平和。

　　他这一生都在做两件事：阅读和写作。他的侄子小贝特朗也

---

[1]　高卢巴黎希部落："巴黎"一词就源自古代高卢的一个部落分支——巴黎希人（Parisii），该部落于公元前 3 世纪在塞纳河一带聚居。

有他身上的这种专注，对高级木器制造工艺很感兴趣。贝特朗是莱昂和比阿特丽斯的儿子，他对自己半个卡蒙多家族的身份并不看重，而是痴迷于欧本制作的"勃艮第式餐桌"的机械结构，并把餐桌变成了祷告台和书架。我去他父母家时总会欣赏一番。他天资聪颖，有一双巧手，一直想当一名手工艺人。有一次我还看到他和自己领养的狗一块儿玩耍。可怜的贝特朗·雷纳赫后来被纳粹残忍地杀害了。

德国人同样具有伟大的人文主义精神，他们热爱古代艺术。几个世纪以来，他们崇拜希腊文化，翻译柏拉图著作，但这并不妨碍纳粹行刽子手之事。这也是为何我不愿再听闻任何我喜欢过、能让我回想起年轻岁月的事物。出于同样的原因，我会在蓝色底纸上画白色和黄色方块以及一些无法解释的几何符号，我希望人们会喜欢。即使他们完全没有看懂我想表达的意思，我也期待他们能够收获感动，能记住我的画，在画前停驻，把画买回家，让画成为他们生活的一部分。

26. 结垢的热水器

　　1920 年 5 月，我途经巴黎，驻足在一家画廊的橱窗前被一幅画作吸引，这幅画使我重燃对绘画的激情。此前，我放下画笔已经好几个月了，我画不出任何东西。只要想到阿丽亚娜有个儿子或女儿这件事我就痛苦万分，我试图把这个念头从我脑海中擦拭掉。同样地，我也想忘记阿丽亚娜的脸庞，依着记忆里的模样我给她画过太多张肖像，这段感情令我心力交瘁。

　　我走进画廊。这一天，我遇到了卡恩韦勒，他和我谈起毕加索。三个月后，他卖出了我的第一张画。我立刻爱上了毕加索，也理解他的创作。这位立体主义派画家所创作的女性身体线条有着不朽的意义。对毕加索的仰慕使我花时间思考阿道夫说过的与他家族有关的那些话：戴奥多尔为建造翠鸟别墅的柱廊专门请来了几位学术大师，他们身上具有古典主义式严谨的品格，雷纳赫将这种严谨和非洲面具艺术巧妙结合起来。而原始元素所具备的一丝"野性"力量，恰巧能使古老的石膏模型拥有粗粝的气质和更为丰富的内涵。这是我从翠鸟别墅的构造中得到的启发，但在那里我从未鼓起勇气展示我的任何画作。我，一个出身山区的农民，只接受过一丁点希腊语语法的启蒙教育，却画出了让世界震惊的作品。我宁愿将这部分功劳更多地归结于阿道夫而非戴奥多尔。雷纳赫家族总能吸引背叛者，格雷古瓦·维霍德伊建议我像他一样离开这一家子，他告诉我："他们身上带着某种诅咒。"于是，最后我也背叛了他们。

　　我花了一周时间决定要成为一名画家，以摆脱古代文化对自身的影响。但我并不是全盘否定过去，卡尔热斯教堂的画作、埃菲尔先生的教导、阿索斯山的壁画、群蚁海角，或是我画的赤裸的阿丽亚娜，这些过往我都不会抛弃。我的画作和布拉克、毕加索、胡安·格里斯的画作一起，出现在美丽的展会上。我回想此事，那时我大概是想刺激雷纳赫家族的人，反正他们也没什么重要的事情要做。不少收藏家来买我的画，一位尼斯商人还举办了我的画展。我不会具体讲述这一切，它们都在我的作品目录中。当毕加索开始画粉色大腿的女人和吹排箫的演奏者时，我惊觉自己对翠鸟别墅的反抗过于简单粗暴，但我还是在继续。最让我惊讶的是，当我和大师毕加索第一次在卡恩韦勒家见面的时候，他居然对我说他十分向往希腊。从那时起，他对我一直很友善，还收藏了好几张我的画作。

　　我在巴黎的这些年事业取得了初步成功。我还会时不时地去看望雷纳赫一家，并买些书一起带过去。似乎一眨眼的工夫，翠鸟别墅的朋友们就都变得苍老了。

以下的想法是大不敬：我觉得他们学识浅薄。他们在家从不读小说，认为那是浪费时间。我很想在尼斯的书店里买吉罗杜或是莫朗的著作，或是安德烈·纪德、瓦莱里·拉尔博的作品，但我不敢，我害怕他们蔑视我的举动。他们与同时代的伟大作家们相继失之交臂，他们的眼里和心里只有狄摩西尼和修昔底德。假如他们想要寻求刺激，就会阅读朋友罗斯丹的剧作或是托马斯·高乃依那些已被人遗忘的戏剧。当戴奥多尔·雷纳赫、乔治·奥里克和正在写小说《德·奥热尔伯爵的舞会》的拉第盖这三人置身于莱拉旺杜的海滩上时，如果此时戴奥多尔邀请科克托加入，将会发生些什么呢？简直无法想象。科克托也许会欣然接受邀约，还带着狮身人面像的画作随行，又或者他构思剧作《地狱里的机器》——取材于古希腊的俄狄浦斯——的时间会提前到20年代。这四个人也许会一起谈论索福克勒斯和欧里庇得斯，然而，我可怜的戴奥多尔很快就会厌烦，认为听这种上流社会的江湖骗子话术实属浪费自己的时间，于是彬彬有礼地把科克托请出门外。

戴奥多尔去世后的第二年，我买了詹姆斯·乔伊斯的大部头小说《尤利西斯》，白皮封面，蓝色字体，我很喜欢，但当时我并不知道这本书究竟意味着什么。我没有按照顺序阅读，不求甚解，却乐在其中。私以为本书是《奥德赛》的现代改编版本，有点相像，可又有更丰富的内在。兴许戴奥多尔会喜欢这部作品，他身上有一种我熟悉的特质：在阅读时具备发笑的艺术。

我当时认为《尤利西斯》是本关于海上航行的笑话集。某些章节我是斜向翻阅的，因为我完全看不懂，只得仔细拆分书中混乱的场景。之后，我在看不懂的段落做上标记。我一直收藏着这本书，后来书出名了，我手头的初版也随之增值。在小说的第150 页，戴着厚酒瓶底眼镜的教授说：“我教授的是一门在当今时代看来显得多余的语言——拉丁语。对这门语言的使用者来说，他们的行动由以下格言支配，‘时间就是金钱’，这是由俗权统治的世界。是大人！是勋爵！教权飞去哪里了？耶稣大人！索尔兹伯里勋爵，伦敦西区的酒吧里摆着长沙发。但是希腊语呢！”我能想象雷纳赫兄弟读到这段话会有多快乐。

时间再往后推，曾上演过一出蹩脚的戏剧，里面中学生思维一样的内核就是典型的“雷纳赫”式，我用斜体标出剧中以下内容：“布鲁姆为身边最亲近的人制订了振兴社会计划。所有人都表示支持。基尔代尔街博物馆馆长拖着一辆卡车出场，上头摆放的全裸女神像在摇摇晃晃，有美臀维纳斯、潘迪蚬蝶维纳斯和灵魂错位维纳斯。同样还有新时代的九位全裸缪斯女神的石膏像，分别是商业女神、音乐剧女神、爱神、广告女神、工业女神、个人卫生女神、夏季环游女神、无痛分娩女神以及大众天文学女神。”

希腊的历史还在延续，而雷纳赫一家和它已经毫无瓜葛。我和阿丽亚娜待在别墅里画画，专门为我们自己而画。晚上，我会打开热水器的阀门，阿丽亚娜全身赤裸，站在其中一块白色虎斑大理石石板前，摆出安格尔画作《沐浴者》里的人物造型。这幅画已经有点毕加索的意思了，但我当时对毕加索还一无所知。我只是喜欢阿丽亚娜的脖颈，打湿的背，以及她歪着的头。这幅全裸图是为一幅我从来没有完成过甚至没有起草过的作品而预先练手的。正如整栋别墅是为了从未到来的爱情故事、从未收到过邀请的作家和后知后觉对它倾心的艺术家所准备的一样。

当时的艺术家都去过伊埃雷的诺阿耶别墅参观，这是 1925 年最时尚的潮流。自我开办了首次画展后，我的画作便给我提供了入场通行证。过了很长时间我才去体验 20 年代的风潮，我伤得很重，甚至觉得一切都要结束了，我无法立刻去拥抱刚开始流行的事物。自"二战"以来，我在最近几年才重新见到毕加索。重逢时，我们相互拥抱。没有人敢靠近他，他让人害怕。法国彻底光复之后，我从零出发，成了最激进的抽象派画家。在艺术风格上，我推崇极简风，最近这些年有越来越多的收藏家买我的画。

与此同时，我没能找回本该属于我的珍宝：亚历山大大帝的金冠。我意识到自己应该毫不犹豫地遵从那张匿名明信片的指令，取回那顶王冠，是我重回翠鸟别墅的唯一真正原因。也许我在撒谎，也许我还想最后再看这里一眼。德国人将翠鸟别墅洗劫一空后，我也曾回到这里，没有什么能阻挡我寻找大帝的王冠。我一直不敢回来，花了许多年才鼓起勇气。在我钟爱的亚森·罗平系列冒险小说中，总会出现这么一幕：主角只剩下一小时的时间来搜索现场，罗平却坐在一张长椅上，吸着烟。他不会一开始就有条不紊地去搜寻，也不会感受到内心的焦虑陡然上升，而是待到最后一秒才起身，调整单片眼镜，径直走向正确的藏物点。我担心达不到他的水准，毕竟，我是来偷东西的。每间房的横梁与藻井下面都隔着天花板，整座别墅内可以藏匿王冠的地方数不胜数。我很清楚陷阱分布在何处，这样的构造设计是为了让屋子保持冬暖夏凉。

我还想到了令戴奥多尔引以为傲的大型热水器。他曾洋洋得意地向埃菲尔介绍过家里的热水器，用来证明自己是最具"现代性"的最后一位在世古希腊人。

我从洗衣房的楼梯处往下走，地下室满是装着衣物、玩具的旧箱子，东西都没被挪走。德国人没有动过这个充当粮仓的地窖。暖气设备还在那里，表面的白漆也未掉色，开关把手和钢管也都好好的。在往昔的冬日，热气就从这里四散开来，大理石地面起到了保温效果。

我十分疑惑，盖子下面是否存在足够大的空间，能否放得下装着征服者王冠的盒子。既然如今别墅只作避暑用，热水器不太好使也无关紧要。我无法拧开被钙质全部腐蚀的金属旋钮，又敲了下恒温水箱，里头传来满满当当的声音。我没力气了，应该要先拆卸热水器，把它锯成小圆片。如果这位马其顿国王存世的最后一件宝物藏身于此，可得喊上一大帮人才能合力将其取出来。对于最后是否能找到王冠，我不由打了个问号。蓬特雷莫利曾叮嘱我，需要每隔两三年全面检查一次加热系统，清空热水器里的水。一开始我们是照做的，后来又忘记了。

蓬特雷莫利，我亲爱的朋友，有空时我会去看看他。他身体不好，或许感到自己大限将至。他曾获得过无数荣誉，却对此不屑一顾。我不知道兰尼埃亲王有没有邀请他参加自己的婚礼，说来，建筑领域摩纳哥风格的创造者理应出现在这场婚礼的教堂大殿上，但没人想到他，或许是因为他的身体太过孱弱，无法承受参加这类活动所需的强度。蓬特雷莫利在某些方面十分固执，他同我咬牙切齿地交谈了一个小时，意在揭露勒·柯布西耶的真面目，就像对着他在美术学院的学生讲话一样。他说，如果大家听从这位先知兼独裁者的发言，最后只能睡在兔棚里。这位"大家"对建筑史、建筑变革一无所知，他不知道翠鸟别墅的装潢与细节堪称最优美与最简洁的表达，也不懂在这座怡人的别墅内生活的艺术。蓬特雷莫利滔滔不绝，然而，当他看到年轻的建筑师们成为勒·柯布西耶的拥趸，听到他们奉承柯布西耶能够继承帕特农神庙和沙特尔的建筑大师们的衣钵的时候，年老的雄狮被惊醒，并爆发怒火。他叫道："柯布（年轻人对柯布西耶的爱称）只是一个机会主义者、阴谋家、维希小团体里的狐朋狗友之一。他只是个擅长修建监狱的瑞士人，本应在自己设计的牢狱中度过一生……"我从不敢告诉他，我将去罗克布吕纳的乡间小屋看望勒·柯布西耶。这位建筑师的居所像是一间船舱，他就如全裸的第欧根尼住在酒桶里，提到第欧根尼，兴许雷纳赫先生也愿意前来与这位古希腊智者辩论一番。柯布西耶那套隐士般的单人小屋总计只有 15 平方米，却是人类能想象到的最极致的美丽，海洋与绿树全都触手可及。

27. 花园里、岩石间的回声

在大众看来，戴奥多尔与其兄所罗门作为幕后推手，唆使卢浮宫购入了有史以来最为昂贵的赝品。当我理解了这一层意思，雷纳赫的家族史诗则以另一种方式闪闪发光起来。我坐在门外的长凳上，一边看着一望无际的博利厄，一边在心里描绘着这里有可能发生过的所有场景。这些年翠鸟别墅历经谗言诽谤、专家鉴定、各类报告，最终得以拔地而起。危机之际，所有敌人和庸众都跳出来落井下石。很久以后的某一年，我带着未婚妻参加尼斯狂欢节，那时的我对雷纳赫家族发生的故事已经了然于心，认为只是一桩年代久远的逸闻罢了，正如我试图麻醉自己来忘记阿丽亚娜，然而锥形冠事件仍是众人的谈资。游行的一辆花车上放着一顶由柠檬制成的王冠，边上是卢浮宫身着睡衣的馆长，戴着厚底眼镜的雷纳赫端坐在上方，活脱脱像是脚上戴着镣铐的苦役犯。大家坚持说这是诅咒，是雷纳赫家族的罪孽。这并不公平。幸运的是，翠鸟别墅是阿索斯半岛的缩小版模型，只消关闭入口，翠鸟别墅就变成一座封闭的修道院。

　　戴奥多尔所求无他：静谧、地中海、音乐和一个小花园。他居然敢在别墅门前摆上几件雕塑作品，但体积小不占地。为避免有人从远处瞧出来，他没把雕塑放在高高的可俯瞰大海的座石上。倒不是害怕闲言碎语，只是因为他喜欢这样的摆设。雕塑们放得靠后，离别墅近，几乎隐没在树林里。这些都是在赫库兰尼姆古城考古时挖掘到的青铜器复制品，真品由那不勒斯国家考古博物馆购入收藏。我非常喜欢其中一座年轻女人的雕塑：五官端正，白色珐琅材质的眼睛望向衣肩。在视线稍远处，一座农牧神雕像在茶色玫瑰间翩然起舞。

　　附近的别墅互相争奇斗艳起来，有的建起法式花圃，有的围起英式公园。比阿特丽斯·埃弗吕西将两种风格融合起来，阿娜嘉别墅的天才罗斯丹不知道怎么选择，陷入两难，戴奥多尔只种他喜欢的花，他四处播撒花种，而后任它们肆意生长。园丁一礼拜来一次，戴奥多尔嘱咐他步骤尽量精简，无须花大力气打理。群蚁海角很快变得像一座真正的希腊岛屿。如今，不知是谁提议将砂砾石带进花园，还有人在园中除莠草。在戴奥多尔眼里，草没有良莠之分，只有品类繁多、颜色各异的草，和长在角落里可供烹调的草。

　　我们在花园里做运动。我把一根线系在门廊的横梁上，每天早上和孩子们一起锻炼。巴塞勒斯像魔鬼一样狂吠，法妮的贴身女佣有点怕它，她怀念以前的塞伯拉斯。我从没想过自己是在博物馆里生活。这栋别墅是疯狂的存在，也是荒诞又审慎的作品，而它最初只是乐观主义者的创作，为了证明人类能够回到过去，抵抗外部世界的侵袭，就像给挂钟拧发条一样。我并没有参观过现存的所有希腊别墅，但我的确认为没有人会在里面装一根绳做伸展运动，也不会任植物自生自灭。我很想去慕尼黑的斯塔克别墅一探究竟，人们评价它美丽但稍显阴森。我曾前往科孚岛参观过阿喀琉斯宫，这座由茜茜公主主导修建的宫殿有着稍显稚嫩的希腊风格装饰，里面的阿喀琉斯花车已经被漆成了维也纳风格的咖啡店。作为奥匈帝国皇后的行宫，工匠在这里安装了双杠和拱门，后来它被威廉二世购入。他的幽魂似乎仍然统治着这里。周围是他年轻的卫兵，穿着马拉松战争时期重装步兵的盔甲。在巴伐利亚，我去过慕尼黑的几家博物馆，包括由路易一世下令兴建的石雕陈列馆，专门用来收藏埃伊纳岛神庙的雕刻作品。埃伊纳岛靠近雅典，与其他神庙相比，它拥有最为秀美的花田，这块花田的存在时间早于帕特农神庙。慕尼黑这儿修缮古三角楣的方法有些笨拙，红蓝色房间像极了巴黎国立高等美术学院学生奢华作业纸上的绘制作品。路德维希一世曾预示后来的继任者路德维希二世的穷奢极欲，后者建造了圣杯城堡新天鹅堡、仿制凡尔赛宫的赫尔伦基姆泽宫、瓦格纳歌剧院，但路德维希一世似乎同样想要建造庞贝古城风格的寝宫。这些奢华的古董建筑同翠鸟别墅没有丝毫关系。戴奥多尔喜欢淡雅的颜色，以至大理石材质能随意在白墙上泼墨挥毫。他想要蜜蜂蝴蝶、瓢虫金龟子停在墙上，组成幽微的交响曲，而不是更张扬的"彩色装饰"——该词是 19 世纪的流行词汇。德彪西推崇的那类古代文化也是他的心之所属，相较起来，他反而没那么喜欢用小号和铙钹演奏威尔第歌剧的此类风尚。翠鸟别墅的类似风格或许还可见于印度或日本。

在变换生活方式、跻身不同阶层、云游各地、经历战争之后，我很快成熟起来。这种生活节奏需要我变得机敏。当我坐在花园里一条红色长凳上，重新思考自己的年龄、现今的状态、懂得的丁点儿道理时，却什么也回想不起来。我记起马拉美的一首诗，没人给我读过，是我自己发掘的。他这样写道：

> 甚至连映入眼帘的古老花园也不能，
> 沉入大海的这颗心将一无所恋。

树木今已亭亭如盖。土地重又松过，种上只有观赏价值的植物，蜂蝶光顾得也少了。来游泳的人经常登上悬崖，散步的人通过 24 小时开放的低矮巷道环游圣让卡普费拉半岛。这儿真不像是藏宝处，也不是我日思夜想的地方。

阿道夫曾向我称颂过这片自由生长的花园，他喜欢这样面积不大的地方，讨厌塞瓦省拉莫特 - 塞沃莱克斯区的花圃与耕地。

他不喜欢萨瓦省的大栋别墅，以及用"英式蛋奶酱"浇筑的骑马道。这就像是弗拉卡西上尉发大财之后建造的。对大多数人来说，翠鸟别墅和市面上其他别墅没有一丁点相似之处，比起来还是埃弗吕西的别墅或者拉莫特－塞沃莱克斯区的大别墅更能彰显家族的成功。

法妮·雷纳赫的贴身女佣一直在抱怨，说自己不喜欢翠鸟别墅。冬不暖夏不凉，帆布床睡着不舒服。所有的路都是直道，条件十分艰苦。她不敢说的是她不明白主人家花这么多钱来这里，却住在这么个破地方，她在门前甚至发现了绊脚草。她的女主人脾气太好了，才能忍受丈夫的任性妄为。想到埃弗吕西夫人请人修建的才是一座真正的宫殿，临海的位置让它比凡尔赛宫还要漂亮，女佣冒险进言："如果夫人愿意，我们可以开辟出一块带有几扇拱门的玫瑰园，这里会变得更漂亮。我看到在尼斯的英国人漫步的大道上，大丽菊开得成团成簇，有人采下来扎成美丽的花束。"只有当雷纳赫一家人前往萨瓦省时，女佣才感到开心。戴奥多尔对萨瓦省也心怀热情。他在拉莫特－塞沃莱克斯一块好地上购置了一处房产，周围有奶牛、羊圈和奶酪。这些年在翠鸟别墅的修建过程中，戴奥多尔也努力使"城堡"变得现代化。结果很可怖，拉莫特－塞沃莱克斯的房子成了新路易十三风格的干酪肉酱模型，那简直像是难以消化的干酪火锅，又像是位于田间的专区首府。这幢房子开了五十多扇窗户，到处都有壁炉、挑檐和三角楣，彰显出过犹不及的气息。建筑师叫路易·勒格朗。雷纳赫一家经常开玩笑说他们肯定没有在谈论"路易勒格朗时代"。在他死后几年，雷纳赫一家被迫把土地上交给了萨瓦省政府。但这里有雷纳赫夫人的女佣所中意的一切：山间空气、厚鸭绒被、巨大的壁炉柴架、洛可可风格的小型家具、流苏窗帘以及坐上去十分舒适的低矮扶手椅。某天，女佣逃走了，她没有要求主人家给她写封推荐信好让她在别处找到工作，只留下这么一段话："我无法再忍受继续生活在这幢别墅里，所以不想再继续干下去了，希望夫人不要怨恨我。"雷纳赫一家就另外请了人。

戴奥多尔偶尔受够了希腊式建筑的时候，很乐意前往拉莫特－塞沃莱克斯区的住所。我撞见过他很多次，坐在圆柱华盖大床上，周围是有品位的家具，他神情陶醉，正在高声诵读他资助的报纸《萨瓦民主报》，他从不忘记让人在镀金餐盘上摆放早餐。壁炉上刻有一句拉丁语的文字游戏：我遵纪守法。这是任何议员都必须遵循的准则，除了不应该把它放在厨房里当标语。此外，单词也使用错误，动词后面应该接宾格，而这句话里用的是主格。他很喜欢这类小学生笑话，并以讲这种笑话为荣。他是想要让阿尔卑斯山的农民们刮目相看吗？他在那边完全像变了个人，他是富有的专制君主、管辖地的总督、共和国的化身，更是路易十三风格的坚定推行者。这位民主人士认为自己是贵族、暴君；对希腊文化如痴如醉，并伴有公共场合恐惧症；着迷于一夫一妻制；一位富有经验的博物馆学家（尽管曾被造假者骗得团团转）；翠鸟别墅的总设计师（尽管喜欢睡在装修丑陋的空间内）。巴赛勒斯在树林里奔跑，像狩猎者一样幸福。

"你觉得我们属于贵族阶级吗？"阿道夫问我，"我总觉得阿道夫·雷纳赫（Adolf Reinach）——幸运的是我名字不以 f 结尾[1]——去意大利继承爵位这件事很可笑。我父亲的日耳曼堂亲雅克·德·雷纳赫男爵，过去叫雅各布，后来改名叫雅克，家族附庸风雅，想要同卡蒙多家族和康达维斯家族一决高下。康达维斯家族通过现钱贿赂意大利国王，被授予安特卫普伯爵称号。1860年，就是戴奥多尔出生的那一年，卡蒙多家族加官封爵。即使莫伊兹·德·卡蒙多伯爵喜欢我叔叔，中间还是隔了一代人。就不和你说表兄维克托·冯·埃弗吕西哩！我猜得不错，他们都渴望像罗斯柴尔德家族一样飞黄腾达。别人口中的那位"雷纳赫男爵"其实是我外公，我爸爸娶了他的女儿。我们家族就像王室一样族内通婚。我有一半贵族血统。雷纳赫和雷纳赫生的儿子，简称雷纳赫次方，这一切都太可笑了！"

对阿道夫来说，贵族身份意味着不用和他人做一模一样的事情。这家人在这点上都做得不错，更不用说能体验到对聒噪者表示厌恶与轻蔑的乐趣。博利厄的"雷纳赫城堡"是中世纪领主的庄园，少了棋牌游戏、壁炉旁的刺绣品、打发无聊时光的字谜和

---

[1] 阿道夫的名字拼写为"Adolphe"，与"Adolf"读音相同。

社交把戏，彻底避免了从赌场出来就自杀的恶习——赌博让所有富人感受到贵族的刺激与痛苦。

我很想知道这三兄弟的父母到底是怎样的人。通过了解家族历史，我逐渐捋清了个中关系，这话题不能说完全讳莫如深，但确实也不在大家的讨论范围内。赫尔曼·雷纳赫的祖籍在瑞士雷纳赫市，这个家族于 18 世纪移民到了德国。赫尔曼出生在法兰克福。其祖父来自美因茨，曾效力于拿破仑和西发里亚国王热罗姆，热罗姆也是拿破仑的弟弟。阿道夫对帝国风云十分着迷，这段历史象征着火药、冒险和轻骑兵上衣的优雅。赫尔曼·雷纳赫在七月王朝时期来到巴黎，开始是个捐客，最后自主创业，投身到银行业的大潮中，与各路政客结交。戴奥多尔说过，他父亲与梯也尔先生交好，长兄约瑟夫在他一本大获成功的法国雄辩术文选中也着重提到了这位戴着眼镜的小个子。我看得出来雷纳赫家族对梯也尔的敬仰，这一家子也十分感激他。对于许多人来说，梯也尔打响了巴黎公社的第一枪。

在每块拼图逐渐各归其位的过程中，我花了不少时间，但我相信最后一定能把它们全部拼出来。这时期雷纳赫一家在西班牙铁路和其他新产品的投资上取得成功，富庶又低调的这一家人在圣日耳曼昂莱的大别墅里生活。赫尔曼的双胞胎兄弟阿道夫，即雅克·德·雷纳赫男爵的父亲在巴拿马丑闻事件中自杀。在距离路易十四出生地两步路远的地方，赫尔曼有一栋彰显雄厚财力的华丽别墅：它在圣日耳曼的皇家瞭望台旧址上屹立不倒，游客们一定不能错过。倘若我的记忆没出错，如今那里还竖了立牌标识出来。

1899 年赫尔曼去世后，我在报纸上读到戴奥多尔在他房间里发现一笔巨款，总计 1400 万金法郎。对于我这种出生于卡尔热斯的羊倌来说，1400 万的巨款犹如天方夜谭般抽象。

钱对于三兄弟来说不构成任何问题。他们的收入包括租金、股票投资、不动产等，这些足以支撑他们投身于其他更为严肃的事业，例如代表选举、卢浮宫藏品购买，它们比狩猎装备和加入赛马俱乐部更让三兄弟感兴趣。狩猎是戴奥多尔的儿媳比阿特丽斯·德·卡蒙多的爱好，而对普鲁斯特笔下的人物，半吊子爱好者夏尔·斯万来说，加入赛马俱乐部倒是件大好事。同样的考验降临到了德国银行世家沃伯格家族的头上。长子阿比·沃伯格痴迷于学术和艺术史著作，他放弃了长子继承权，和《圣经》中以扫因为一碗红豆汤出售继承权不同，阿比的条件是弟弟们必须承诺购买他在研究中需用到的所有参考书。

雷纳赫家族不再有人从事银行相关的职业。当什么都不缺时，兄弟三人就完全投身于真正诱人的财富——书籍当中。如果他们能花点心思在打理得不错的家业上就更好了。我过了很久才明白：像我妈妈这样的穷人，或者比她更穷的女孩，钱对她们来说才是最重要的。她情愿戴奥多尔介绍我进银行业也不愿意他给我上语法课。她大概希望我能娶上某一位同母亲一起来雷纳赫家做客的小姐，家里还有百万财产。对于约瑟夫、所罗门、戴奥多尔三兄弟来说，锥形冠的价格不重要，钱在他们心中排位很低。他们的贪婪受到谴责，这场收购丑闻差点摧毁法国的名声。他们基本不怎么关心自己的家产，以至于家业在两次世界大战期间消失殆尽，显然自此之后也没恢复过来。我看到雷纳赫家族的新生代只能坐在三等车厢中旅行，因为"只要有一本书，在哪里都舒坦"。其实，对金钱无所谓的态度也是靠着三到四代人积累的巨大财富得来的底气。阿道夫已经表现得超然物外了："阿喀琉斯，我希望在这座花园里，能够呼吸新鲜空气，看到海，锻炼身体，听到窗子里传来的钢琴声。你觉得这里的兰花美吗？黑色的花如今引领潮流。可怜的郁金香，被迫生长在板岩缝里的蓝色绣球花，你也喜欢吗？在爸爸位于巴黎的家里，塞夫勒花瓶里只装着这些花，没什么品位。戴奥多尔叔叔像是抛弃了他的花园，你无法想象他会喜欢这样的花园。他还禁止家里摆上花束，这么做是有道理的。爸爸则觉得壁炉上应该要放些兰花，更有烟火气。我们无须保留贵族的陈腐传统，像是贵妇沙龙会，或是年迈的欧仁妮皇后到达芒通镇时身后跟着的一群年轻侍从。贵族，意味着科学、艺术、文学，以及罗斯丹的翎饰。你相信我也能写戏剧吗？"

他从护墙上跳出去。在别墅外的岩石石缝间来回蹦了三次，全副武装地从最大的那块岩石顶部俯冲跳了下去。雷纳赫夫人的女佣目睹了这一切，她举起双臂，小跑着去找餐巾。

28. 餐厅"特里克林诺斯"或躺着进餐的艺术

那是"二战"期间普通的一天，没什么特别的。餐厅的橱柜帘子被掀了起来，所有的餐具都掉在地上。壁画前的庭院里雨丝绵绵，我不能再耽搁下去了。

距离纳粹的烧杀抢掠已过了几天，我第一个踏进了翠鸟别墅，当时我就在附近那一带地区。门卫匆忙逃去了尼斯，催促我尽快赶到。乳品店老板娘的女儿也给我打过电话告知此事，这位姿色不凡的姑娘在"二战"结束解放之际遭到了大麻烦。

我把完好无损的盘子和碗捡了起来。纳粹洗劫了翠鸟别墅，庆幸的是别墅没有损毁，也没有被彻底抢掠一空。他们搜查了所有的橱柜，带走了全部的文献资料。餐厅的情况最为惨烈。出于本能和敬畏，我将地上的碎片一块块捡起来，也不知道除此之外还能做些什么。

阿丽亚娜和蓬特雷莫利一家受邀出席在餐厅"特里克林诺斯"举办的晚宴时，席间她一直在欣赏盘子和碗。戴奥多尔还是心有执念，杜绝一切复制品。他无法想象用假的希腊餐具吃饭。博物馆收藏的餐具通常是装饰品、奢侈品、皇陵里的陪葬品，但还是有必要制作一些供希腊平民日常生活使用的餐具。陶瓷匠从窑炉里取出陶器，快速描上一些花纹装饰，在庞贝古城和赫库兰尼姆古城的废墟间可以挖掘到这种雅典风格的日常餐具。

厨房里也有好些壁橱柜。我下楼看了看，德国人同样翻箱倒柜，一片狼藉。我捡了一小块碎片放进口袋。

希腊人挑选来自陌生国度的木材时，会看颜色、品香气、识纹理，同样，在挑选台布与餐巾方面则受到了朝鲜陶瓷匠的启发。比起陶瓦，陶艺家更愿意使用粗陶，有时在里面加上些高岭土。瓷器颜色种类少，只有米色、赭红色、黑色来配合别墅的用色，简单漂亮。

餐厅里设有几张床，方便大家躺着吃饭。其中一张"鹤立鸡群"，特别高，根据古代习俗，这是留给主人的。从外观来看，这张床无可挑剔，但我从没见过戴奥多尔躺在上面。他坐在妻子对面的一张椅子上，面前是一张小桌子。花纹革皮小床只起装饰作用。

餐厅的墙面相连，不形成折角，视野十分开阔，一览无余。但也因此缩小了内里面积，不能举办大型宴会。我现在没时间查看蓝色天花板，上面的壁画已经支离破碎。但我不明白要怎么把王冠藏进这间房里。墙上挂着那不勒斯博物馆典藏画作的复制品，让人想到古希腊的小幅绘画。纳粹没把画取下来。我靠近欣赏，稍稍抬起每一幅画，发现画后面除了墙就别无他物。我从橱柜里取出盘子，观赏它们，而后放在手里把玩，从抚摸略微粗糙的表面中得到乐趣。

在这间名为"特里克林诺斯"的餐厅，胃口最好、在这里待的时间最长的雷纳赫家老二所罗门给我留下了最深的印象。他有两项造诣精深的爱好，一样是写文章，另一样便是给书编写冗长的目录与索引。制作索引于他而言是盛宴，也是甜点。他不会把这项任务交给其他人。他想要写出通俗易懂、人人都能读的书。这倒是给我送来了乐子，因为他首先利用晚饭后的长谈，拿我当小白鼠做试验。之后，文集一出版他就拿来送我。我拥有全套作品，上面还有所罗门的题字，字迹清秀。他发表了一些写得不错的短篇概要。文章的写作口吻像是和朋友在讨论，人们可以揣在口袋里阅读，一经面世就取得极大成功。最有名的一本叫《阿波罗》，绿皮封面，上头装饰着一块凸起的金币，讲述从山顶洞人时期到现代美国雕塑时期的美术史。他还写了《康尼丽，拉丁不哭》《西多妮，法兰西没有痛苦》以及我最喜欢的《欧拉莉，希腊没有眼泪》。这些书过去会下发给法国各大院校，现在已经看不到了。我暗忖：连我最后也厌倦了希腊拉丁文化，而那些一无所知的蠢货正在现实世界里节节攀升。所罗门认为，任何科学真理都是可以解释的。此外，他在卢浮宫学院开设的课程大获成功。在翠鸟别墅的晚餐时间，他向我们描绘世界上受到压迫的妇女。他舒服

地坐着，在椅子里摇来摇去，像饲养场的公鸡。约瑟夫笑了，没
察觉到当他回忆甘必大的伟人形象时，他的两个弟弟同样也是这
么嘲笑他的。甘必大是最有影响力的政客。约瑟夫趁自己在博利
厄停留时，会抽时间专门去尼斯的甘必大墓前冥想沉思。我曾在
吃饭时听他说起过"伟大的总理"，字音含糊，好像嘴巴里在嚼一
块鹧鸪肉。有一天，约瑟夫和戴奥多尔在我面前谈论所罗门的风
流韵事，音调放得很低。他们提到坏女人利亚纳·德·普齐，所
罗门与她有染。利亚纳学问不高，但确实坐拥真金白银。所罗门
通过结交这位最为慧黠的半上流社会美艳交际花，成功让雷纳赫
家族打入因包养情人而破产的封闭阶层，其成员跨度从巴伐利亚
的路易一世公爵和情人劳拉蒙泰丝，到亨克尔·冯·杜能斯马克
和情人拉派瓦。这笔买卖还挺划算。

　　埃菲尔经常来"特里克林诺斯"吃晚饭。他也不害臊，借着
身上疼痛，躺在床上呻吟，等着别人给他端来狍子腿肉或是冰淇
淋。真不可思议，他是如此衰老又是如此年轻：他出生在 1832 年，
路易·菲利普统治伊始。他告诉我他的父亲亚历山大曾担任过拿
破仑大军团的长官。埃菲尔先生和父亲同名，也叫亚历山大。戴
奥多尔总是称呼他为亚历山大，据他说这是一种希腊式的叫法。
但其他人都喊他的中间名，居斯塔夫。我十三四岁时，看到他一
刻不停地工作，别人却以为他来博利厄度假。他想知道如果气象
实验室进驻埃菲尔塔顶会带来什么效果，还想请人在上面建立广

播站基站。埃菲尔做了几组空气动力学实验，宣称比起伽利略在比萨斜塔上的实验，开展自由落体运动研究还是在三百米高的埃菲尔铁塔上效果更好。他告诉马夫、厨师、奴仆、我的妈妈和弟弟，埃菲尔铁塔很快就要向公众开放，在巴黎城大放异彩。它将成为军队的瞭望台、飞船的探照灯。和别人谈论埃菲尔铁塔的相关事宜是他的乐趣，也是他的烦扰。他愿意用生命的代价确保这座宏伟的铁塔永存。

我 15 岁时，有机会在这间餐厅里观察他们所有人。当然，我也会趁机偷偷作比较。一边是学识渊博的工程师，设计出媲美文艺复兴时期的住宅；另一边则诠释古代风格，本能地追求简洁的线条形状，当然还有集中供暖。一边是现代化的建筑配上石阑干，另一边是古代风格的翠鸟别墅配上金属阳台栏杆，似乎他们互换了角色。

"老伙计埃菲尔，你的智识启蒙得真早！"

"而你，戴奥多尔，你知道古希腊文化会在未来得以重新流行。啊，爸爸妈妈，我有些怨恨你们，因为你们曾说现在是莫里哀的时代，大家都说法语，所以我从没学过希腊语，如今为时已晚。"

"而我，您能相信，我去学习了那些气动力的知识！"

"年轻人，你太谦虚了。你曾在高中生'总决选'的物理科目中基于阿基米德螺线和毕达哥拉斯定理写了一篇文章，该文章最终获得了竞赛委员会表彰……"

晚饭后类似的辩论通常持续数小时。没有敌意，没有排斥，对话内容很少落在具体的人身上。他们更乐意谈论各自正在读的书。他们回忆书上的内容，就像有些人喜欢讲打猎钓鱼或是追忆爱情往事。讨论结束，他们又来到会客厅"安德隆"吸烟、喝白兰地，而女人们则前往音乐厅"欧依蔻斯"，打开钢琴弹奏音乐。

从阿索斯山回来之后，我们和埃菲尔一起在餐厅吃了顿午饭。埃菲尔想知道旅程中发生的故事。我也在受邀行列之中。我和阿道夫默不作声，而戴奥多尔在一旁夸夸其谈。因为线路出错，我们什么也没找到，亚历山大大帝的陵墓不在那里。埃菲尔听得开心，说道："我要是跟你们一起，准能搜到。不过，还是算了，谁让你们不想我参与呢。"

光阴荏苒，我越来越无法忍受这类饭局。但如果我不将其记录下来，这段往事很快就将了无踪迹，空余一抔尘土和几个碎裂的盘子。

29. 会客厅"安德隆": 雷纳赫一家在暴雨天接待国王, 忒休斯大战人身牛头怪

　　翠鸟别墅举行宴会, 称得上罕见。别墅建在海角上, 任何人都能从沙滩上看到, 却鲜有人前来参观。很简单, 因为别墅不常对外开放, 也无法举办大型宴会招待外客。然而凡事总有例外。有些夜晚, 别墅灯火通明。最大的房间名叫"安德隆", 是古希腊专门为男子设计的套间, 但如若雷纳赫家的女性友人前往赴宴, 同样来者不拒。我很久前参加过晚宴, 帮忙移走笨重的希腊家具, 放上圆桌, 摆上花束, 效果惊艳。红色大理石或者说桃花色大理石与门帘交相辉映。蜡烛微亮倒映在窗前银色花瓶上, 烛光摇曳向南。绣着"雷"字的餐巾与希腊元素无关, 而是与拉莫特－塞沃莱克斯别墅举办共和主义者晚宴时用到的餐巾为同款。戴奥多尔不愿意我们把书架也搬走。腾出书架的地方本来可以放更多桌子以便邀请更多客人, 但是他始终秉持着圣殿不欢迎渎神者到来的态度。

　　一天晚上，比利时国王利奥波德二世大驾光临翠鸟别墅。他住在离这里两步远的利奥波德庄园，看上去对拥有这样恢宏的行宫十分满意。戴奥多尔认为无须大惊小怪。国王嘛，他认识的多了。他接待过其他国王，其时还一边哼着歌剧《美丽的海伦》里的唱词"这是国王……"瑞典国王古斯塔夫五世提议，花园里应该要配备网球场，显得档次更高。网球是这位国王的爱好。但他要求建的是奥运会比赛规格的网球场，这对蓬特雷莫利来说是难以预料的挑战。希腊国王乔治一世来到翠鸟别墅汲取灵感，好改造王室夏宫塔托伊宫，使其更具希腊风格。总统阿尔芒·法利埃在摩纳哥度假时，出于民主派天生的好奇，也前来参观别墅。他蹲下来同巴赛勒斯打招呼，这只狗此前从未这样吠叫过。他询问巴赛勒斯是不是《奥德赛》里的狗，名叫阿尔戈斯。尤利西斯从伊萨卡回来时，阿尔戈斯是第一个认出他来的。在场的人因为这句俏皮话儿不由发出赞叹。法利埃操着一口西南口音，咨询如何用栅栏分开会客厅"安德隆"和立柱等所有细节，这或许因为他爷爷是一名打铁匠。他决定让左拉入葬先贤祠，戴奥多尔在所有人面前称颂他的义举。其他人加入讨论，想知道德雷福斯上尉是否有一天也能在伟人祠堂占据一席之地。

　　在这些聚会上，我并未见到太多法兰西学院的院士：雷纳赫先生可能不愿向他那些学识渊博的同侪炫耀他的巨额财产。他把别墅赠给同事，想要他们把他的理念发扬光大，但也希望他的孩子们还能继续来这里。厨娘朱斯蒂娜称之为"附带果汁条件的捐赠"，显然这是最好的解决方案。

国王利奥波德莅临参观之时，一场暴风雨突如其来。雨点开始落下，仆人们关上栅栏，雨越下越大。我身穿白色上衣，扮演小配角，监视宴会场上的一举一动。国王起身，向雷纳赫家族敬一杯酒，另一杯敬伯里克利，并要求把窗户打开。客人们出去观赏滂沱大雨和撕破黑暗的电闪雷鸣，像是在看一幕戏。翠鸟别墅证明自己扛得过雷暴天气。全体宾客，穿着晚礼服，淋成落汤鸡，衣不蔽体，就像是在非洲参加迎接太阳到来的盛典，簇拥在国王身旁。国王留着白须髯，外形酷似海神波塞冬，以发号施令为乐。那一晚的回忆是那么美好，整栋别墅里萦绕着狂热的气息。而今，当我再次看到会客厅时，我难以想象这些场景都曾真实发生过。现在一切都归于寂静。

来自那不勒斯国家考古博物馆的青铜像和石膏像立在底托上，沿着墙面排开摆设。一个多世纪以来，人们复制这些雕像，卖给观光客。其中有座雕像刻画的是骑马的亚历山大大帝。我凑近端详许久，沿着骏马眺望的方向，转头在身后的地面上搜寻，没有发现一块留有缝隙的大理石板。我一开始认为"安德隆"最适合放置亚历山大大帝的王冠，但这天下午，什么也没出现在我的面前。如果纳粹找到王冠呢？如果他们离开时带走了文件和王冠呢？他们当中会有学者灵光一闪，想到一旦"元首"希特勒统治全世界，会一把火烧了王冠吗？

　　王冠的另一处藏身地，极有可能是宝座了。那是一把为祖先准备的扶手椅，总是空着没人坐。这处设计是蓬特雷莫利的手笔，既庄严又轻便，让贝滕费尔德惊讶不已。我一直在想这把扶手椅是不是祭奉给荷马的。他的幽魂坐在上面，四周围绕着为他而来向他致以敬意的大作家，如同安格尔的巨幅绘画一样，看起来像在校园中拍摄的班级合影。阿道夫开玩笑似地给椅子取名"阿喀琉斯的扶手椅"，他给我看莱昂·贝努维尔画作《阿喀琉斯之怒》的照片。阿喀琉斯坐着，神情凶狠，浑身赤裸，裹在形成褶裥的宽大白色罩衫里。后来，这幅照片赐予我灵感，我与阿丽亚娜在扶手椅上作画。她想要趁着屋内没人，在我们成为情人的这段时间里为我作画。她留了格雷古瓦的钥匙。屋内只剩我们两人的那几个礼拜，每当夜晚有兴致时，她就前来与我会合。轮到她时，我要求她坐下。她的身形如此瘦削，靠在扶手椅一边的把手上缩成一团。我在本子上画下她的身体线条，眼睛却始终没有离开过她。我听见耳畔响起她的声音："不要，阿喀琉斯，明明是你该坐在这个位置上。"在看见阿丽亚娜的画之前，我从来没有如此强烈地喜欢过翠鸟别墅。在她圆睁着的大眼睛里，我读出了她是最了解世界的人，她是我闭上眼睛也能画出的作品，她使我想起我第一次看到的作品。她向我展示棕色窗帘上的绣花。蓬特雷莫利指示裁缝时不时地更换丝线，要根据染色缸调试的颜色来做决定，绣花颜色就不会一成不变。这就留出一块地方可以随意变化装扮，好让这里看起来有新鲜感。在阿丽亚娜告诉我之前，我从来没注意到这点。如果戴奥多尔突然在宴客的餐厅里撞见我们俩，全身赤裸，站在一把古董主教座椅前，手里拿着画册和彩色铅笔，他会说些什么呢？

我衰老的身体已经变形，瘦得厉害，气虚无力。我把这些画都藏了起来，这自有我的道理。画纸背后没写什么东西，我的孙辈们或许将思忖我画上熠熠生辉的主人公姓甚名谁。当时我对脱下衣服站在灯光下摆姿势有些犹豫，是阿丽亚娜坚持如此。她先是画了第一张，隐去了我身上的伤疤。我要求她重新画，把伤疤加上。她一边拥抱着我，一边把画撕掉了。有幸看到这些画的人将欣赏到世上最美丽的女人。我从不用画框把这些画裱起来，对待这些画作本应如此。这些年来，当我试图找到阿丽亚娜的踪迹时，便会想起她曾经保管的一大串钥匙。我以为她有时会想回到这幢别墅，毕竟在某种程度上来说别墅也曾属于她。我很清楚地知道什么时候别墅里没人，如果我趁着没人的时候回来，那只是因为我幻想她也会抱着同样的念头。或许我和她将在"安德隆"里相遇，如同她专门在那里等我。然而命运不会对我如此垂怜。

站在这把我曾迟迟不敢坐下的扶手椅前，我第一次泪如泉涌。恍惚间我又见到了阿丽亚娜，我们就这样面对面站着。我向空气伸出手，而后把手掌放在木椅上，嘴巴贴着扶手。这里有她存在

过的痕迹。格雷古瓦告诉我阿丽亚娜消失后，我怎么让她就这么
离开，怎么没能成功找到她呢？多年来，我一直不去触碰这些想
法。然而在翠鸟别墅里，不回想过去是不可能的。悲伤疯狂地席
卷了我。

我费力搬开这件宏伟的家具，用两根手指轻轻敲打每一块石
头，聆听有没有空心声，但每块都很坚实。我坐在地上，心里盘
算说找不到那顶王冠了。修建这间房的窗户时，蓬特雷莫利研究
了意大利的各类宫殿。他设想了一种有点像16世纪罗马时期的门
窗玻璃布局，加上青铜配件，内置百叶窗，从其他地方看不到里
面。这不是希腊风格，但有种"古"韵，在当时20岁的我看来非
常迷人。如今再次见到却觉得有些阴森可怖，我依然在难以自抑
地哭泣。

我曾把在"安德隆"里听到的对话转述给阿丽亚娜，如今这
些话有了另一层含义。当时蓬特雷莫利陈述了如下观点，雷纳赫
表示赞同：不同时期交错发展，时代从来没有真正断裂过。现今
还保存着某些特洛伊和迈锡尼的军事防御堡垒，只是看起来像是
雅典卫城的外形。雅典和提洛岛的屋宇在罗马帝国统治时期影响
了地中海房屋的建筑风格，在马格里布和安达卢西亚的传统住宅，
甚至在阿拉伯地区的宫殿里，都还能看到之前建筑的影子。蛮族
的抢掠是无用的，敌人们烧毁一切，让土地贫瘠，不同时期的人
类都会照着自己脑海中的回忆去改编、简化、加工，直至找到新

的设计方案，最后重建家园。重要的是这条传承的锁链永远不会被切断，可以这么说，"伟大理想"——希腊的民族统一主义思想让希腊文明得以留存在我们中间，即便它是无形的，我们亦可感知。

家庭祭台摆放在房间最里头，上面刻着铭文"致未知的神"，但这间会客厅从没用来举行过任何宗教崇拜活动。雷纳赫家族真正信仰的宗教是独一无二的上帝，他创造了世界，但我们并不认得这位上帝。大理石台面上凿开一个小凹槽用来摆放祭品。牲畜在祭台上被宰杀，血流到地下。我认为祭台从没有发挥过杀生的作用，因为我从未曾见过厨娘按照祭司规定的仪式进来杀鸡。我把手放在缺口上，期待着触发某处机关。结果显而易见，我在这里也没有找到那顶王冠。

会客厅正中间的镶嵌画描绘的是迷宫中的场景：忒休斯大战人身牛头怪。绘有这幅图的明信片一直被我揣在帆布包里。我尚有体力趴在地面上，却没能搬动一块石头，没能像义侠亚森·罗平一样，在提贝美斯尼尔城堡的纹章壁炉里发现一处活门，显然建筑师没有制造任何机关来掩盖秘密。我确信，这里唯一的秘密，就是我人生中那一段罕见的幸福时光。我来到这间大厅，别的什么情绪都没被唤起，反而折腾得自己遍体鳞伤。即便我现在有了子孙、代表作、在别处的生活和其他种种馈赠，可为什么还会忍受煎熬呢？

当年从阿索斯山返回翠鸟别墅的第一天，戴奥多尔从行李箱里拿出王冠，放在自己的房间里。之后呢？他想把王冠还给狄奥尼休的修道士吗？他真的担心锥形冠事件会重演吗？如果事态更加升级呢？我迷失在几何图案的迷宫中，观察砍向半兽人脖颈的斧头。会客厅地上的这幅画是戴奥多尔所钟爱的复制品。阿丽亚娜曾和我说过，这里不需要她和她的画卷，翠鸟别墅的迷宫很容易解开。只要找对方法，不慌不忙就能寻得出口。镶嵌画上忒休斯斩杀人身牛头怪的行为并不值得推崇。

重返别墅的这天清晨，我坐在咖啡馆的露台上，阅读《巴黎竞赛画报》特刊。这一期专门报道了摩纳哥亲王大婚的准备事项，并开辟版面描写了蓝色海岸地区的盛大狂欢场景，附上了瑞昂莱潘爵士舞厅正门的照片。门前站着三位身穿比基尼的女明星、小酒馆的女老板、一位花花公子和一名萨克斯手。在他们身后漆有巨大的彩色徽记，上面画着人身牛头怪米诺陶诺斯，很难想象，徽记竟以翠鸟别墅的迷宫为蓝本打造而成。我亲爱的别墅，竟如此声名远扬。至于人身牛头怪，众所周知，它后来成了毕加索的代名词。

30. 楼梯上的雅典娜

　　法妮·雷纳赫在房间"安菲希罗斯"的楼梯台阶前放上了古典玫瑰，拾级而上，即可抵达私人套间。香味飘到了玄关，流连于窗帘、大理石、横梁间以及船舶画前。孩子们奔跑着，两级两级地蹦跳上台阶。手持长矛的雅典娜青铜像俯瞰着眼前的一切，这让我十分喜欢。火盆在旁边发出光亮，让人联想到神庙。戴奥多尔在楼上的海尔梅斯神像前也放了一个火盆，往点燃的火盆里加入纸张时，楼梯变得神秘起来。法妮知道这座戴着头盔的雕塑是根据富特文格勒的设想修复而成吗？是什么促使她的丈夫把它安置在所有人都路过的地方，是为了向对手——学识渊博的富特文格勒致以敬意吗？这就像凯撒大帝在罗马的卡皮托利山获胜时，耳边总是响起的一句低语："记住你只是个凡人，也会犯错。"戴奥多尔就像一个在学着经受痛苦的正直斯巴达人，希望有只狐狸躲在他宽大的衣袍下，每时每刻吞食着他的肠肚。

　　希腊雕塑让他们梦寐以求。可拥有一件可能是德国人修复的希腊雕塑，被认为真假难辨的雅典娜石膏像，也是一种讽刺。三兄弟年龄各不相同，却都梦想着能完成考古大发现。这尊雅典娜女神塑像不是他们三人中任意一位发现的。他们最了解希腊文化，甚于富特文格勒。多年来他们一直认为公开古代文物合理且合法。而"他们"唯一的重大考古成果，还是由我发现的。1878 年，约瑟夫 22 岁时，身先士卒，第一个前往雅典旅行，他时刻坚信自己凿开的第一个洞里就会出现可以媲美"米洛斯的维纳斯"这种神作的古董。旅程事实上持续了共 15 天，他参观了雅典、迈锡尼、柯林斯、纳瓦林湾，最后一站结束于的里雅斯特歌剧院，在那聆听了瓦格纳的歌剧《唐豪瑟》。在威尼斯时，他也继续追寻瓦格纳神话。约瑟夫根据这段经历，写出《东方之旅》一书，因为太过年轻，当中的错误还受到两个弟弟的耻笑。在雅典，他特意与一些政客结交，政治是他真正的兴趣所在。戴奥多尔告诉我，在他 22 岁时，同样非常渴望拥有这座断臂维纳斯。里维埃侯爵将维纳斯献给路易十八，可谓是无心插柳柳成荫：他对这件作品知之甚少，但幸运降临到他头上，是他把这件无与伦比的宝藏带回巴黎。所罗门在《阿波罗》中写到，该雕塑有可能出自菲迪亚斯之手。戴奥多尔则认为它出现的年代要晚于菲迪亚斯时期，大概在亚历山大大帝的继任者在位期间。他的猜测是合理的。在转向"萨莫色雷斯的胜利女神"之前，我曾是个痴迷断臂维纳斯的少年。我同阿道夫一起作了许多画，想象断掉的手臂上会拿着什么东西。

一开始还是些老老实实的常规物品，像是小号、镜子或是棕榈叶。到了十六七岁的时候，我们创作了一些匪夷所思的恐怖物件，但即刻就将其销毁了。

戴奥多尔一直想要进行一次能出土这类成果的考古发现，像他这样的天才深知成功不应归因于偶然因素，他或许认为我的懵懂无知能为他招致财富。施里曼，曾是开杂货铺的有钱德国佬，后来非常凑巧地发现了特洛伊原址，接着在迈锡尼挖掘出阿伽门农黄金面具。对于搜寻宝藏他有着傻子一般的直觉。看到照片上施里曼夫人戴着出土的古董珠宝，雷纳赫夫人大笑连连，说戴奥多尔和两个哥哥不可能从地里挖出同样的珠宝来给妻子们佩戴，戴奥多尔惶恐地向妻子描绘施里曼在雅典的希腊仿制别墅，那就像是在庞贝精神里装点了一块夹心蛋糕。他觉得在考古勘探或是破译铭文时，天花板图画上出现胖胖的小丘比特是非常可笑的。戴奥多尔要求妻子在可笑的施里曼宫殿和翠鸟别墅中间选出更喜欢哪一幢。

戴奥多尔 22 岁那年，踏上了他的第一次旅行，彼时他刚刚入选巴黎律师团，当上律师，同样对考古挖掘十分痴迷。与此同时，所罗门离开乌尔姆街的巴黎高等师范学院去了法国雅典学院。戴奥多尔志得意满，直接前往君士坦丁堡，在进入圣索菲亚大教堂时心中满是钦佩。他没有什么大的发现，只是欣赏著名景点。在翠鸟别墅的书房，他总是喜欢向我展示圆形金属制的悬挂式分枝吊灯：它能通过移动蜡烛产生秘密发电的效果。戴奥多尔说："大家不知道古代的吊灯长什么模样，于是我就给设计师看了不少照片。你多少算是东正教徒，这应该能帮你回忆起来一些东西。"

他没有立刻和我说起他在希腊各修道院的旅行故事——当时他尚未意识到阿索斯山的重要性，否则我们本来可以前往米特奥拉或是米斯特拉斯修道院。我没告诉他我从童年时就开始讨厌东正教。他可能想要先试着稍微教导我一点东西，看我是否会令他失望。我听见他站在雅典娜神像前说："当我站在拉图什－特雷维尔驱逐舰的甲板上，远处的萨索斯岛映入眼帘时，那一瞬间我感到非常幸福。你瞧，我要奖励你学习上的进步，我很快就会带你一块儿上岛。你要是不会说现代希腊语，真的很遗憾。"他自己并不打算入门现代希腊语。在他看来，继承古希腊语衣钵的是法语，它们同样高贵优雅，是属于哲学家、诗人、雄辩家的语言。

刚来翠鸟别墅没多久时，我站在一块我称为塔尔皮亚岩的小型岩尖上，听到戴奥多尔和居斯塔夫在用德语交谈，我有些害怕。多年后我才明白他们谈论的内容，埃菲尔不断重复他出生于第戎，但他的家族实际上叫伯尼森豪斯，来自莱茵兰，冠所在地区的姓，博利厄所有人都知道这一点。公证人说埃菲尔也是犹太人（这其实并不准确），我母亲知道他是天主教教徒，他的整个家族都是，但这并不妨碍他笃信科学。我见过好多次居斯塔夫·埃菲尔去教堂做弥撒。我不知道他会讲德语，因而十分震惊。据他自己回忆，他父母那一代人在家里还偶尔会用到德语。再说戴奥多尔其人，书房里一半的书都是德语作品。他的德语说得和法语一般好。

博利厄的保守派家庭都听说居斯塔夫·埃菲尔遇到了麻烦，他在巴拿马运河修建过程中深陷财务丑闻。这件事还牵扯到了雷纳赫家族，因为他们信奉"同一种宗教"——总之在这场"连续剧"中没有一句真话。那天无意中听到他们用德语交谈，我觉得他们交谈的内容有些轻浮，孩子们或许无法理解。据说本地神甫的女佣掌握着这两位富人受德皇威廉二世豢养专门"做间谍"的证据。

古希腊语学起来慢，忘得又很快。如今，我还能读上几页古希腊语的书，但必须停下来翻阅希腊语法语互译字典，我的希腊语基本上都丢了。拉丁语也是一样，忘得七七八八。某天，我对着日晷仪上刻的铭文不知所措，在孙儿们面前出糗。有时，语法的框架结构会出乎意料地重新回到我的脑海中，这真是怪诞不经，没想到它还停留在我这老朽头脑的某个角落里。我花了六个月时间记住重音规则，尽管对翻译文章不一定有用，但我还想能在笔头上写希腊语。戴奥多尔第一次给我布置的作业是五行简单的希腊语翻译。总分二十分，他给我打了负三十五分，我丢了所有的句号，音符标的位置全错。后来我考到零分的时候还特别骄傲。通过几个礼拜的背诵和强化练习，一些可怕的规则像是流浪汉一样留在了书房的小书桌上。如果尖音符落在最后一个音节上，单词被称为词尾有重音；扬抑符落在最后一个元音上，称为倒数第二个音节有重音、倒数第三个音节有重音或是最后一个音节有长音符；重音符落在最后一个音节上，称为倒数第二个音节有长音符或是最后音节无重音。但进行性、数、格变化或是动词变位时，所有的重音都需要移动。总共有 13 种语法规则，我记住了其中一种：倒数第二个音节的元音要加上音符。如果是长元音且最后一个音节的元音是短元音时，长元音上需加长音符。在性、数、格变化中，结尾长音节如果重读，直接变化就是词末音节有重音，间接变化为词尾加长音符。在不定过去式中，所有命令式的长音符落在最后一个音节上。我为什么没有学疯掉？因为事关个人尊严，我不得不迫使自己努力投入，有时学着学着就哭了出来。

我的孙儿们只学英语，我害怕这对他们来说用处不大。在我那个时代，英语和德语要花钱才能学。从第一批课堂开始，我很快明白，学生进入马塞纳高中学习英语或德语（教书先生们称这两种语言为正在使用的语言）并不仅仅是为了上课这两个字，更多的还是父母为孩子找个托管人照看，顺带学习一段时间。而我只是个贫困的年轻人，当然我到现在还很穷。教书先生们并不推荐学习现代希腊语，认为学习意大利语或是西班牙语更有用。许多工人家庭至少在家里会说意大利语。1891 年，法国实行语言教学改革，用通行语替换古希腊语和拉丁语。约瑟夫·雷纳赫大发雷霆，认为学习德语、英语有助于年轻人了解其他国家，但也把人局限在小范围内。只有学习那些伟大的作品，才能培养出博闻强记的头脑。他说了这么一句话，戴奥多尔转述给我听："想要读懂索福克勒斯和维吉尔，成为真正的人就足矣。"之后，在学有余力的情况下，可以去学习对旅行、商务、工业有用的语言，学会思考才是第一位的。戴奥多尔认为，如果我们还能再找到一些残存的古代音乐，兴许可以重新建构发音体系。当然，前提是未来的学者要仍然对古代文化充满兴趣。

"阿喀琉斯，所有人都说学习希腊语是无用的，现在用不到希腊语，当今世界人人都要学会开车、搭建桥梁。我说这些不是为了冒犯我们的朋友埃菲尔。所有人都要学习表意不清、词汇量庞大的英语，哪怕它和莎士比亚使用的那门语言早已相去甚远。你知道我在年轻时还翻译过《哈姆雷特》，正是无用之精神孕育了伟大。"

31. "出去！"

　　我辱骂了"雷纳赫先生"。他将我拒之门外，表示再也不想在翠鸟别墅里看到我——几个月来，虽然不愿对自己承认，但我对这里其实已无眷恋。

　　楼上的雅典娜女神雕像紧挨着通向海尔梅斯前厅的台阶。戴奥多尔正是站在通往前厅的入口——他与佣人们各自卧室之间的这个位置，宣布了对我的"驱逐令"。

　　眼前有一尊在突尼斯海域找到的小型雕塑的青铜复制品，我神思错乱，臆想自己抡起这尊雕塑，砸在他的脑袋上。他佝偻着背，靠在墙上跟我说话，巴赛勒斯在他的脚边打盹儿。

　　假如此时火盆里烧着火，我多想把它一脚踹翻，点燃整座房子。我脑海里确实有这股冲动。从海滩对岸眺望过来，一幢希腊式的别墅正在熊熊燃烧，这画面一定很好看。重重帷幕在火海中摇曳，破碎的窗棂被火舌吞噬，风助火势，梁柱倾塌，每一件木制家具都变成了一支火把，书籍和纸张乘势助燃，冲天火光点亮整座城市。

我略一思索，知道要想伤害到他，只有一件有用的武器：一个单词。我祭出了这件武器，看着他的眼睛，对他说："小偷。"他凝视着我，从他的眼神中，我想他应该明白我指的是哪一桩盗窃。我以为他为了挽回颜面，会立刻把那顶王冠拿出来还给我，或者回击说我才是在狄奥尼休修道院行窃的贼。然而，他只是低声说出一句："出去！"

几周以来，我一直小心翼翼，不去想不好的事情。我明白了问题到底出在哪里，我怨怼他虽衰老，却依旧会对我的内心产生影响。他对我说话的语气，仿佛面对的还是个顽童。上周我售出了人生中的头三幅画作，在报刊上也第一次收获了正面的艺术评论，如今的我已不再能接受他对待我的方式。我不想再如此卑微。之所以不给他展示我那几幅画作，是因为我都能想象出他看到后会作何评价，而他的轻蔑会让我难过。我真的已经不想和他交谈，不愿回答他的问题。这一两年来，我倒是更喜欢和他的二哥所罗门打交道，因为他的思维更开放，更天马行空。我甚至暗中琢磨，是不是可以在下一次自己画展开幕晚宴的时候，只邀请所罗门参加，并且拜托他不要告诉弟弟戴奥多尔。

不过，内心对"恩人"的这番天人交战其实并非始于我艺术生涯的开端。第一次世界大战停战后，一场关于考古的争吵引发了这场风暴。那时的我和之前相比，变化是如此之大，而他却好像始终停留在战前岁月。埃菲尔先生于 91 岁去世，遗体被安葬在勒瓦卢瓦公墓。葬礼那天，戴奥多尔显得格外苍老，当人们把他的这位老友安放进墓穴之中——特意偏移了一点角度，好和埃菲尔铁塔处于同一条轴线上，他的眼神中一片空洞。戴奥多尔没有意识到，在他的家族中，大家会带着喜爱之心调侃他、模仿他。孩子们甚至觉得，这个在同龄人中聪明绝顶的男人有点"傻"。我想这一切，他都浑然不察。他脑子里想的只是，在那之后自己又发表了为数不多的几篇文章，渐渐地功成身退，却自称从未失去往日荣光。与其说他困扰着我，不如说他刺激着我。我再也不想听他絮叨那些古希腊故事，不愿听他提起那些钱币学问题，而是期盼他可以变得更好。

所罗门位于圣日耳曼昂莱的史前人类与高卢人博物馆名叫"国家古文物博物馆"。一天，他在馆内光线昏暗的办公室跟我说："阿喀琉斯，你看这些照片，感觉像是腓尼基字母，有点像刚刚发现的毕波罗斯阿希雷姆国王石棺上的铭文！你读过那个去黎巴嫩考古的法国团队的考察报告了嘛？快猜猜它们的年代和发掘地……"

我饶有兴致地听着，模棱两可地点了点头。他兴高采烈地继续他的独白："是在一个叫格罗泽尔的小镇上发现的……"

"这个镇在伊朗？"

"不，离维希不远，在一座名叫西雄河畔弗尔里埃的村庄旁边。

勘探结果包括骸骨碎片、箭头和绘有人脸的陶土罐，这一定是新石器时代的文物……你知道什么是新石器时代吗？"

"从字面上理解，是的。如果这是字母的话……"

"确实很像！啊，最初的字母并非发源于公元前 700 年的黎巴嫩，而是一万五千年前诞生在我们的国土上，法国的阿列省。"

"西雄河畔弗尔里埃，人类文字的摇篮，这个发现会让全世界大吃一惊的……"

所罗门还是心有疑虑。我帮着他整理那些照片和写满龙飞凤舞大字的稿纸——戴奥多尔的字迹则是整齐的、柔和的，每行字写着写着就会规律地向上走。这些照片打破了我内心的宁静，甚至比偶尔看到的色情图片更能让人心跳加速。罐子、雕塑、镶嵌画、小型塑像……这一次，可都是几何形状的图案。我把它们都临摹在小本子上，因为无从查考笔画的顺序，感觉简直像是天书一样难解。于是，我开始尝试把每一种图案对应成一个音节。

我之所以能去所罗门身边，说到底就是精诚所至，金石为开。我成天缠着戴奥多尔只为求他松口答应此事，他终于同意把我——用他的话说——"借"给他二哥，让我去那边亲眼看一看。这真是一趟奇遇。

雷纳赫三兄弟让我欣赏的品质各不相同：约瑟夫对于捍卫德雷福斯上尉的热忱，所罗门对于考古新发现的狂热（他因为格罗泽尔的事情已经热血沸腾了），戴奥多尔拉着我欣赏德尔斐的阿波罗颂歌（他在其中曾发挥了类似商博良在古埃及学中的作用）时孩童般的纯真喜悦。

1926 年，所罗门和我花了整整两天时间在田埂间寻觅，和庄稼人打探，最终手捧带文字的泥板而归。回来以后，在铭文与美文学院一位颇有影响力的成员认可之下，他公开发表了关于这次探索的考察报告。他甚至还出版了一本小书，复刻了那些像是字母的神秘符号。

我对这一切并没有疑窦，不久后就回到了博利厄。我第一场画展的成功举办就像做梦一般：我在画布上描绘符号，再现自己当时临摹下来的那些具有未来感的史前图案，这帮助我从创作初期的立体派风格中突破出来，从而形成了一种属于自己的独特画风，原始单一，简洁纯粹。在火车上，我就已经开始构思，那些矩形、箭头、三角，那些朴拙的小画，简直是为我打开了通往新世界的大门，在此之后，我一直徜徉其中。当我回到翠鸟别墅时，这里一片沉寂，像是有些哀戚，再也不想开口向我诉说它的故事。

戴奥多尔一看到我，就迸发出前所未见的怒火。他羞辱了我。腓尼基字母？！还有啥可说的？这分明就是人为伪造出来的一处考古遗址，掺杂了几件真品文物，同那些粗糙的假泥板鱼目混珠。发明文字的人会只在一个小乡村使用它嘛？之后再把这种字母晾在一边，直到一万多年以后，它才重见天日？荒谬！通常不动声色的他高声嚷嚷起来。他咆哮着说，都是因为我，他二哥的职业生涯将以闹剧收场。他的声音冷若冰霜，之后陷入沉默。我反驳道："您在购买那顶锥形冠时因为冒失而做出荒唐事，这次您又不理智了，只不过从没有心眼变成了神经过敏。"此前，我从未与他谈起过塞易塔法内斯王冠的事情。他用和蔼到肉麻的语气说，传言人们对我的画作评价很高，他话里有话，暗指既然我的画技这么高超，那么完全可以用这项技能来蛊惑世人……言下之意，我才是西雄河畔弗尔里埃造假泥板文字的始作俑者。这一刻我明白，我真的必须走人了，而且是刻不容缓。

我就这样离开了戴奥多尔。对我来说，这何尝不是一种幸运，我终于可以活出自我了。和其他事情一样，格罗泽尔只不过是一个借口罢了。我听从了阿丽亚娜丈夫的建议——他本人和这一位也是渐行渐远。不过，几星期后，当我得知戴奥多尔·雷纳赫去世的消息，还是泫然流涕。我跟着送葬的车队，来到蒙马特公墓为他送行。这里是他最后一处居所，永远的长眠之地——虽然他应该也不相信所谓的"永远"。他的墓地是希腊风格的，由蓬特雷莫利设计，饰有铜制棕榈叶，和康达维斯、卡蒙多、佩雷雷、比斯绍夫桑、科尼希斯沃特的家族成员相邻为伴，不远处还伫立着他亲爱的奥芬巴赫的半身像。

我有一种感觉，似乎戴奥多尔就是为了赶我走，才特地重返翠鸟别墅。很长一段时间以来，他都更偏爱舒适的巴黎生活。他离开了哈梅林路，搬去了位于美国广场拐角处的儒勒·埃弗吕西旧居——这是他妻子法妮去世后留给他的遗产。他走路时拖着沉重的步伐，一手牵着同样步履维艰的巴赛勒斯。距离这处居所两条小街开外，是德奇·德拉默尔特、康达维斯和比斯绍夫桑等家族的府邸。其中要数比斯绍夫桑私宅最为富丽堂皇，若干年后，夏尔·德·诺阿耶夫妇在这幢豪宅里举办各种名流云集的宴会更是让它威名远播，那是后话了。关于格罗泽尔事件的风言风语并没有散去，人们时不时地还会提起这一茬儿。然而，没有人知道幕后的文物造假者究竟是谁……

　　我没有办法想象为戴奥多尔的葬礼准备悼词，更不要说为他的两位兄长。因为在我的印象中，雷纳赫三兄弟都是既健壮，又智慧超群、风度翩翩的人。甚至有时有些过了，人们可以嘲笑他们，揶揄他们，甚至贬低他们，但他们岿然故我，因为没有什么能够阻止他们在化学、数学、地理、历史、哲学等领域出类拔萃，更不用说那个让他们真正着迷的世界——希腊，它的过去，它的语言，它的遗迹，它的那些雕像、陵墓、神殿和别墅……拉丁文化关联教会和教士，而希腊文化关联民主，由此关联法兰西。兄弟三人对此都深信不疑。想当年我寄住在雷纳赫家时，常常一边游泳一边思索上述问题。那段岁月应该是我头脑最灵光的时期，也是这把身子骨还能游刃有余的好时光。

　　兄弟三人通晓犹太史，并且醉心于对各种宗教的研究。不过在他们眼中，法国是一个政教分离的世俗世界，对每一位公民都是一视同仁的。我回过头来想了一想，我之所以对格罗泽尔那么感兴趣，这可能都要怪戴奥多尔对我的潜移默化——人类最初的字母是在"我们这里"诞生的，这种想法太让人难以抗拒了！在那个年代，我们一心一意只有一个念头：为祖国服务。在两次世界大战之间，公众的观念发生了变化；时至今日，或者说自法兰西解放以来，这种从1870年开始便约定俗成的想法被重新审度了。1898年，在德雷福斯案件闹得沸沸扬扬之时，戴奥多尔在巴黎犹太枢机主教学院的一场颁奖典礼上，曾经发表过这样的演讲（我是从阿道夫转交给我的资料中重温这段往事的）——"请不要把法兰西和那些纷乱的泡沫混为一谈，那只是匆匆一现、浮于表面的过眼云烟。请继续用你们的全部力气、全部心意去热爱她，就像我们热爱自己的母亲，哪怕她有时不太公正，哪怕她偶尔迷失了心智，因为她是母亲而我们是她的孩子，所以我们理应继续爱她。"

可以自豪地说，在"一战"胜利之后的那几年，我成为所罗门真正的朋友，一位信得过的、让他可以依靠的朋友。那一段时间我去找约瑟夫的次数也渐渐减少了，直到他于1921年逝世。和戴奥多尔的决裂，于我内心而言并不是一个很艰难的抉择。那时的我想到他穿着像占星术士一样的白色斗篷，泡在书房里一写就是一上午的情景就觉得心里很累，也不再能耐着性子陪他坐在青岩的长椅上，听他激动地朗读自己的新作，或者是所罗门寄给他的作品。他抑扬顿挫地读着兄长创作的《阿波罗》，嗓音在大胡子里轰鸣。当读到希腊艺术这一章节时，富特文格勒教授谈论菲迪亚斯雕塑作品的理论蕴含其中。这些回忆永远定格在我的脑海里。不过到了 30 年代，有些回忆我并不想记得。那段时间我连续参加了三场葬礼，之后就花更多的时间去探望孩子们，和翠鸟别墅保持远远的距离，并没有真正去尝试解开戴奥多尔在海尔梅斯神像前将我驱逐的这个心结。我结了婚，有了自己的房子。在我的婚礼前夕，三兄弟给我寄了一件礼物，附上祝福"全家谨赠，恭喜成家"。我原本以为他们会送我一块宝玑的金表作为结婚礼物，结果他们把翠鸟别墅里所有的铜锅都包在稻草里寄来了。我的母亲曾经是那么中意这些铜制炊具，而那时，他们应该已经走进了铝锅的时代。

我亲爱的雷纳赫三兄弟，或许是我过誉了他们，把他们说成无所不晓的百事通，说他们发现了古希腊史上最大的秘密。我觉得在狄奥尼修之旅中，他们就像是希腊神话里的伊阿宋，率领群雄乘坐"阿尔戈"号去寻找科尔基斯王国的金羊毛——这个主题的神话故事我还曾在柱廊的墙面上描绘过。不过，对我本人而言，我的"金羊毛"并非亚历山大大帝的金冠，而是当终于走出庞杂的迷宫之后，我终于得以亲手进行创作。

32. 雷纳赫夫人的卧室和多花洒淋浴间

这些年来，我到处寻找阿丽亚娜，找到她成为我活着的唯一指望。我想知道她是否会回到蓝色海岸。我拜访了所有开设绘画和水彩画课程的女性，甚至想过她可能盗用了别名，嫁给公证人，给我捎来一张再婚典礼的请柬，光是想到这些我就感到阴森入脾。战争时期，我探访过尼斯和土伦的妓院。之后，我还去位于旺斯的马蒂斯小教堂做过礼拜，该教堂于 1951 年落成，是当年的大事件。我确信阿丽亚娜一定会来参加揭幕仪式，所以我盯着每一张与她差不多年纪的女性面庞，试图找出她的脸孔来。当我拥有第一辆汽车、拍摄第一张彩色照片、踏上首次意大利长途旅行、购买第一张 78 转唱片时，我总会想起阿丽亚娜——彼时彼刻她都不在我的身边。好些年来，我不再去寻找她，我突然意识到已经没有必要。无论她是否尚在人世，只要想到她我就很快乐。当我照顾两个儿子时，我曾幻想阿丽亚娜生过小孩，也许是和我生的，但这类念头已从我的脑海中抹去了。我在海里游泳时，关于阿丽亚娜的记忆突如其来，重新填满我的思绪。再之后我在沙滩上擦干身子，确信现在已然忘怀一切，我所关心的只有我这几个孙辈。

尽管我来自科西嘉岛，但我不怎么喜欢大海。是戴奥多尔教我学会欣赏海，并教我用希腊语单词"thalassa"（意指"希腊人的海"）来辨认尤利西斯时代淡紫色的海浪。自此，我有了出海经历，我喜欢乘船，喜欢在希腊度过的假期，也喜欢与家人一起环岛旅行，甚至萌生出购买萨索斯岛上一座地堡的想法，好在那儿安度晚年。如今，我能辨别各种各样的鸟类，喜爱轻嗅海藻的味道，但我却不再游泳。就像《法妮颂》的作者安德烈·舍尼埃在诗中所写：

温柔的翠鸟在哭泣，喔，圣鸟
为忒提斯所珍爱，温柔的翠鸟在哭泣。

这两句诗总让我想起雷纳赫一家。跟如今一样，我总是穿戴整齐，上身是一件战前的水洗蓝翻领运动衫，下身套着白色工装裤，赤脚穿着一双印第安鹿皮鞋，四仰八叉，手里拿着小本和钢笔。如果孩子们看见那时的我，准会觉得我看起来和流浪汉无异。有些天，我还略作挣扎，刮完胡子后从衣橱里拿出草莓色的长裤和白色的衬衫：50岁以后，在尼斯穿着复古风实属无伤大雅。我坐在步行道的一条长椅上，闭着眼睛，安静地晒太阳。而今天，我完全不顾形象地坐在翠鸟别墅的露台上——相当于坐在地上，默默地写着笔记。风吹过，带来玫瑰的芬芳，海水的咸味荡然无存。在阿道夫去世前的几个月，我和他在这里晨练。我比他高出一头，他才刚做满十五个俯卧撑，我却已经数到五十下了——我的速度是他的两倍不止。他推说是由于血缘关系，他继承了家族博学的基因，而我则是沾牧羊人祖先的光，这不公平。我问，他的曾祖父，那位卖家禽的商人也有文化吗？他早就醉心于拉丁语、希腊语和阿拉米语吗？他回答说反正跟牧羊人比还是绰绰有余的。况且曾祖父从一介掮客做起，逐步壮大生意版图，最终成为法兰克福最富裕的巨贾。他宽慰我不必太担心，家族发展起来是很快的，如果我把用在体育锻炼上的时间匀一点到语法学习上，那我应该会有后代能成为法兰西公学院的梵语教授。如今只剩下我内心明了，站在这种充当瞭望台的风塔之上，我们是自由且幸福的。我们沉溺于旅行、锻炼，留恋于华服裹身、饮酒作乐，热衷于阅读与思考，甚至忘记了别墅的建筑风格已然过时。

法妮的房间叫作"奥妮特斯"，意指飞鸟。墙面刷着午夜蓝的油漆，黑金色的蔓藤花纹缠绕在墙上。在打开的窗前，以白云为背景，我看到孱弱的"雷纳赫夫人"微微侧站，显出画眉鸟般的轮廓。她一袭晚礼裙加身，头上戴着青绿色丝绒质的宽边女软帽，穿着泳衣的堂姐妹和小姑子围绕在旁。我不太清楚该怎么同她说话，该做出怎样的表情，也从来不敢直呼其名"法妮"，但我很快就当面喊出了"戴奥多尔"。我同样无从得知该在什么时机才能跟他们开玩笑，或是嘲笑他们的怪癖与品位，他们之间谈来谈去只有书本这么一个话题，评价新闻报道的时候尽是引经据典。因为我不太害羞，所以总能表现得十分自然。第一次有人带我去所罗门位于巴黎的居所时，我觉得十分可怖，后来我把心里的感受告诉戴奥多尔，希望他能够粗暴地呵斥我——我认为这种批评有益于自身融入环境。所罗门很喜欢建在凡·戴克大道上的私宅，该公馆是由优秀建筑师阿尔弗雷德·诺曼设计修建的，拿破仑亲王的庞贝别墅同样也是他的作品。在戴奥多尔参与设计之前，他们或许已经构思过这座白金两色木质宫殿的模型——白金的颜色必会让人移不开眼。

法妮卧室的书柜如今一本书也找不到了。马里沃和莫里哀的剧本去了哪里？高乃依兄弟的出版物呢？罗斯丹亲笔签名的书又在哪里？乐谱也不翼而飞，只剩下不多的几张相片。从童年时起，三个天才兄弟之间一直暗暗较劲，竞争也促成了这座古希腊风格别墅的建成。雷纳赫夫人的卧室是其中最美的房间，花朵装饰映衬着宙斯妻子赫拉的图像。夫人参与装修这间房了吗？檐壁的一系列人物中，我们一眼就认出了她的丈夫。阿道夫架起梯子，给他加了一把烟管，摆正胡子的位置，这个恶作剧般的造型至今仍保留着。如果放任阿道夫继续创作的话，他没准儿还会在墙上画上古代的涂鸦，就像庞贝城一样。每当法妮躺在床上看书，她就仿佛化身为特洛伊公主，我无法描述她看起来究竟有多幸福。

外头流言四起，说第一任雷纳赫夫人的日耳曼表妹，即美丽的法妮，是她两位舅舅夏尔·埃弗吕西和儒勒·埃弗吕西的继承人。作为《美术杂志》的主编，夏尔·埃弗吕西身价非凡，收藏有画家马奈的《一捆芦笋》和皮维·德·夏凡纳的《金苹果》。他喜欢古代艺术，也喜欢现代艺术，与整个巴黎艺术界都有往来。雷纳赫夫人不喜欢出入上流社会的场合，也不会绞尽脑汁与当地名流贵妇争奇斗艳，她的表姐比阿特丽斯不仅与这些贵妇人交好，更是其中的佼佼者。法妮则看不起这些邻居，决计不可能接待他们。靠贩卖卷烟纸发财的埃格伯特·阿巴迪买下了罗什舒阿尔侯爵的船，还与摩纳哥亲王结下友谊，但即便是对他，法妮还是同往常一样避而不见。还有些人"来自马利安尼城堡"，他们是宪兵队长的后代，从小被教导如何能变得富裕。有着"太阳总统"之称的菲利·福尔在成功当选后，曾于1896年度假时到访该城堡，至今人们还在津津乐道。在圣让卡普费拉，有一处爱巢：缝纫机品牌"巴黎胜家"的掌权人仰慕舞蹈家伊莎多拉·邓肯，于是请人重新修建"我之岩"别墅，它和托斯卡纳结构牢固的城堡一样美丽。在那里，他们只谈论威尼斯的府邸，并与庞大的柯蒂斯家族，以及西尔维亚别墅的美国东家进行比拼——克劳德·莫奈曾来西尔维亚别墅的花园作过画，此外，他们还会在威尼斯大运河畔的居所里接待从世界各地前来参观的人。在音乐晚会上，雷纳赫夫人远远地看到过他们，但这没让她提起兴趣。她游览了几次埃兹小镇：伟大诗人阿尔弗雷德·丁尼生有一位和蔼可亲的侄子，他曾邀请法妮前往自己的艾格塔城堡做客——这座城堡曾是一处中世纪时期的堡垒。据我所知，自从夫人得知这位侄子因在蒙特卡洛的赌场挥金如土最终毁掉家庭的时候，就断绝了与他的往来。在埃兹，她喜欢逛尼采小径，还送我尼采的著作《悲剧的诞生》：尼采在书中将美分为两部分，美是太阳神阿波罗和酒神狄俄尼索斯的对抗调和。她同我谈论雅典的朴素建筑，与之相对的是别迦摩的宏伟祭台，我不敢告诉她我没学到什么东西。时间追溯到 19 世纪 80 年代，大思想家尼采在里维埃拉过着离群索居的日子，此后，他成了一名经典作家。

我可以明确区分出两类人，一类是希望同雷纳赫一家往来的，一类是法妮始终与其保持距离的。在翠鸟别墅建成后不久，米拉索尔别墅也在卡普戴尔拔地而起，并由女作家加布里埃尔·雷瓦尔接管，尽管有人禁止我看她的书，但这些书的标题却让我有些兴奋：《女骑士》《驯服者》《爱之泉》《玫瑰公主》。她丈夫的书以历史题材为主，还出版过小说《心上人的时代》和《国王的败北》。当得知他们鲁莽地以奥林匹亚众神的名义组织晚会之时，雷纳赫一家就不再同他们搭话。

第一段婚姻给戴奥多尔留下了两个女儿。29 岁时，成为鳏夫的戴奥多尔心痛欲绝，而后又重坠爱河。法妮对他说："你就是个疯子。"他回道:"我为你而痴狂。"戴奥多尔很爱法妮,旋即就向她求婚。他们一共养育了四个孩子:于连、莱昂、保罗、奥利维埃。传言后来夫妇二人各过各的,但法妮找到了能安慰她治愈她的"替代者",当然都是些出类拔萃的男人,我不知道消息可靠与否,也不明白个中深意。

法妮是个魅力四射的人,她总是挂着笑容鼓励我。她于1917年去世,可说是红颜薄命。戴奥多尔没能出席葬礼,当时政府派他前往美国,尝试说服华盛顿的政客们参与一战。战争即将胜利,但是戴奥多尔失去了拥有幸福的能力,他再也没有结婚。他转而躲进阅读的世界里,一待就是好久,读书带他回到了青少年时期,他抬头凝视天边的云彩,和今天的我一般。

在我和阿丽亚娜相爱的日子里,我们俩在法妮的卧室度过了好几晚。这间房是整套别墅里最漂亮的。别墅由我看守,也就免于受外人打扰。我和她说起想画的作品,她回应道:"如果想成为艺术家,就不应该有丝毫犹疑。应该抛弃所有尘世烦扰,专心致志投入绘画中去。"她也是第一个对我说这段话的人。我们幻想着窗外是一片意大利式海岸风光,阳光将我们唤醒,我们在戴奥多尔专门为法妮设计的淋浴间里赤身奔跑。淋浴间就像一座凿得很高的壁龛,足以放下一尊雕塑。站在充当雕像底座的格子板上,我们摆出古代情侣的姿势:帕里斯和海伦、玛尔斯与维纳斯、同爱神初次亲吻的普赛克,现在轮到了我们。淋浴间拥有三个花洒,每个花洒都可以出冷水和热水，其现代化程度足以媲美伦敦酒店的设备。镶嵌画形式的希腊字母标示出操作指南：转动喷嘴"佩里库拉斯"，水流呈现圆柱状；转动标有"克鲁诺斯"字样的喷嘴，出来的是一阵细流。最后一个喷嘴上写着"卡塔基斯马"，该词十分罕见，在希腊语中只有一个含义——指代撒在肉类上的调味酱汁，阿丽亚娜爆发出笑声。这是戴奥多尔对妻子开的玩笑，也让当时生活在翠鸟别墅的我十分快乐。

33. 尤利西斯的套房

淋浴间旁边有一间名为"安珀罗斯"的浴室——这是一个星宿的名字，更是一个受到酒神狄俄尼索斯启示的年轻林神的名字。在只有我们两个人的时候，阿丽亚娜在大理石浴缸里一坐就是好几个小时。浴室的墙上画着几个贞洁的年轻女子，身旁萦绕着仿大理石葡萄藤，她们看着成串的葡萄却似乎没有采摘它们的意思，这让人感觉很奇妙。阿丽亚娜向我说起了婚姻的了无生趣，沉闷的格雷古瓦有时置身于愁云惨雾中，然后又讲到他在图纸和建筑方面极具天资，我在一旁听着，认为她其实很倾慕格雷古瓦，不会离开他。她还告诉我她想要拥有属于自己的独立世界，也想旅行、聚会、享受音乐，想开一家书店、酒店或一家时装精品店。回想这些，我那时就该猜到她将要离开格雷古瓦。

我走进隔壁房间，这个房间离法妮和戴奥多尔的卧室一样远。这里既是阅览室也是这对夫妇的私人休息厅。大地之神盖亚和海洋之神奥基诺斯之子的名字用希腊语表示是"特里普托勒摩斯"。

戴奥多尔不愿浪费时间下楼去餐厅吃饭，佣人会将为他准备的放在特制碗橱中的菜肴送上来。特里普托勒摩斯曾说，"进贡水果和不屠杀生灵是敬拜神灵的一种方式"，但这并不是美化素食主义者的理由。戴奥多尔在独脚小圆桌上匆匆忙忙地吃午饭，圆桌表面是亮银色，就像古代人的镜子一样。墙上的壁画让人想起花园里的树木与白色立柱婆娑起舞的场景。

希腊语和拉丁语曾被认为是无用的学习，却对我的职业生涯帮助最大。如果没有希腊语和拉丁语，我只能在餐馆后厨工作，擦洗果酱锅时会弄得一团糟。我母亲同事的孩子都在豪华酒店工作，得忍受富豪们的喜怒无常。我必须摆脱这一切。如果跟着雷纳赫夫妇学习，我或许会当上文学教授。绘画让我学会了自律。我曾与温莎公爵和公爵夫人共进晚餐，曾应邀在蒙特卡洛参加奎瓦斯侯爵的芭蕾舞排演，也曾与弗尔杜·迪·韦杜拉和诺阿耶子爵一同乘坐游艇，我有一栋装满古董的漂亮房子，还藏有两幅毕加索的画，一幅皮维·德·夏凡纳的画，我将它们挂在了一起。我还有一个玻璃顶的小屋作为工作室：这不是一笔巨额财富，也丝毫比不上工业巨头和银行家，我的名字不会出现在报纸上，但这让我倍感满足。对于我这样的男孩来说，父母没有高中文凭，祖父是没读过三本书的羊倌，这已然很不错了。我能过上这样的生活要归功于希腊语。如果我不知道希腊语动词变位中的不定过去时、重读音符、背诵带 mi 的动词，我将永远拘囿于这一方小小的天地。拉丁文的性、数、格变化是我进阶的工具。夏尔·德·诺阿耶带我参观过他的圣贝尔纳城堡,城堡对面是一幢实用的现代化小屋,这位上流社会的绅士跟我说"住在里面肯定很有趣"。他并不知道我跟他一样对忒奥克里托斯的田园诗了然于心。而戴奥多尔当时就知道:住在乡间小屋中无甚乐趣。诺阿耶别墅内有一个室内游泳池和一间健身房:如果我晚二十年出生,那么17岁的我会比在翠鸟别墅更开心!我本会一直待在埃菲尔家,孑然一身,一贫如洗。我并不是说这样有多不好,但我对自己现在所做的一切更为满意。我知道了各种各样的荒谬之事。我读了许许多多的无用之书。我学会了鲜有人知的语言,尽管从未用这些语言与他人交谈过,而这些都要归功于雷纳赫一家。他们不曾教过我,只是向我呈现了这一切。

"你看,阿喀琉斯,小龟崽子——我那时刚刚16岁,高出他一个头——听我说,我没法告诉人们学习希腊语仍能对他们大有裨益。政客需要考虑民主,药剂师需要弄明白药罐上的标签,游客需要深入游览德尔斐或奥林匹亚古迹。人们可能会说这很好啊,但事实并非如此。希腊语没法证明什么,我喜欢它正因为它无所用处。上了年纪的智者泰奥菲尔·戈蒂耶曾写到,无用之物拥有真正的美感。你读过《木乃伊传奇》这本书吗?我马上给你。即使是埃菲尔先生的铁塔也一无可取,但正是让他灰心丧气的这座铁塔让他在未来获得了成功。他本来没有能力实现这一目标,他是工程师而不是建筑师。学生们应该多关注无用之物。音乐和乐理真的有用吗？ 跑步、掷铁饼、射箭有用吗？ 象棋规则有用吗？但如果要我邀请谁来我家，我永远会选择那些会下棋会拉小提琴的人。"

"难道您喜欢听客人拉小提琴吗？ 您五分钟都受不了。而且您讨厌社交。"

"小坏蛋，这些人会引经据典跟我谈论其他东西，而且跟这些学了很多有趣事物的人相处，不消说我也能受到潜移默化的影响。学习是漫长且痛苦的，并不好玩，但也有它的乐趣所在……"

"如果有人在博利厄跑步比赛中夺得了第一名，难道您会让他煮茶吗？"

"你真是个少见的捣蛋鬼。希腊语确实无甚用处，但学了它才能使我们与粗野之人区分开来。"

"那么出类拔萃的雷纳赫太太会希腊语吗？"

"你可越来越放肆了。因为我的关系，她对希腊语已经足够了解了。"

戴奥多尔的浴室名叫"尼凯"，意为"胜利"，可能因为他躺在浴缸里总能灵光乍现。我们经常会在"画廊"里突然听到这位一家之主在自言自语——优雅的格雷古瓦嫌弃"走廊"一词太过庸俗，而我为了激怒他总是说"在过道里"。戴奥多尔一边泡着热水澡一边滔滔不绝："巴雷斯的这个吹牛大王对希腊一无所知！他真该重新看看《斯巴达之旅》这本书！可笑！蓬特雷莫利有一次在旅行时遇到他，看到他在柱子中间拿着伞摆姿势拍照，可怜的家伙！"

戴奥多尔浴室的仿大理石和镶嵌瓷砖做工特别精美，比雷纳赫夫人浴室的约瑟芬皇后风格要更加成功。墙饰使沐浴的氛围更为浓郁，产生了意想不到的喜庆效果。蓬特雷莫利通过修改戴奥多尔提议的古董花瓶造型，亲自设计了许多镶嵌瓷砖。至于仿大理石的设计，我看到这是由戴奥多尔曾经住在美第奇别墅的一个朋友让－巴蒂斯特·加斯克完成的。将大理石粉与石膏混合，然后像雕刻勋章一样进行雕刻，这简直是一门艺术。对著名花瓶"欧弗洛尼奥斯陶瓶"的复制品加以解析，再制作成微浮雕。试问谁还能做到？光线下似乎能看到图案中起伏的肌肉，人物栩栩如生。我不知道当胖乎乎的戴奥多尔笑着从浴缸里面出来，看到这些光着膀子有着健硕肱二头肌的男人被奴隶戏弄时，内心是怎样的感受。他可能只会暗自思忖，自己在鉴赏这一古董花瓶方面或许已经超越了古代艺术家——并且觉得别人永远不会知道这个图案，因为没人会去他的浴室。对于蓬特雷莫利而言，这种私密的嗜好并不可笑：都说翠鸟别墅是戴奥多尔的杰作，是当代建筑的典范，是历史与现代的融合，但是就像巴尔扎克不为人知的著作一样，终究无法一睹其真面目……

主卧室叫"厄洛忒斯"，我倾向于翻译成"小爱神"而不是带有浪漫色彩的"爱神",这是在带状边框红色背景的墙上绘制的一群长着翅膀的小孩子。戴奥多尔喜欢他的孩子、侄子、侄女们到他的房间找他。他还让人在房间里画了跟爱情关系不大的女神雅典娜。戴奥多尔喜欢在阳台上看书,对着一幅四周都是鱼儿的帆船镶嵌画若有所思。很多人把 17 岁的阿道夫称为阿多——我并不这么叫——似乎他永远是个长不大的少年。他的叔叔送给他一个最新潮的"照相机",没有支架,可以背在肩膀上。哦更妙的是,他也给我买了一个。我们即将去希腊,他觉得我们可以拍一些有趣的照片给他看。他喜欢跟阿道夫和我一起扮演王子和穷人的故事,在众人面前称赞我以期激励小阿道夫,毕竟他是全家的希望,不过阿道夫不吃他这一套。戴奥多尔认为摄影是考古学的辅助手段。所罗门告诉他,只有雕刻能够让人们了解真正的铭文和雕像,即使是没有阴影的"线雕"也只能彰显轮廓。不过所罗门在这一点上并不较真,在他的许多著作中——尤其是大众作品而不是学术文章中——仍然附有许多照片。我在希腊没拍上照,那些修道士甚至要夺走我的底片。很遗憾,我们的阿索斯探索之旅没能留下照片。

兄弟三人一直相处融洽,但也在暗中相互较劲。一个科学家,一个历史学家,一个探险家,他们本可以共享人类知识。戴奥多尔是世界上最后一位全知全能者,但他并不为在人前卖弄,而是将这些知识传授给像我一样一无所知的人。那些高中之前从未上过学的人认为需要在各处大兴学校，自拿破仑三世垮台以来，法国将成为另一个新的雅典，只有让人们了解世界才能解放人类。约瑟夫在议会一直力赞法国大革命。我在尼斯的一家书店里偶然瞥到集结了所罗门各类文章的三卷册，书名叫《阿玛耳忒亚》，这是给婴儿时期的宙斯哺乳的山羊之名，不过副标题就没那么有趣了：考古和历史杂集。其中的研究囊括了荷兰金银制品、文艺复兴时期的绘画、非洲动物、中世纪的诉讼、塞尔维亚的新石器时代、迈锡尼时期的克里特岛、希腊雕像、晚期拉丁文学等。

我相信全盛时期的戴奥多尔有着更高的追求：他想了解人类，了解自上古以来我们大脑中亘古未变的一切，从巴西到印度留下的人文痕迹，以及山顶洞人头骨中可能存在的奥秘。戴奥多尔收到西格蒙德·弗洛伊德的书时有些惊讶，后者的书中经常引用所罗门关于宗教史的论述。他看着我说："永远不要读这些书。我跟所罗门就此讨论了一番，他看到自己的言论被引用很是羞愧。这些所谓的弗洛伊德学派的医生就像立体派画家或自由主义诗人一样，最终将随风而逝。他们有时候可能很有趣，却难登大雅之堂。我们必须学会支配自己的感官。你难道真的相信'我'不是自己家的主人吗？这个骗子自诩精神界的哥白尼，相比天主教圣徒或旧绘画修复者，他所引领的这个新学派的医生们所造成的损失更甚！能不能把浴衣递给我？人们得花上一两百年的时间才能填补这些损失，而他们则大发横财，还建立了一个新教派。当我想到这些人的无稽之谈都源于我们呕心沥血的著作和研究时……你瞧，人类的大脑首先搭建的是基础，其次才是框架……"

| 结　语 |

代达罗斯、伊卡洛斯和阿丽亚娜

从顶楼的两个卧室通向露台的深木色楼梯看起来就像游艇一样。两个带阳台的房间分别叫"代达罗斯"和"伊卡洛斯"，这里的视野最好。我总是爬到顶楼，幻想自己正身处船桅之上。从高处远眺，人景合一。代达罗斯是为克里特国王建造迷宫的建筑师的名字，我们在克里特岛曾参观过这座迷宫，这个房间名不免让人想到蓬特雷莫利。双翼被灼烧的伊卡洛斯，是指戴奥多尔吗？伊卡洛斯的梦想是自由翱翔时双翼不会被太阳灼烧，却还是经常烫到自己。这两个房间是法妮专门留给朋友的，最为舒适宜人，无人来访时，房间就空着。我俯身看着游泳时发现的青岩，仿佛制图师给障碍物做标记一样。

我爬到露台上看夕阳西下，不过我不想待到睡觉那会儿，以免每晚巡视的门卫一时兴起上来看烟火的时候发现我。自一战后，我有近十年的时间都不敢看烟花，那种声音让我无法忍受。如今我终于走了出来，无所畏惧。我下了楼，从小路走了出去。

我很想带着亚历山大大帝的王冠离开。天色已暗。王冠上那些轻盈无比的橄榄叶是马其顿的金匠精雕细琢而成的，让我甚是想念，我曾将其握在手中，但不敢戴在头上。我将再次前往狄奥尼休修道院，也许会待在那里，在日复一日的宁静中结束这一生。晚间祷告时，我会像个圣人般趿着草鞋行走在卵石铺就的土阶上，土阶下方可能长眠着英雄的尸骨。每当修道院的人故去时，就会被安葬地下，面朝大海，无须棺木。园子里的修道士每天浇水，两年后，人们挖出骸骨清理干净，然后用红色字母在死者的头骨上写下逝者的名字，将其堆在小教堂里。我不确定这是否是我想要的，也不确定自己是否有勇气放弃一切。王冠应该还在。可以肯定的是，戴奥多尔没有把它捐给博物馆，否则所谓的"专家"会声称王冠源于文艺复兴时期，或声称它是为拜占庭的某个修道院打造的——王冠也许被放在卢浮宫的仓库里，旁边就是那顶锥形冠，或者，会出现在圣日耳曼·昂莱的橱柜中，与所罗门研究格罗泽尔泥板文字的文献放在一起。我想是不是德国人拿走了王冠，但他们怎么知道王冠是在翠鸟别墅呢？我从未提起这件事——只有一次在"那伊阿得斯"浴池里对一个人说过。阿丽亚娜永远不可能背叛我。我是否太天真？我不知道她在战争中经历了什么，甚至不知道她是否还在世。我在那天晚上离开了，没有带走王冠。不知道我有生之年是否还会回到翠鸟别墅。我没有拍下足够多的留影，胶片也不够。筋疲力尽的我又来到那家咖啡馆，摄影机袋子里放着皱巴巴的报道摩纳哥亲王婚礼的《巴黎竞赛画报》，以及这张谜一般的明信片。

我记得——我得把那天结束的经过细细道来——我在袅袅热浪中翻阅杂志时十分入迷和专注，没有一点心不在焉。我看着未来摩纳哥王妃的每一张照片，她戴着大宽边帽正登上"宪章"号游轮。再往后翻几页，映入眼球的是一个陌生的世界，在半歌舞厅半爵士乐酒吧的"米诺陶诺斯"俱乐部，有一位赤脚的女人跳着舞欢迎那些"长发的年轻人、开朗的女孩和身穿白色燕尾服的电影制片人。有些晚上甚至还能看到让·科克托，他那时正为滨海自由城的水手们在一座小教堂里画壁画"。我还没见过滨海自由城的教堂，但我想进去看看科克托是怎么创作的。据说他有不少助手，他本人不是每天在脚手架上。这本不是什么丑闻，但有好事者得出结论，说这个骗子科克托就是搞沙雕的米开朗基罗。

我花了一个小时浏览杂志中对我来说如今全然陌生的蓝色海岸。我才 70 岁，比 1914 年时的克里孟梭还年轻一些，兴许路的前方还有大任在等待我去肩负。我经常这么想，好激励自己填补思想深处的空白。杂志后面写道，在对美国费城的王妃娘家进行报道之前，"摩纳哥公国特使"发布了婚礼受邀宾客的消息。

我熟悉的那家老咖啡馆变成了一家餐馆，我曾吃过他家的鲷鱼，味道还不错。记者在报道中附上了伊甸园岩石酒店和拉克罗塞特酒店的照片，对他来说"国际化"的蓝色海岸令人心驰神往。雷纳赫一家特别爱国，热爱甘必大、法兰西共和国、克里孟梭和莫奈。本地神甫、糕点店老板娘、铁匠、酒店服务员、乳品店老板娘、久闻其名却对雷纳赫一家一无所知的——他们也是法国的一部分——对往返此地的这一家人评头论足，他们要是听到这些当地人指着他们说是"外国人"一定会惊讶无比。雷纳赫一家富有且慷慨，成了别人说起他们时的又一个"嘲点"：他们会留下数目特别可观的小费。如此一来，拿小费的人会感到很不好意思。不知道穿白色燕尾服的绅士们去"米诺陶诺斯"俱乐部时是否也会留下什么东西。

博利厄港口的人从来没能真正了解过这一家。人们巴不得富人们谈论摩纳哥最近的几场演出、包养舞蹈女演员、购买雷诺阿和德加的画，这样好尽情嘲笑他们。但是雷纳赫一家的先生们戴着眼镜，太太们如此优雅端庄。他们在码头上度过了一个下午，无非是在大声讨论梅塔蓬特市的城墙是如何建成的，城墙是否有护堡，以及防御系统的设计方式。这样的一家人到底来自哪个星球？奶酪商亲闻了他们的一段对话，话语间流露出对亚历山大港某位名叫伊希斯的女性的崇拜之情。他一开始以为他们谈论的是一位歌剧演唱家，直到听到一些陌生的词"铭文""碑铭""铸币"，由此奶酪商得出结论：这是两位工程师在谈论电报。但他总觉得其中的逻辑让他有些丈二和尚摸不着头脑。舞蹈他还能听懂，但碑铭学他就一窍不通了。曾有人问邮局的女员工雷纳赫一家都写信给谁，她不吝溢美之词：是医生，伟大的甚至可能有重大发现的医生们。她有一次问戴奥多尔先生是否愿意给她的小孩子接种疫苗，戴奥多尔笑了起来，然后把孩子送到了尼斯的一位同行那里，后者给小孩免费种了疫苗：雷纳赫一家不啻为人类的恩人。

　　大家对翠鸟别墅一无所知。雷纳赫一家觉得他们过的就是浸染着法国文化的法式生活。在博利厄一些稍有学识的人中——医生、讨厌的公证人、退休的法庭书记员——被称为倨傲不恭的势利小人，其中有一些人在该地区的昂蒂布和芒通之间拥有城堡，跟奶酪商想法一致，甚至没想过要接待雷纳赫一家。他们很快得知雷纳赫一家来自圣日耳曼昂莱，于是便推断出他们只是为了毫不起眼的东西在装腔作势。而这并不是圣日耳曼郊区！雷纳赫一家本就需要米诺陶诺斯和爵士乐音响效果。倘若法妮和戴奥多尔晚生三十年，他们本应该与朱利埃塔·马西纳和马塞尔·帕格诺一起在炸鱿鱼面前合影，而不用担心有人打扰。戴奥多尔深爱着塞易塔法内斯的锥形冠，深爱着他的别墅，也深爱着他的藏书。他的妻子本应嫉妒不已，甚至在戴奥多尔越陷越深之前阻止他。他所冲向的峡谷尽头是一道悬崖——就像所有希腊诗歌里描述的一样，他对此毫无觉察。跟着代达罗斯，我们会迷路；跟着伊卡洛斯，我们会坠落。

　　那天晚上，我不知道该做些什么，加上我读了对时尚之地"崭新的里维埃拉"的报道，我想多喝一点。于是，我开车去了那里。
我将标致汽车停在一辆劳斯莱斯后面，转身就看到了醒目的夜总
会招牌。一个年轻美国男孩从夜总会走了出来，微醺的他开始对
我侃侃而谈。他来自美国东海岸，穿着棉质毛衣和一双鹿皮鞋，
给人一种度假时打高尔夫球的感觉，总之，他是个讨喜的男人。
他用法语跟我说："您看到劳斯莱斯的散热器格栅了吧，这个杰作
就是英式风格的精髓。要花上几个世纪的时间，才能打造出这种
匀称之美。从正面看，这些格栅像一座希腊神庙，从侧面看，散
热器的盖子上是展开双翼的飞天女神，这个车标取自狄俄尼索斯
凌越于阿波罗之上的一座古老雕像。太完美了，可以看几个小时
也不厌倦。"

　　我回答道："是的，这是古代雅典的和谐严谨与别迦摩雕塑
大师的精妙工艺完美融合，威斯敏斯特教堂和自由女神像应运而
生。"他睁大了双眼，抓住我的手臂："我请你喝一杯。"于是我和
他一同走进了酒吧。

　　长长的大厅入口处竖着两列明信片旋转陈列盘，上面所有明
信片的图案都是相同的，背景文字都写着：翠鸟别墅的迷宫。这
些明信片与我在博利厄烟草店买的那张一模一样，也跟我收到的
那张神秘明信片很像。数百张明信片摆在那里，供客人随意拿取。
"谁没有自己的米诺陶诺斯牛头怪呢？"我的这位美国朋友大笑着
说。这个家伙跟我的长孙一般大，我真希望他俩能相互认识。他

在耶鲁大学攻读博士学位，正在撰写关于品达诗歌韵律的论文。耶鲁大学在康涅狄格州，我还从未去过那里。我告诉他，在我看来，品达是所有希腊诗人中最难让人理解的。他说品达的诗歌首先是一种旋律，他总是大声地朗诵出来。他告诉我古希腊热席卷美国。我们要了两杯杜松子酒，他问我喜欢品达诗歌中的《奥林匹克颂歌》还是《匹迪克颂歌》，我们碰杯对饮，然后我说我记不清了。我又要了两杯杜松子酒。

音乐声像海浪一样慢慢涌了来，淹灭了我们的对话，然后又慢慢地褪去。酒吧就像一间老旧的轮船仓库，设计者特意留下了绳索和船帆作为装饰。我不是酒吧里年龄最大的。几个满脸皱纹的快艇驾驶员正在喝香槟。所有桌子都坐满了人。许多年轻人在小舞池边席地而坐，另有一些人坐在台阶上，台阶尽头的舞台上烟雾袅袅，无法一下子分辨出哪个是弹钢琴的人，哪个是吹萨克斯管的人。此时的美国朋友已经变得滔滔不绝，他跟我说起了埃莱夫西纳秘密祭礼的传授仪式以及在奥林匹亚遗址上发现的菲迪亚斯雕刻室的废墟，我费了好一会儿工夫才在酒吧尽头看到了演奏者旁边的一抹情影，也就是报道中提到的"老板娘"。此时演奏刚刚结束，桌子旁的客人纷纷鼓掌叫好。老板娘身子侧向钢琴家。他弹起了一段旋律，起初我没有听出来，几分钟后，我脑海中浮现出一小段乐章，差点被这段变奏曲的洪流冲走，音乐继续响起。我张开嘴唇随着音乐歌唱。这一切宛若梦境，我简直不敢相信竟会在这里听到《阿波罗颂》的主旋律。

"顺便说一句，我叫欧文。哦，瞧瞧这座小神庙，太好玩了，看起来像狗窝一样。它甚至带有铭文：巴赛勒斯！这是给我们的礼物！您觉得它的意思是不是说狗窝里的东西是属于国王的？我也想要一个一样的！"

我已经有三十多年没有看到这个东西了，没想到它早已不在翠鸟别墅。"属于国王……"我从来没有这么直白地翻译过。这个盒子里的东西是属于国王的……就这么简单。

我站了起来，走向老板娘。她的一头银发展露无遗，在报道中记者声称这正是其神韵所在。杂志的照片上看不太清头发的具体细节。在霓虹闪烁的雕像中间，在镜子制成的一面墙之前，我看到了她"美丽的卷发"和蓝色的双眼。我从未想过这张匿名明信片是她寄来的。

她抓住我的手，卷起我的衬衫袖子，露出那只大眼睛的小章鱼文身，这是我曾经拿着图样让萨洛尼卡港口的那位文身老师傅给我文的。阿丽亚娜穿着一件及踝的蓝色亚麻长裙，头上戴着金冠，我的"胜利女神"张开双臂，从俱乐部高高的楼梯上微笑着向我走来。

历史详情与致谢

　　我诚挚地感谢米歇尔·辛克先生，作为戴奥多尔·雷纳赫基金会主席、法兰西公学院教授、法兰西铭文与美文学院常任秘书、著名小说家，他为我打开了这扇通往翠鸟别墅的大门。

　　翠鸟别墅是法兰西学院的宝贵资产。我曾经有幸受邀出席过多场风趣的学术研讨会，会上奥迪莱与米歇尔·辛克展现了雷纳赫家族至今仍然远超众人的自由精神与创造力。所罗门曾经是法兰西铭文与美文学院的成员，戴奥多尔也曾是自由成员。在他们的记忆中，法兰西铭文与美文学院每年都会举办多场知识碰撞的真正盛宴。

　　我的这本小说刚动笔时，许多章节就是在这里面朝大海创作的。在此，我能体会到布鲁诺·亨利·卢梭先生的礼貌与高效。这是一位优秀的、友善的学者，他尊重这里的天才设计，知道如何凸显这里的价值。我有幸在翠鸟别墅短居数日。今天，在主席菲利普·贝拉瓦尔先生的领导下，法国国家文物古迹中心修复并重建了这座别墅且全年向公众开放，管理员伯纳德·马古鲁先生给予了精心的照料。

在此，我要郑重感谢克雷洛斯年度研讨会的参与者，他们为我提供了灵感：安托瓦纳·贡巴尼翁、菲利普·康塔明、泽维尔·达科斯、雅克·乔安娜（我还欠他们一个关于所谓的"索福克勒斯"雕像的故事，出于某种程度的自由创作，我将这个故事设定于雷纳赫夫人生前），以及贝娅特里斯·罗伯特·博西耶、阿莱特、让·伊夫·塔迪、莫妮克·特雷德、贝诺·杜特乌特、亨利·拉瓦涅（他们在现场向我就别墅的装饰和家具做了介绍，并且体谅了我不拘一格的浪漫）。

如果读者希望了解更多关于翠鸟别墅的故事，可以参考以下书目：

约瑟夫·夏蒙纳德与伊曼纽尔·庞特雷莫利，《翠鸟别墅，一座希腊别墅》[1]，法国国家图书馆，1934年，再版（杰奎琳·德·罗米利作序），马赛，珍妮·拉菲特出版社，1996年。

安德烈·拉隆德、让·莱克兰特，《地中海沿岸的人文与建筑之世纪，翠鸟别墅，希腊灵感的明珠与古代文明的记忆之所》[2]，第十九次翠鸟别墅研讨会纪要，2008年10月10—11日，《翠鸟

---

[1]　*Kérylos, la villa grecque*
[2]　*Un siècle d'architecture et d'humanisme sur les bords de la Méditerranée. La villa Kérylos, joyau d'inspiration grecque et lieu de mémoire de la culture antique*

别墅笔记》[1]，第 20 期，法兰西铭文与美文学院，博卡尔，2009 年。

乔治·维格纳，《翠鸟别墅》[2]，传承出版社，《行程》合集 [3]，2016 年。

雷吉安·里维斯，《翠鸟别墅》[4]，卡尔·拉格斐序，马丁·斯科特摄影，爱好者出版社，2001 年。

杰罗姆·科尼亚德，《翠鸟别墅》[5]，《了解艺术》[6]，特刊，2012 年。

弗朗索瓦·雷尼埃，《考古学，建筑学和木器制造业：滨海博利厄的翠鸟别墅之家具》[7]，《原位》[8][在线]，2005 年第 6 期。

2015 年，巴黎索邦大学的安妮·萨罗斯就翠鸟别墅起源的论文进行了答辩，我们期待这篇优秀的论文能够早日问世。

有关戴奥多尔·雷纳赫的传记尚待出版，而最近一份关于这位多重性格的人物研究来自米歇尔·史蒂夫的《戴奥多尔·雷纳赫》[9]（尼斯，塞尔，2014 年）。他将建筑学的精妙分析与对话部分结合在一起，并想象了戴奥多尔与蓬特雷莫利之间的谈话内容。

---

[1]　*Cahiers de la villa Kérylo*
[2]　*La Villa Kérylos*
[3]　coll. *« Itinéraires »*
[4]　*La Villa Kérylos*
[5]　*La Villa Kérylos*
[6]　*Connaissance des arts*
[7]　*« Archéologie, architecture et ébénisterie : les meubles de la villa Kérylos à Beaulieu-sur-Mer »*
[8]　*In Situ*
[9]　*Théodore Reinach*

我们还可以兴致勃勃地读一下古斯塔夫·格洛兹的《法兰西铭文与美文学院成员戴奥多尔·雷纳赫先生的悼词》[1]（法兰西铭文与美文学院七十二周年学会会议文集[2]，第四期，1928 年，第321—326 页）；以及勒内·卡尼亚的著作《关于戴奥多尔·雷纳赫先生的一生与作品的说明》[3]（法兰西铭文与美文学院七十五周年学会会议文集[4]，第四期，1931 年，第 374—393 页）。

若想要了解戴奥多尔·雷纳赫，他的著作是值得一读的。在其众多的著作中，《密特里达提·艾伯特：本都之王》[5]一书无疑为了解他细致的分析和精细的文风提供了更好的参照（法明 - 地多特，考古、艺术与古代史图书馆，1890 年）。他在书中体现出的博学有利于我们对古代世界的深刻理解，也展现出了他真正的地缘政治学视野：在这里，他的考古学家与钱币学家的身份超越了他的史学家身份，后者被世人不公正地遗忘和低估了。这本著作目前已无法在市面上找到，不过可以轻易地在 gallica.bnf.fr 上访问到。这本著作证明了黑海沿岸——据说塞易塔法内斯的锥形冠即来源于此——对他的吸引力。

---

[1] « Éloge funèbre de M. Théodore Reinach, membre de l'Académie »
[2] *Comptes rendus des séances de l'Académie des inscriptions et belles-lettres*，72e année
[3] « Notice sur la vie et les travaux de M. Théodore Reinach »
[4] *Comptes rendus des séances de l'Académie des inscriptions et belles-lettres*, 75e année
[5] *Mithridate Eupator, roi de Pont*

关于雷纳赫家族描写最为出色的书应当是由索菲·巴斯、米歇尔·埃斯帕涅与让·莱克兰特合著的《雷纳赫兄弟研讨会论文集》[1]（法兰西铭文与美文学院，博卡尔，2008 年）。在这部内容丰富的作品中，已故的让·莱克兰特所做的序言，以及亚历山大·法诺克斯、多米尼克·穆列兹、雅克·乔安娜、安妮·贝利斯、艾格尼丝·鲁维雷、伊丽莎白·德科洛、罗兰·勒克特与安托瓦纳·贡巴尼翁所做的贡献，在我看来弥足珍贵。

要想了解雷纳赫家族的生活环境，我们可以阅读两部基础著作。一部是皮埃尔·比恩鲍姆所著的《共和国的疯子》[2]（法亚尔出版社，1992 年），书中题为《雷纳赫家族：位于共和主义者的共和国的核心》[3]（第 13—28 页）的那章描写了这个家族。另一部是西里尔·格兰奇所著，《一名巴黎精英：犹太大资产阶级家庭》[4]（1870—1939 年，CNRS 出版社，2016 年）。

我还参考了两本栩栩如生地描绘了这个社会的作品：皮埃尔·阿苏林，《最后的卡蒙多》[5]，伽利玛出版社，1997 年，以及埃德蒙·德瓦尔所述的《重拾的回忆》[6]，由玛丽娜·波索与阿尔宾·米歇尔译为英文，2011 年。

---

[1] *Les Frères Reinach*
[2] *Les Fous de la République*
[3] « Au cœur de la République républicaine, les Reinach »
[4] *Une élite parisienne : les familles de la grande bourgeoisie juive*
[5] *Le Dernier des Camondo*
[6] *La Mémoire retrouvée*

　　为了展现滨海博利厄及其附近的别墅建筑，我参考了迪迪尔·盖罗的《里维埃拉的美丽住宅》[1]（1835—1930 年），乔治·洛特纳序，吉莱塔—尼斯—马丁出版社，2010 年。

　　关于埃菲尔别墅，我求助了由让·卢西安·博尼略主编的《夏尔·加尼埃与居斯塔夫·埃菲尔的里维埃拉》[2]的展览目录。其中，比阿特丽斯·鲍维尔、安德里亚·弗利、让·路易·休迪尔、弗朗索瓦·勒奎特·塔利、让·米歇尔·莱尼亚乌德和吉赛拉·梅雷洛做出了重要贡献，翁伯农出版社，2004 年。

　　关于爱德蒙·罗斯丹位于康博莱班的别墅，想了解更多的读者可以参考让·克洛德·拉塞尔的《阿娜嘉别墅》[3]，非斯坦出版社，1998 年。

　　关于罗斯柴尔德花园别墅，我们可以在雷吉斯·维安·德·里维斯所著的《罗斯柴尔德花园别墅》[4]一书的引领下作进一步的了解。让·皮埃尔·德莫利、阿兰·伦纳、米歇尔·史蒂夫、皮埃尔·弗朗索瓦·代奥、克里斯蒂娜与纪尧姆·塞雷为此书做出了应有的贡献。照片摄影：乔治·韦兰，爱好者出版社，2002 年。

　　关于阳春别墅的更多信息，亨利·拉瓦涅曾作过一项非凡的

---

[1]　*Belles demeures en Riviera*
[2]　*Les Riviera de Charles Garnier et Gustave Eiffel*
[3]　*Arnaga*
[4]　*La Villa Ephrussi de Rothschild*

名为"卡普戴尔的阳春别墅（1911—1914 年）：希腊文化或希腊宣言的一种见证"[1] 的研究。该研究发表于《欧也妮—皮约特基金会著作与论文》[2]，法兰西铭文与美文学院，博卡尔，2013 年，卷 1，第 177—247 页。其中，阳春别墅仅在本小说中被引用一下，它提供了翠鸟别墅之后修建的希腊式建筑风格的有趣范例。

意大利小说家菲利波·图埃纳在《多变的雷纳赫》[3]（里佐利出版社，2005 年）一书中，讲述了音乐家、作曲家，同时也是比阿特丽斯·德·卡蒙多的丈夫莱昂·雷纳赫的一生。

对我来说，关于阿道夫·雷纳赫最宝贵的资料是艾格尼丝·鲁维雷遗作的读后注解版，这部著作于 1921 年收入克林克斯克的《与古代绘画史有关的希腊与拉丁文 < 米利文集 >》[4] 中，在希腊研究学会赞助下发表、翻译与评注，前言由所罗门·雷纳赫所著，马库拉，1985 年。

1908 年航行的故事来自于埃尔维·杜尚的发言报告《与雷纳赫兄弟在地中海东部：约瑟夫、所罗门与戴奥多尔》[5]，发言发表于《从美好年代到三十年代的文学艺术作品中的古希腊》[6] 研讨会文

---

[1]　« *La villa Primavera à Cap-d'Ail (1911-1914)* : témoignage d'une culture ou déclaration de grécité »

[2]　*Monuments et mémoires de la fondation Eugène Piot*

[3]　*Le variazioni Reinach*

[4]　*Textes grecs et latins relatifs à l'histoire de la peinture ancienne (Recueil Milliet)*

[5]　« *En Méditerranée orientale avec les* frères Reinach : Joseph, Salomon, Théodore »

[6]　*La Grèce antique dans la littérature et les arts, de la Belle Époque aux années trente*

集，米歇尔·辛克、雅克·乔安娜、亨利·拉瓦涅指导，《翠鸟别墅手册》[1]，第 24 期，法兰西铭文与美文学院，博卡尔，2013 年，第 19—36 页。

为了再现克里特遗址的修复工作，我的灵感来自《希腊的起源：在梦幻与考古之间》[2] 的目录，该书在安娜·布歇指导下发表，圣日耳曼昂莱国家考古博物馆，RMN，2014 年。实际上，斐斯托斯圆盘在雷纳赫家族 1908 年 4 月参与航行数月之后被发现，这个轰动一时并很快引发巨大争议的发现在这部作品里得到了较好的体现。

在法国雅典学院，校长亚历山大·法诺克斯向我详细介绍了雷纳赫家族，他正是该研究的一名专家。他还向我展示了图书馆保存的一些文件，包括戴奥多尔这封长信的草稿，信中提及了塞易塔法内斯锥形冠。多米尼克·穆列斯在《雷纳赫家族与法国雅典学院》[3] 附录中也引用了它，这篇文章被《"雷纳赫兄弟"研讨会文集》[4] 引用过，第 56 页。

戴奥多尔和他的侄子阿道夫到阿索斯山的旅程纯属想象，对亚历山大大帝陵墓的搜寻也是如此。我要感谢我的朋友——贝纳基博物馆的馆长奥利维尔·德斯波特斯和对圣山充满热情的大

---

[1] *Cahiers de la villa Kérylos*
[2] *La Grèce des origines, entre rêve et archéologie*
[3] « *Les Reinach et l'École française d'Athènes* »
[4] *Les Frères Reinach*

卫·列维，他们在一个值得纪念的圣周期间带我去了圣山。

　　我试图找到有关圣西索斯找寻亚历山大大帝之墓那幅壁画的说明，然而在米列、帕戈尔和博蒂收藏的参考著作中附带的说明《阿索斯基督教说明文集》[1]（第 I 部分，巴黎，阿尔伯特·丰特莫因，1904 年，2004 年重印于塞萨洛尼基）中并没有发现。不过这幅绘画确实存在——雅典的拜占庭和基督教博物馆中保存的一块墙板也体现了这种罕见的肖像学主题——壁画是我所描述的地方，我拍了照片。此外，这本著作在有关狄奥尼休（第 456—495 页）修道院的章节上还很不完整。阿索斯山修道院的宝藏仍然是神秘且难以企及的。在最近出版的著作中，最出色的无疑是费兰特·费兰蒂的《圣山阿索斯》[2]，代斯克莱·德·布劳出版社，2015 年。

　　想要了解在游人如织之前，20 世纪初的阿索斯山究竟是什么样子，除了雅克·拉卡里耶尔（《阿索斯，一座圣山》[3]，西格尔出版社，1954 年），弗朗索瓦·奥吉耶拉斯（《一次阿索斯山之行》[4]，弗拉姆利翁出版社，1970 年）以及格拉塞（《红色文稿》[5]，1927 年）的著作之外，我还使用了一些历史更为久远的见证。其中有弗朗切斯科·佩雷利亚值得再版的杰作《阿索斯山》[6] 历史

---

[1] *Recueil des inscriptions chrétiennes de l'Athos*

[2] *Athos. La sainte montagne*

[3] *Mont Athos, montagne sainte*

[4] *Un voyage au mont Athos*

[5] *« Les Cahiers rouges »*

[6] *Le Mont Athos*

（沙罗尼卡，作家出版社，1927 年），这位旅行者先驱用绘画和水彩画作了插图，就像这部小说的主人公阿喀琉斯一样。

科西嘉岛有个希腊裔定居的城市卡尔热斯，极负盛名，其史诗记载于科隆纳·德·切萨里·罗卡伯爵和路易斯·维拉特的经典著作中，《科西嘉历史》[1]，弗恩、博文和西出版社，1916 年，以及帕特里斯·斯特凡诺波利的《科西嘉希腊裔史》[2]，杜可莱特兄弟出版社，1900 年。这个冒险故事是由卡尔热斯的希腊裔教区和拉丁教区牧师、圣殿大主教弗洛朗·马奇亚诺告诉我的，在他 2015 年过世之前，我有幸跟他见过面。

由于阿兰·帕斯奎尔的著作，塞易塔法内斯锥形冠的故事一下子广为人知。他在尚塔尔·乔治和凯瑟琳·谢维洛的指导下，在奥赛博物馆的展览目录《博物馆的青春》[3] 中发表了有关该主题的开创性文章《塞易塔法内斯锥形冠：一段不愉快的购买史》[4]（奥赛博物馆，RMN，1994 年，第 300—311 页），同时，附录中有一项凯瑟琳·梅茨格和韦罗尼克·希尔兹的研究《塞易塔法内斯的头饰：描述与分析》[5]（第 312—313 页）。其他有价值的信息可以在多米尼克·穆列兹的文章《雷纳赫家族和法国雅典学院》[6] 中找到，

---

[1] *Histoire de Corse*
[2] *Histoire des Grecs de Corse*
[3] *Jeunesse des musées*
[4] « *La tiare de Saïtapharnès : histoire d'un* achat malheureux »
[5] « *La tiare de Saïtapharnès, description et analyse* »
[6] « Les Reinach et l'École française d'Athènes »

参见研讨会文集《雷纳赫兄弟》[1]，前文引用，第 21—40 页。韦罗尼克·希尔兹如今仍在继续她的研究，关于这个问题她发表了《从尤利西斯的帽子到塞易塔法内斯的王冠》[2]，文章发表于卡齐姆·阿卜杜拉耶夫主编的《中亚古文化中的东西方传统，纪念保罗·贝尔纳》[3] 一书，塔什干，Noshirlik yog'dusi 出版社，2010 年，第 217—234 页；她在《法兰西铭文与美文学院会议报告》[4]［2012 年，第 I 期（1–3 月），第 585—618 页］中发表了《学者与金银匠》[5]。感谢介绍我们见面的克里斯汀·弗隆·格兰弗，她让我就这些历史上鲜为人知的文章咨询了韦罗尼克·希尔兹，得以了解一个不同于伯里克利时代的希腊。

再者，伟大的艺术家伊斯拉埃尔·罗肖莫夫斯基被后世一直视为赝品制造者：感谢尼古拉斯和亚历克西斯·库格尔，我很幸运地能够亲手把玩了他的一件作品，这个作品是在塞易塔法内斯锥形冠事件之后于巴黎创作的。见到这件艺术品之后，我情不自禁地想起了法贝热。

在卢浮宫，博物馆的总馆长让·吕克·马丁内斯一直喜爱翠鸟别墅和滨海博利厄——他与阿兰·帕斯奎尔一同设计了别墅过

---

[1]　*Les Frères Reinach*
[2]　*« Du bonnet d'Ulysse à la tiare de Saïtapharnès »*
[3]　*The Traditions of East and West in the Antique Cultures of Central Asia. Papers in Honor of Paul Bernard*
[4]　*Comptes rendus des séances de l'Académie des inscriptions et belles-lettres*
[5]　*« Le savant et l'orfèvre »*

道上的古董雕塑造型画廊——弗朗索瓦·高蒂埃和塞西尔·吉罗雷让我得以亲眼看到了那顶著名的黄金锥形冠，这无疑是国家级藏品中最著名和最珍贵的仿品。

我要诚挚感谢让我第一次对翠鸟别墅萌发兴趣的人：马利克·戈蒂耶、布鲁诺·福卡特和罗斯琳·格雷内特——后者还向我转达了埃菲尔家族和萨勒家族的相关记忆，感谢那些后来在翠鸟别墅座谈会上鼓励我并给予我灵感的人，首先是让·莱克兰特女士，以及罗莉·雷纳赫，她让我想起了关于她的丈夫、戴奥多尔的孙儿法布里斯·雷纳赫，以及戴奥多尔的曾孙托马斯·赫希·雷纳赫及其家人的回忆。写这本书的时候，就像是命运的安排使我与他们相遇。我还要感谢埃尔维·丹尼斯，法兰西铭文与美文学院的秘书长，他本人也对翠鸟别墅兴致盎然。

开发部经理瓦西里基·马夫罗达卡—卡斯特拉纳在翠鸟别墅接待了我，并向我介绍了雷纳赫时代的古希腊照片。我与保罗·查韦斯聊过很多，他了解并长期维护着这座别墅。我真诚地感谢他们与我分享了对这座无与伦比的别墅的深情厚爱。

最后，我还受到了欧文·帕诺夫斯基的《劳斯莱斯散热器护栅的理论先例》[1] 的会议演讲的启发，这篇演讲由伯纳德·特尔译成英文，并于 1988 年由漫步者出版社出版发行。为了表现阿喀琉

---

[1] « Les antécédents idéologiques de la calandre Rolls-Royce »

斯自 1945 年起成了抽象派画家，我还受到了里昂美术博物馆展览"1945—1949：从头开始，仿佛绘画从未存在过"[1] 的启发，展览目录是在埃里克·德·西塞和西尔维·拉蒙德的指导下完成的，哈桑，2004 年。

我也要感谢我在法国和希腊给予我帮助的人，与他们的对话让我发现了卡尔热斯以及极具东方色彩的教堂，他们是：露西尔·阿诺、索菲·巴什、已故的挚爱劳伦·博蒙特·梅勒、克里斯托弗·波克斯、维奥莱娜和文森特·布维、马琳·德卡内、劳伦斯、塞西尔·卡斯塔尼、阿德莱德·克莱蒙·托内尔、瓦莱丽·库丁、马修·德尔迪、贝特朗·杜波依斯、贝阿特里斯·德·杜福特、奥利维尔·加贝特、安尼克·格茨、米克尔·格罗斯曼、康斯坦茨·吉塞特、阿琳·古德勒、雅克·拉玛、洛朗·勒庞、伊莎贝尔·勒·马斯、涅·德·彻蒙、让·克里斯托夫·米哈伊洛夫、克里斯托弗·帕兰特、保罗·佩林、波利塞纳、卡罗·佩罗隆、阿兰·普朗斯、尼古拉斯·普罗维埃、朱尔斯·雷吉斯、布鲁诺·罗杰·瓦斯林、布里吉特、杰拉尔德·德·罗克莫瑞尔以及比阿特丽斯·罗森伯格。

当然，我还要感谢我的出版商夏尔·丹吉格，他也是一位作家，对古代历史、艺术和文学都了如指掌。

---

[1] *1945-1949. Repartir à zéro. Comme si la peinture n'avait jamais existé*

最后，我想到了我的叔叔、古典文学教授让·戈茨，他启蒙我学习希腊语——我那时是个很糟糕的学生——同时让我在初中时有幸聆听了《阿波罗颂》。这部小说是为纪念他而写的，我十分希望他能在他喜爱的克里特岛的某一处海滩上读到这部作品。我还想到了玛丽、朱莉和露西莉，如果她们没有在蓝色海岸最美丽的度假胜地博利厄欢快畅游，我的假期根本就不会这么完美了。